醫諾千金

5 完

風文創 385

清茶一盞 著

目錄

第一百一十六章

夏衿此來說這番話，並不是真的指望蘇慕閑去查。

因為岑毅說查了兩次都沒查出什麼，想來那些人做得很是隱蔽。

她打算晚上自己出去看看，不過就算查出來了，也得有人出來幫她領功，她可不想讓所有人知道她的本事，留些底牌才好保命。而知道她底細的蘇慕閑，就是最好頂包或領功的人選。

因此她交代了兩句，就告辭離開了。

那個下午，夏衿讓人把她帳篷裡那張桌子抬出去，設了一個臨時診所；又讓人傳話給岑毅，叫他傳令下去，士卒若有不適，就到她這裡看診。

過了一會兒，就有十幾個都尉，各帶了三至五個士卒來看病。

夏衿見狀，很是疑惑——雖然前線敵方只是時不時偷襲一下，並沒有進行大規模戰役，但這些都尉們不至於這麼閒，還管送病人來看病的事吧？

她稍稍向一個都尉打探了一下，不禁感到無奈。

原來軍營裡都是男性，忽然聽說來了個女郎中，而且還是個清秀小佳人，怕是沒病也要裝出有病，跑過來瞧瞧。這裡有十幾萬士兵啊，要是沒事的都跑來，夏衿豈不要被人海淹沒，更別說看病了。

夏衿叫人一傳話，岑毅就覺得這樣不妥。但軍中病人確實需要查實，他這才叫都尉們把自己手下的士卒都篩選一遍，找出真正的病人，親自押過來給夏衿看診，以防假裝。

夏衿這裡還沒看幾個病人，周易知和孟夏就過來了——是被岑毅派人去叫來的，讓他們給夏衿抓藥、打下手。至於李玄明，岑毅擔心他會仗著身分，在這裡亂指揮，給夏衿添麻煩，乾脆就叫他歇著。

有岑毅的命令，還有他手下的兵在旁邊盯著，周易知和孟夏也不敢不聽話。接下來的那個下午，由夏衿把脈問診，兩個郎中寫方抓藥，三個人一時忙得連喝水的工夫都沒有。

「姑娘……」夏衿正忙著呢，就聽菖蒲在她耳旁低低地叫喚了一聲。

她轉頭看了菖蒲一眼，菖蒲朝一個方向抬了抬下巴。

夏衿順著看去，卻見遠遠的帳篷旁邊，站著一個穿青色長衫的高大身影，正是羅騫。也不知他在那裡站了多久，見夏衿抬頭朝他這邊望來，他忙轉身，往帳篷後面一轉就不見了。

「蘇公子剛才也過來了一趟，看到妳忙就走了。」菖蒲又低聲道。

夏衿看她一眼，沒有說話。

她明白菖蒲的意思。她現在拋頭露面給這些年輕士兵看診，因為要把脈，必須得有肌膚上的接觸。蘇慕閑看了一眼就走了，表示不在意；而羅騫站在那裡一動不動，表示很在意？

對菖蒲這簡單的思維，夏衿有些好笑。就不許人家羅騫心裡難受，想出來看一看嗎？

她忙得很，也沒時間去想這些兒女情長，轉過頭去，繼續給下一個士兵看診。

隔著一段距離的周易知和孟夏雖也忙碌，心思卻分了一部分在觀察四周上。看到羅騫出現在遠處，在那裡站了許久，而蘇慕閑也來逛了一圈，兩人對視一眼，目光意味深長。

饒是夏衿醫術高明，給人看診不需要多久，但架不住人多，頭疼、腦熱各種病症的都被抓來看了，她跟兩個郎中足足忙了兩、三個時辰，直到夕陽西下，才將所有病人看完。

夏衿之所以叫岑毅找這些生病的士卒來，除了為大家解除病痛，也是另有目的——如今把這些人的病都看過一遍，她對整個軍營的病情便心中有數了。

瘟疫之所以是瘟疫，是因為其傳播速度快，死亡率高，才讓人談虎色變。

如果軍營有傳染源的話，那麼有腸胃疾病的病人應該會集中在某處，再由那處人群蔓延開來才對。

可她發現，她檢查出來有腸胃疾病、需要隔離觀察的病人，零零星星各個營隊都有，極為分散，這顯然不符合傳染病的發病特點。

看到周易知跟孟夏離開了，遠處軍營裡的士兵都拿著大餅在啃，顯然是到了吃晚飯的時間，夏衿叫菖蒲去要了兩套士兵裝來，穿上後將面容略作修飾，讓自己肌膚變得不那麼白皙後，就在軍營裡四處蹓躂起來。

軍營雖大，但各處都是有嚴格劃分的，都尉們各管一塊，其他營房的人不允許進入，以免混入奸細而不自知。所以夏衿想要進營房，並不那麼容易。好在下午看病時都尉們都見過她們，匆匆出來證實之後，就放了行。

兩人在軍營裡逛了一圈，也沒發現端倪，只得返回。

當天晚上，待到夜深人靜時，夏衿扮成臉色焦黃的中年男人，又到軍營裡偷偷蹓躂了一圈。

這麼一走，她發現岑毅治軍很嚴明。

此時每個帳篷外面都靜悄悄的，沒有士卒在外面亂走。每個崗哨都很認真，沒有偷懶、打瞌睡。走了一段，她還遇上了由都尉、校尉、什長組成的巡查小組，在四處巡查。

在現代四處是監視器、紅外線的地方，夏衿都能出入自如；如今這種崗哨和巡查，對她來說就是小菜一碟了。

營房與營房之間都相隔一段距離，夏衿如鬼魅一般，遊走於各個營房之中。她探查的重點，就是每個營房的伙房和飲水之處。

「嗯？」她忽然停住腳步，將身子縮進陰影裡，一動不動。

不一會兒，一個人影在帳篷間步伐輕盈地掠過，一邊走還一邊東張西望，並沒有發現夏衿的存在。

看到這個高大熟悉的身影，夏衿趕上去拍了拍他的肩膀。

一個過肩摔隨之而來，夏衿顯然是知道他會使這一招，順勢翻了過去，輕聲道：「是我。」

那人一愣，便停下即將揮過來的匕首，看了過來。

此時雖有星光，但視線仍十分昏暗，不能輕易看清楚人的容貌，再加上夏衿化了妝，憑著視線根本沒辦法確認身分。

她只得再悄聲道：「天王蓋地虎。」

蘇慕閑下意識回了一句。「寶塔震河妖。」

「查出什麼沒有?」兩人幾乎異口同聲。

接著又一起道:「沒有。」

兩人不由得都笑了起來。

「你從哪兒開始查起?」夏衿問道。

「甲營開始。」

夏衿點點頭。

兩人加起來,都查了大半個軍營,卻一無所獲。

夏衿歪了歪腦袋示意了一下,率先走在前面,蘇慕閑跟了上去。

出了這個營房,接下去就是將領們所住的地方了,夏衿猶豫了一下,不知該不該繞開這一處。軍中之人,所練的武功都跟岑雲舟是一路的,適合近戰搏殺,並不容易察覺她跟蘇慕閑的蹤影。

但羅騫的武功她是知道的,雖不如她和蘇慕閑,走得近了,他卻能感知他們的蹤影。

想了想,夏衿正準備不去這一處了,抬眼間卻瞥見有一個黑影在空地處一閃而過。

「有人。」她低喝一聲,就朝那個方向掠去。

蘇慕閑連忙跟在後面。

為了不打草驚蛇,兩人的腳步聲放得極輕,然而那人似乎仍發現他們,如鬼影般朝前跑去。

夏衿連忙提步追了上去，蘇慕閑也緊緊跟在她身後。

這人的輕功竟然不在夏衿之下，追了一陣，兩人竟然仍然保持著相同距離。這裡雖是營房，四處都是自己人，但夏衿卻不敢聲張，要是有許多士兵聞聲出來，功夫又不濟，正好給對方作人質。

三人一前一後追著。眼看著前面那人忽然提速，距離拉得越來越遠了，夏衿心裡著急，正要提氣發力，忽見前方一個帳篷裡出來個人，正朝這邊望來。

那身影和走路的姿勢，夏衿也是極熟的，她連忙張嘴叫道：「羅騫，攔住他，別讓他跑了。」用的是她自己的聲音。

帳篷前那人一怔，隨即攔在前面。

逃跑那人本如離弦之箭一般，是朝羅騫那個帳篷的方面逃竄的，此時見羅騫攔上來，只好來了個急轉彎，朝另一邊跑去。

轉角距離自然比直線距離要長，趁這人轉彎的工夫，夏衿就已追上他了，直接出掌，一掌擊在那人後背上。

那人的功夫確實了得，在這樣的情況下，竟回身朝夏衿揮了一拳，這一拳雖讓夏衿避開了，但拳頭裡攥著的粉末，直接在空中散開，劈頭蓋臉地朝她面上揚來。

「小心！」

「小心！」

兩個男聲同時響起。

夏衿哪裡會中招，早將呼吸一閉，腳上已朝那人踢了過去。那人也是個狠角色，拚著被她這一腳踢中，左手也要回擊一下，而他的手中，不知何時多了一把匕首。

夏衿一隻腳還在空中，想要避開已來不及，她正要拚著受這一刀也要把這人擒下，那邊蘇慕閑已迎上來了，腳下一伸，就朝那隻手踢去。沒承想那人功夫十分詭異，手臂一拐，彎了一個不可思議的弧度，匕首捅進蘇慕閑的腿上。

那邊羅騫的攻勢已襲了上來，一腳踢在那人的後背上，那人的嘴裡噴出一口血來。夏衿趁此機會，再朝他的心窩補了一腳，伸手將他的下頜卸了下來，再掏出一截繩子，把他的手綁在身後。

直到這時，她才吁了一口氣，回身去看蘇慕閑的傷勢。「怎麼樣？」

「沒事。」蘇慕閑的小腿肚上被劃了一道口子，鮮血直往外流，他卻面不改色地擺了擺手，然後坐到地上，拿起衣襟下襬一撕，就要包紮傷口。

「別動。」夏衿這個郎中在此，哪裡允許他這樣幹。剛才搏鬥的時候，在地上翻來滾去，衣服上早已沾了塵土，這時候撕上一塊敷傷口，豈不是自找感染？

她走過去，從懷裡掏出個小瓷瓶，將瓶裡的藥粉抖在傷口上；再拿出一卷消過毒的紗布，將傷口包紮起來。

羅騫手裡提著寶劍，站在那個被夏衿綁成粽子的黑衣人旁邊，抬眼看著她和蘇慕閑。昏暗的星光下，看不清他的表情。

剛才的打鬥聲如此大，這裡又離營房很近，岑毅等人早已被驚動了，一個個帳篷裡鑽出人，有幾人提著刀槍，朝這邊走了過來。

「張將軍，抓到一個人。」羅騫忙揚聲道。

換作平時，夏衿此時定要乘機閃人，但蘇慕閑受了傷，她不能將他扔在這裡不管；再者，好不容易捉到的黑衣人，她也不能讓他死了，只得做好讓眾人知道她會功夫的打算。

眼看蘇慕閑的傷口慢慢止住血，夏衿站起來，朝那黑衣人走去。

此時張大力已經走到近前了，因夏衿面容、身形都很陌生，似不是軍中之人，他連忙急上幾步，攔在她面前，喝道：「爾是何人？是敵是友？」

要不是遠遠看到夏衿跟黑衣人打鬥，之後又幫蘇慕閑治傷，他可不會這麼客氣地問話。

蘇慕閑知道夏衿一直不願意讓人知道她的本事，此時暗叫不妙，連忙道：「張將軍，此人是跟我一起來的御前侍衛，你白天見過的。」

星光下，夜色昏暗，張大力也不大看得清夏衿的面容，而且蘇慕閑帶來的侍衛，他白天也就見了一面，印象並不深刻，此時便信了蘇慕閑的話，拱手對夏衿道：「這位兄弟，我知道蘇大人受傷你心裡憤怒，但此人我們要留著審問，還望通融。」

蘇慕閑配合著叫了夏衿一聲。「王凡，回來。」

王凡是護送夏衿過來的護衛之一，身形跟她差不多。

夏衿儘量學著王凡的聲音道：「那人被我打傷，恐有生命危險。這裡有傷藥，讓他服下，否則一會兒死了，今晚就白忙活。」

張大力這才明白她的意思，大為感激地抱拳道：「多謝王兄弟。」

接過傷藥，走到黑衣人面前，這才看清楚他被人卸了下巴，張大力不由愣然朝夏衿看了一眼。

夏衿解釋道：「這種人必做好了事敗自殺的準備，我擔心他牙齒裡有毒藥，才卸了他的下巴。」

說著她終是不放心張大力的能力，走過去伸手在黑衣人嘴裡摸索了一陣，從裡面掏出一顆藥，交到張大力手上。

張大力雖征戰沙場多年，對這種暗殺之術卻不精通，見夏衿處理事情如此老道，心裡暗暗佩服，連忙拱手道謝。「今晚多虧了王兄弟。等這事了，老哥我找你喝酒道謝。」

夏衿一愣。

幸好這事若跟岑毅和盤托出，自有岑毅幫著解決，她倒不擔心張大力真要去找王凡喝酒。

夏衿既然化身王凡，那麼蘇慕閑身為上司，就不能一直不作聲。此時他開口問道：「張將軍，審問此人，可需要我們幫忙？」

人是蘇慕閑和「王凡」捉的，此事撇開他們自然不好；再說，審問犯人這種事，還能有宮裡侍衛更在行的嗎？

張大力猶豫了一下。「可是你的傷……要不還是叫李院判過來看看吧。」

「不用。」蘇慕閑擺擺手。

對於夏衿的傷藥，他再有信心不過了。當初獨自進京被人追殺受了重傷，靠著夏衿給的藥，他才保全了這條小命。此時小腿上的那一點傷，於他而言實在算不了什麼，灑了夏衿的傷藥，不光止了血，而且疼痛感大減。

一點小傷在身經百戰的軍人眼裡，也真算不了什麼。見蘇慕閑不在意，張大力自然樂得既做人情又不用幹活，忙拱手道：「蘇大人和王兄弟能幫忙，那再好不過了。」

此時遠處有將士接二連三的聲音傳來。

「大將軍。」

「大將軍。」

大家轉頭望去，便見岑毅那魁梧的身影朝這邊走來。

為防敵方暗殺，他和其他一些領兵將領的帳篷並不在此處，而是分散在其他營房裡，所以才姍姍來遲。

見到岑毅來，張大力趕緊迎了上去，稟報此事。

岑毅走到近前，掃了蘇慕閑、夏衿和羅騫一眼，沈聲道：「到這邊來。」轉身朝張大力所住的帳篷走去。

張大力朝羅騫一揮手，羅騫提了那黑衣人在手，和夏衿、蘇慕閑一起進了帳篷，岑毅幾個手下則守在帳篷外面。

張大力的侍衛兵趕緊將帳篷裡的燈點亮，大家的視線落在黑衣人身上，羅騫伸手將黑衣人蒙在臉上的黑布扯下，一張二十來歲的男人臉顯露出來。

第一百一十七章

見那人緊閉著雙眼，臉色蒼白，岑毅眉頭一皺，吩咐張大力。「派人把夏姑娘叫來。」

此時是深夜，又是在張大力的帳篷裡，黑衣人和蘇慕閑身上都血跡斑斑，叫夏衿這個年輕姑娘來似乎並不妥當。但李玄明三人在軍營裡待了這麼久，他們是什麼樣的人岑毅甚是清楚，此事又極機密，他實在不願意讓他們涉及其中。再者，黑衣人能不能活著，對岑毅來說十分重要，夏衿的醫術明顯比李玄明等人高一大截，只有請了她來，他才能放心。

夏衿就在此處，要是派人去叫，鐵定露餡兒。蘇慕閑趕緊出聲阻止。「不用了。」他指了指夏衿。「王凡，你去看看。」

「是。」夏衿走上前去，給黑衣人把了一下脈，隨即冷哼一聲，伸手朝那人身上一點。

「啊！」黑衣人大叫一聲，臉色一變，緩緩睜開眼。

「他剛才只是裝死。」夏衿說著，退到一旁。

蘇慕閑不等岑毅和張大力問及「王凡」懂醫術的事，就及時上前，用夏衿曾折磨過錢不缺的方法，點了幾下黑衣人的穴道，黑衣人臉色頓時大變，隨即倒在地上，身體不停扭動著，喉嚨裡發出一陣沙啞的低吼，黃豆一般大的汗珠從額頭上滾落下來。

岑毅倒還罷了，面色沈穩沒有說話，張大力卻驚疑不定，問蘇慕閑道：「蘇大人，你這是幹什麼？」

「上刑逼供。」蘇慕閑淡淡道。

張大力看著黑衣人那痛苦的模樣，對這些大內侍衛打心眼裡感到膽寒。朝廷不知有多少大臣因犯了事或逆了皇帝的意，會被這樣對待……

在戰場上殺敵無數的張大力尚且如此，羅騫這個沒見過血的書生，心裡的驚懼就更不用說了。他不由自主地後退一步，看向蘇慕閑的目光充滿忌憚。

他的目光慢慢移向夏衿，見夏衿盯著黑衣人，表情冷靜如昔，他突然覺得此時的夏衿十分陌生，跟他心心念念喜歡著的那個女人完全不一樣。

夏衿感覺到他的目光，抬目瞥了他一眼便又移到黑衣人身上。這一瞥，目光冷冽。

岑毅知道蘇慕閑心裡有數，不會把黑衣人折磨至死，所以態度十分沈穩，看著黑衣人在地上滾來滾去，並未叫停。

蘇慕閑果然很有分寸，眼看時間差不多了，就在那人身上點了幾下，那人慢慢停住扭動，躺在地上直喘粗氣。

待他把氣喘勻，岑毅才讓羅騫把那人揪起來，問道：「你是什麼人？到我軍營裡來幹什麼？」

那人倒也硬氣，半跪在那裡，怎麼問也不說話。

岑毅歪頭示意一下，蘇慕閑再次出手，而這一次，他並沒主動解穴，而是問道：「你說不說？說的話就點點頭，否則就只能繼續難受下去。」

這種酷刑，可比拶手指、老虎凳這些要厲害多了，既不容易死人，又能以極致的痛苦摧毀意志，專門用來對付那些意志堅定者。

見黑衣人遲遲不鬆口，夏衿忽然涼涼地說了一句。「如果你說，就給你個痛快，否則一個時辰來一次，直到你開口為止。你放心，這法子只會讓你難受，絕不會讓你死掉。」

這句話如壓垮駱駝的最後一根稻草，終於讓黑衣人用力地點了點頭。

蘇慕閑伸手解了穴道。

待黑衣人喘過氣來，岑毅這才開口。「說吧，你是誰？來此做什麼？」

「我是北涼人，到這裡打探一下瘟疫的情況。」那人終於開口。

「北涼人？」岑毅眼睛一瞇，望向對方的眼神極為不善。「你長這樣子，怎麼可能是北涼國人？」

北涼國和邊關之人都是高鼻梁、深邃眼窩，皮膚偏白，身材高大，跟大周朝百姓長相迥異。而眼前這位，一看容貌就跟帳篷裡的大家一樣，根本不是北涼國人的長相。

看到蘇慕閑的手動了一下，那人還以為他又要用刑，連忙道：「我們一家原是大周朝人，因為家族裡有人犯了事，怕被誅九族，才逃到北涼國。」

這回不用岑毅再問，他跟竹筒倒豆似的，把自己的事交代得一清二楚。

大家聽了，頗有些失望。原來這人名叫趙超，一家子遷移到北涼國十幾年了。他因身懷武功，被北涼國看中，入了軍籍，這是他第一次被派遣來打探軍隊裡瘟疫的情況。

蘇慕閑看這人並不像撒謊，轉頭看了夏衿一眼。夏衿朝他點了點頭，確認了他的猜測。

一個人如果撒謊，身體會有許多反應，比如眨眼比平常快，或是心跳加速、皮膚緊繃。

可這黑衣人大概是被酷刑嚇怕了，說話時的表情並無撒謊特徵，所以應該是真話。

黑衣人捉住了，審訊都有岑毅等人作主，羅騫的大半注意力都放在夏衿和蘇慕閑身上。此時看到兩人眉來眼去的，他滿心不是滋味。

如果夏衿只是因為不喜歡他，或是因為他的母親才不願意嫁給他，他或許還容易接受些；可如果是因為跟蘇慕閑有了私情才不願意接受他，這種被人搶了媳婦的滋味，實在是讓人難受。

岑毅叫人將這黑衣人押了下去，皺眉道：「莫非這瘟疫真的跟北涼國無關？否則他們何以要派人來打探？」

張大力點點頭。「應該是無關。」

岑毅轉頭看了羅騫一眼。

羅騫是舉人，讀的書多，腦子比較好使。既然他願意走武將之路，讓他多讀些兵書，並參與每次戰略謀劃，便能培養出一個出色的參軍。所以岑毅一到邊關，就將他提拔了上來，此時自然也想聽聽他的意見。

羅騫感覺到岑毅的目光，忙放下兒女私情，應和道：「大將軍說得對。」

夏衿看他一眼，眉頭微蹙。

她並不贊同岑毅的說法。只是以她現在的身分，並不宜多說。

「我倒覺得事情有些不對。」蘇慕閑忽然開口道。

羅騫神色一震，目光銳利地朝他看去。

「有何不對？」岑毅問道。
「趙超是大周朝人，即便是因家人獲罪才逃去北涼，也應該會偏向大周朝。像這種並不能確認其忠心的人，北涼何以派他打探消息呢？就不怕他陣前倒戈，反傳消息給咱們嗎？此人又無探查經驗，我覺得他們是故意派他送死，以便讓咱們發現，從而打消咱們的猜疑。」
這話說得岑毅緩緩點了點頭。
夏衿心裡一鬆，她的想法也跟蘇慕閑一樣。
「這幾天外鬆內緊，加強防備，我倒要看看他們會不會露出馬腳。」岑毅吩咐張大力，這才對蘇慕閑笑道：「蘇大人受了傷，趕緊回去休息吧。今晚多虧了你們，待老夫上摺子為你們請功。」
「不敢居功，只是湊巧而已，比起兩位將軍日夜防守在邊關，我這點功勞又算得了什麼；而且要不是羅參軍攔著，此人也抓不住。」蘇慕閑謙虛道。
說完這句話，蘇慕閑並沒有告辭，而是轉頭朝夏衿眉毛一挑，用眼神詢問她想怎麼做。
夏衿會意，對岑毅抱拳道：「卑職有件事想跟大將軍說，不知是否能單獨談談？」
這位「王凡」剛才的表現不凡，且又是蘇慕閑的手下，岑毅自然不會對他生出防範之心，將手一揮道：「走，到我那邊去吧。」又對張大力交代一句。「把這人看好了。」便率先出了帳篷。
蘇慕閑和夏衿跟在他後面也出了門。
羅騫盯著兩人出去後來回晃動的門簾，心底湧出難言的滋味。

岑毅領著夏衿和蘇慕閑回到帳篷，揮手讓侍衛兵退下，這才問道：「不知兩位找老夫所談何事？」

夏衿站起來朝岑毅作了個揖，用本來的聲音道：「岑爺爺，是我。」

岑毅一驚，一瞬不瞬地盯著夏衿看了一會兒，這才問道：「妳是夏衿？」

剛才在途中，夏衿已稍稍處理了易容，此時呈現在岑毅面前的，是她本來的面容，只是臉上有一層讓皮膚變得暗黃的顏料，嘴上也黏了兩撇鬍子，那雙明亮的大眼睛，讓人一看仍能認出她。

夏衿露出赧然的神色，解釋道：「蘇大哥說要出來探查一下情況，我就跟了出來；又擔心別人說閒話，就裝扮了一下，剛才張將軍他們似乎沒認出我來。」

岑毅震驚過後，臉色漸漸沈了下來，責怪道：「衿姐兒，這可不是能胡鬧的地方。為了保護妳，皇上都派了二十個大內侍衛來，可見對妳的重視，妳要是受了傷，或是有性命之憂，得病的那些將士靠誰去？咱們十幾萬大軍被瘟疫所滅，大周國又靠誰去？探查敵情，有許多人可以做；但能治霍亂之症者，唯有妳一人。這兩者孰輕孰重，妳應該能知曉吧？」

夏衿點點頭。「晚輩知道了。」

岑毅雖把夏衿當孫女看待，但終不是親祖孫，這些話點到為止，說重了反而不好。見夏衿態度還好，他點了點頭道：「我明白妳的意思，今晚捉到敵方探子的是王凡，跟妳沒關係。這件事我會讓張將軍他們保密，不會對外宣揚。」

說著，他轉頭對蘇慕閑道：「閑哥兒，你送夏姑娘回去吧。」

「是。」蘇慕閑拱了拱手，領著夏衿退了出去。

「你的傷如何？」一邊走，夏衿一邊問道。

「沒什麼，只劃了一道淺淺的口子，敷兩、三次藥就沒事了。」

夏衿從懷裡把一瓶藥拿出來，遞給他。「拿著。」

蘇慕閑也不客氣，接過來揣進了懷裡。

「你腿上有傷，不用送我了，直接回去吧。」出了岑毅所在的營房，夏衿揮了揮手便要離開。

「這不行。大將軍之令，誰敢違抗？」蘇慕閑卻不同意。

兩人從京城一路到邊關，已相處一、兩個月，對方是怎樣的脾性，都再清楚不過了。雖說蘇慕閑有許多本事是夏衿教的，也深知她的功夫厲害，但這一路走來，蘇慕閑永遠是以保護者的姿態出現，所以他此時心裡想什麼，夏衿很瞭解。

她看了他一眼，轉過臉去不說話了。

兩人默然前行，避開一個又一個崗哨，回到夏衿所住的帳篷。

「行了，你趕緊回去吧，傷口別碰水。」夏衿叮囑一聲，飛快地朝帳篷掠去。

蘇慕閑看她進了帳篷，帳篷的門簾處隱隱漏出些燈光，顯然是兩個丫鬟還在等她，這才放心離去。

雖只掀了一下簾子，但菖蒲眼尖，還是看到蘇慕閑了。

她將門簾緊緊掩好，轉頭詫異地問夏衿。「蘇大人也去了？」

患難見真情，這兩個丫鬟既肯跟她一起到邊關，夏衿就沒打算瞞著她們。她點點頭，把剛才發生的事跟兩個丫鬟說了。

聽到羅騫、蘇慕閑與自家姑娘並肩作戰，而且蘇慕閑還為護她受傷，菖蒲久久平靜不下來，好半天，輕聲問夏衿。「姑娘，一路上，蘇公子沒問起您跟羅公子的事？」

夏衿一怔，看向菖蒲，搖了搖頭。

菖蒲舒心地笑了。

第二天夏衿起來，就感覺軍營裡氣氛不對。昨天還一隊隊操練的士兵不見了，遠處是將士們一聲聲的號令聲，她對菖蒲說：「趕緊去蘇大人、阮大人那兒打聽打聽是怎麼回事？」

龍琴聞聲從帳篷裡出來。「怎麼了？」

「不知道，正想打聽呢。」夏衿道。

菖蒲去了一會兒就回來了。「前線傳來消息，敵方大軍壓境，大將軍集合大軍正要往前方去呢。」

「這是看到疫病被遏制住，急著進攻了嗎？」龍琴喃喃道。

夏衿望著遠方，眉頭微蹙。她回轉身，吩咐菖蒲。「我去藥房，有事叫我。」

菖蒲知道夏衿要擺弄那些古怪的器皿和藥劑去了。她答應一聲，叫薄荷準備早餐，自己則跟著夏衿進了帳篷，準備給她打下手。

此時蘇慕閑和阮震也過來了，見夏衿在藥房裡忙碌著，他們默默守在帳篷門口。

過了不久，岑毅就派人來接李玄明三人去前線。兩方開戰了，傷員正源源不斷地被送過來，因此亟需郎中。

「我們也去。」夏衿道，叫菖蒲、薄荷趕緊將她配好的藥收拾好，一起帶去前線。

「夏姑娘，妳的安危重要，前線有李院判他們就夠了，妳還是待在這裡的好。」阮震正色道。

「是啊，那裡可不是姑娘家待的地方。」龍琴也勸道。

「你們不必勸了，我主意已定。」夏衿道。

她既來到邊關，就不會眼看著前方士兵傷痛而死，她卻龜縮在後面什麼也不做。至於自身安危，她真要顧及這個，就不會來邊關了；而且她自信以她的身手，還真不會有什麼危險。

見勸夏衿不住，阮震只得轉求蘇慕閑。「蘇大人，你說句話吧。」他們夫婦倆的任務就是保護夏衿，要是她有個三長兩短，他們定會被皇上治罪。

蘇慕閑深深看了夏衿一眼，對阮震道：「我會誓死保護夏郎中的。」

夏衿眉頭一挑，抬眸看他。

蘇慕閑對她微一點頭，轉身就走。「我把劍拿來。」

阮震夫婦對視一眼，默默回自己帳篷去，把武器帶上，順便叫上其他護衛。

一行人護送著夏衿及兩個大木箱子，去了前線。

「胡鬧，這是妳該來的地方嗎？」岑毅一見夏衿到來，就喝斥道：「昨晚我的話妳都沒聽進去？」

夏衿還沒說話，蘇慕閑就上前一步道：「夏郎中要是在營房裡坐得住，就不會自動請纓到邊關來了。」

岑毅一震，看向夏衿，好一會兒，肅然抬手抱拳，朗聲道：「夏郎中俠義之士，菩薩心腸，岑某敬之。」

其他人看向夏衿的目光也充滿了敬意。

第一百一十八章

不遠處，跟岑毅一起聞聲趕來的羅騫凝視著夏衿，他閉上眼睛，深深吸了一口氣，把心中那隱隱的疼痛強壓下去。

待岑毅叫人將夏衿送到臨時醫治處，羅騫大步走到他面前，行了一禮，沈聲道：「大將軍，卑職請求上戰場一戰。」

岑毅轉眸緊緊盯著他，直到把他盯得露出不解之色時，才冷冷道：「你是我的參軍，有哪個將軍會把自己的參軍派上戰場的？你告訴我！」

羅騫低下頭去，沒有說話。

「逞匹夫之勇，能殺幾個敵人？設一妙計，全殲敵人，方是你的用武之處。」

羅騫抬起頭來，眸子亮亮地望著岑毅，響亮地應了一聲。「是。」

看到羅騫又精神起來，轉身忙碌去了，岑毅的嘴角露出一抹笑意。他抬頭朝遠處那個穿青色胡服的窈窕身影看了一眼，轉身背著手，回到指揮中心。

阮震等人一直好奇夏衿所帶的大箱子裝著什麼。她帶有兩口箱子，一口是草藥，這個在路上給疫區的病人治病時他們就知道了；可另一口一直沒有打開，重量卻是裝草藥那個箱子的兩、三倍，幾個年輕侍衛私下裡還猜測打賭。現在看夏衿掏出鑰匙將上面的銅鎖打開，他們趕緊走到近前。

夏衿將最上面的皮袋拿出來打開，大家定睛一看，都吸了一口涼氣。

「夏郎中，這是幹什麼用的？」龍琴問道。

皮袋裡放著一排刀具，有長有短，有窄有寬，在日光的照耀下亮閃閃的，看上去十分鋒利。

「治病救人。」夏衿吐出這四個字，指揮大家。「王凡，你去燒水；劉達明，你把車裡的水拿下來……」

這些護衛是被派來保護夏衿安危的，即便前線戰場上殺聲震天，他們的武功又高，殺敵的話一個頂倆，但職責所在，他們並不能扔下夏衿去殺敵。她知道他們的難處，不好說什麼，乾脆把他們當成助手用。

一群人在夏衿的指揮下，忙碌起來。

「唉，人比人得死，貨比貨得扔哦，我們的賤命真是一文不值，死了拉倒。」不遠處的周易知陰陽怪氣地道。

他們三人之所以留在軍營裡，是因為前線偶有偷襲之外，一直沒打起來，跟疫區相比安全得多；沒承想這會兒竟然兩軍大戰，而且還被押到前線。三人不想來，卻被岑毅二話不說押了過來。

此時看到夏衿也來了前線，心裡剛剛平衡些，可看到這些護衛一直守著她，頓時又不平衡起來。

「快快快……」前線有傷員被送了過來。

李玄明看了一眼，指了指夏衿那邊。「夏郎中醫術高明，這位傷員傷得太重，找她看最好。」

抬擔架的士兵瞪他一眼，抬著傷員朝夏衿跑去。

剛才那個斷腿的還好，可現在這個腸子都流出來了，菖蒲和薄荷嚇了一跳，差點驚叫出聲來。

夏衿見狀，連忙上前，迅速檢查傷勢，拿起針筒，注射了一針麻醉劑。對蘇慕閑道：「準備手術。」

「是。」蘇慕閑立刻動了起來。

因菖蒲和薄荷沒見過血，夏衿擔心她們膽小誤了事，就將蘇慕閑臨時培訓成自己的助手。

一時之間，四周寂靜無聲，只有遞刀子和使用刀子的聲音。

菖蒲和薄荷因為想跟上夏衿的步伐，即便看到血腥的場面頭暈害怕，也沒有退縮，緊緊地咬著牙在旁邊看著，感覺噁心了就轉過頭閉閉眼，那種感覺過了，就又睜大眼睛盯著看。

而那些護衛，還有不遠處的李玄明和周易知等人，看到夏衿如穿花一般快速的動作，都震撼不已。誰家的小姑娘會面不改色割開人家肚子、翻攪腸子的？而且下手之狠，毫不猶豫，泰然自若，眼睛都不多眨一下……讓大家佩服之餘，又心生一股寒意，只覺背脊發涼。

不放心抽空過來看看的岑毅，以及跟在他後面的羅騫，都被眼前這場面震撼住了，站在那裡久久不能動彈。

唯有蘇慕閑，臉色仍然如常，遞手術器械的手既快又穩，彷彿他早就知道夏衿能做到這一步一般。

這情形看在羅騫眼裡，心似乎被什麼扯了一下，鈍鈍地疼。

終於整治好那士兵，再用針線將肚子縫好，給他注射了一針相當於抗生素類的藥劑，夏衿吁了一口氣，站起來道：「行了，把他抬到那邊帳篷裡。」

看到擔架被抬走，夏衿又開了一張藥方，遞給菖蒲。「抓了藥，叫嫂子去煎，妳過來聽用。」又叫。「王凡、劉達明，你們到帳篷裡守著，一會兒重傷員都集中安置在那裡，看到誰感覺不對，立刻出來叫我。」

龍琴、王凡和劉達明應了一聲，也都忙活開了。

一個受傷的士兵本來準備去李玄明那邊治療的，畢竟李玄明的年紀擺在那裡，想來經驗更豐富；而且李玄明的身分他們也知道，既是太醫院的院判，醫術自然是在場所有人中最高明的。可看到這一幕，那士兵生生拐了個彎，走到夏衿面前。「郎中，您看看我這手指……」

他伸出用布胡亂包裹的手，將布解開。菖蒲和薄荷頓時倒吸一口涼氣。

這人大概是在跟人拚殺時被對方砍了，除拇指外，四根手指齊刷刷被人砍去大半，這裹著的布一打開，鮮血又一個勁兒地往外冒。

這種傷在大家看來，雖然沒有性命危險，但這個人算是殘廢了。

夏衿只抬眼輕瞥了一眼，就低頭下去將棉籤沾了藥汁，清理傷口，又問：「那四根手指呢？縫上後或許能恢復。」

放在現代，只要砍下的指頭損壞不嚴重，而且時間不久，是能縫合治癒的，但古代條件有限，她也不敢打包票。

可就這麼一句話，卻給了大漢極大的希望。

這高大壯漢子被砍斷手指，仍像沒事人一樣站在那裡，等著夏衿做完前一個手術才過來，此時從懷裡掏布包的手卻有些哆嗦。

看到布包裡的斷指，大家都有些詫異。

斷肢不能再接，所以戰場上短胳膊少腿的，殘肢棄了就棄了，沒想到這位大漢竟然將斷指撿了回來。

大漢被大家看得有些不好意思，撓撓頭道：「那個……我家是殺豬為生的，沒了手指就不能吃那碗飯，所以我把手指撿回來，原想央求一下郎中，看看能不能接上。」

此時夏衿已把傷口清理完了，又看了看斷指，見四個指頭斷得還算齊整，而且耽誤的時間不長，大有可能續上，她迅速清理消毒了斷指，對大漢說：「坐下吧。」

大漢一看這架式，頓時興奮起來，在菖蒲遞過來的凳子上坐下，將受傷的那隻手放到鋪著雪白棉布的桌面上。

時間有限，夏衿提取的麻醉藥劑並不多。她也不知大戰會持續多久，重傷員有多少，只能能省則省，所以大漢這手指，她並不打算用麻藥。

「續接手指會比較痛，你要有心理準備。」

大漢拍著胸脯道：「沒事，只要這手指能恢復，再疼我也不怕。」

夏衿沒再多言，雙手靈活地開始續接手指。

這手術看似不大，工作量卻不小，要把神經和血管都接上，活兒不是一般的精細。不過夏衿前世在雇傭兵團裡，就是在最簡陋的環境裡做最難、最精細的手術，而且練就了泰山崩於前仍面不改色的本事。一個時辰不到，她就把四根手指都接好、包紮好，她揮手讓大漢到了輕傷帳篷去休息。

「姑娘，累了這麼久，您也歇息一會兒吧。」菖蒲看看都快到中午了，夏衿連口水都沒喝，而那頭又送了一位重傷員過來，是李玄明他們處理不了的，不由得十分心疼。

「不用。」夏衿一擺手，讓人把那重傷員抬上來。

好在古代戰役講究的是列隊拚殺，最多來點偷襲戰，再加上是第一天開戰，還只是試探階段，並沒有大規模交戰，傷亡人數並不多。況且有李玄明等人分擔，夏衿一天下來也就治了六、七個傷員，大部分是重傷，這還是抬擔架護送傷員的那幾個士兵知道夏衿醫術高，重傷員都往她這裡送，輕傷則找李玄明等人看。

除了給重傷員做手術，只要稍有空閒，夏衿還得去帳篷看一下做過手術的那些傷員，看到情況不好就得及時施針搶救。要不是她有武功在身，體力極好，這一天還真支撐不住。

這其間，岑毅和羅騫因牽掛著夏衿，只要有空就會過來看上一眼。

見到這樣的夏衿，再看看帳篷裡那些擱在以前只能等死的重傷員，此時正安然地躺在帳篷裡，甚至有了好轉的跡象，兩人心裡所受到的震撼，難以用言語形容。每過來一次，岑毅都要遺憾夏衿不是自己的親孫女，或不能娶她為孫媳婦；而羅騫……心裡洶湧出來的感情和不能得到她的痛苦，一遍又一遍把他淹沒。

越瞭解她，就越喜歡她；可她再也不屬於自己。

他在心裡一遍一遍呢喃著夏衿的名字，眼淚不知什麼時候盈滿了眼眶。

身後一雙大掌拍了拍他的肩膀，嘆息一聲。「回去吧，別看了。」

眼眶裡的淚水滾落下來，羅騫連忙用袖子抹了一把淚，轉過身來，看到岑毅正站在他身後，滿眼同情。

「走。」岑毅不待他說什麼，摟著他的肩膀，將他拉離醫治處，直到沒人的地方，才道：「羅騫，老夫不會安慰人，但我也年輕過，知道喜歡一個人是什麼感覺。夏衿是個奇女子，你能遇上她，已經是你的幸運。你看看與你交好的那些世家公子，再想想你自己，即便求而不得，你也比他們強多了。」

羅騫緊抿著嘴，將哽在喉嚨裡的難受用力地嚥下去。

失去深愛的女子，這種痛楚是任何語言都無法寬慰的，但岑毅能出言安慰他，他很感激。「多謝大將軍，我知道，我會調整好自己的。」

岑毅拍拍他的肩膀，轉身離開了。

「公子，是不是因為那位蘇公子，夏姑娘才不答應您這親事？」跟在後面一直默不作聲的樂山問道，話裡帶著濃濃的不滿。

「胡說八道什麼！」羅騫即便很介意夏衿跟蘇慕閑的關係，也不允許小廝背後議論夏衿。「不關你的事，這種話以後不許再說。」

樂山沒敢作聲，等羅騫朝前走了幾步，離他遠一些了，他才低聲嘟囔道：「怎麼就不關我的事了？您可是我主子！」

見羅騫和樂水都走遠了，他想要跟上，沒承想後面有人叫他。「樂山兄弟。」

樂山轉頭一看，卻是孟夏孟郎中的隨從裴明。

「裴大哥，有事？」他問道。

裴明三十多歲，跟在孟夏身邊多年。昨日孟夏打著老鄉的名義跟羅騫搭訕了一次後，裴明就時不時地來找樂山、樂水說話。

樂水為人忠心，話比較少，總是跟在羅騫身邊，唯羅騫的話是從；樂山則腦子活絡，性子也圓滑。他對羅騫雖然也很忠心，但想法很多，是個有主見的人。

裴明瞭解了兩人性格之後，對樂山就特別親熱起來。他常年跟在孟夏身邊，與許多達官貴人的侍從都有接觸，籠絡人自有一套，將這份本事使出幾分，樂山就把他當成知音好友。剛才看到羅騫獨自黯然神傷，他就奉主子的命令，跑來找樂山聊上一聊。

「也沒什麼事。就是看到你家公子似乎鬱鬱寡歡，所以過來問問。羅家沒出什麼事吧？」裴明道。

說到這事，樂山就滿肚子的牢騷。

他搖搖頭，悶聲道：「沒出什麼事。」

裴明拉了一下他的胳膊。「走，咱們到那邊坐坐。」

羅騫有軍務，待在指揮中心走不開，作為他的隨從，其實是很無聊的。又不能坐在那裡聽他們說話，以免洩漏軍機，只能在附近待著，等著主子出來好跟上伺候；要是羅騫一天沒空，他們就得在附近待一天。

這會兒裴明願意聊天，樂山很高興，抬腳就跟著走了。

兩人找了個僻靜處，嘀嘀咕咕，一直待到前方交戰停止，醫治處再沒有傷員送來，羅騫那邊也要回去歇息了，他倆這才分開，各自回去找自己的主子。

在那之後，樂水覺得樂山情緒反常，眉頭緊皺，坐臥不安，好像有什麼心事似的。

「你怎麼了？」趁著羅騫出去的空檔，樂水用胳膊肘拐了拐樂山，問道。

「沒、沒怎麼。」樂山搖搖頭，眼眸裡浮起一抹警醒。

樂水皺皺眉，眼睛直盯著他。「明明看你就有事。」

樂山被他看得受不了，心裡的念頭又讓他很是掙扎。他心一橫，湊近樂水低聲道：「樂水，你覺不覺得夏姑娘沒有良心？」

樂水睜大眼睛。「你一晚上翻來覆去睡不著，就想這事？」

「這難道不應該想嗎？」樂山忿忿道：「你看咱們公子為了夏姑娘，都難受成什麼樣了，你倒好，跟沒事人似的。」

「不是……」樂水被他這一責備，頓時急了。「我覺得這種事不是咱們下人能置喙的，著急也沒用，咱們只須伺候得比平時更周到些，別讓公子為瑣事煩心就行了。這個坎，得公子自己邁過去，誰也幫不了。」

「誰也幫不了？」樂山眼睛半瞇了一下，抿了抿嘴，沒有再說話。

兩人默然不語了一陣，樂水坐不住了，站起來道：「公子怎麼去那麼久沒有回來？」

羅騫出去的時候，說是去上茅廁，不讓小廝跟著。其實兩個小廝知道，他是心情不好，想一個人靜一靜，所以兩人也沒說什麼，讓他一個人去了。

可這都過了半個時辰，再遠的茅廁，也該回來了。

「不行，咱們得去找找。」樂山也站了起來。

先前羅騫幫忙捉到黑衣人的事他們是知道的，衣服被劍劃破了，自然瞞不過兩人。之前既有黑衣人，難保這會兒不會碰上。

兩人出了帳篷，往附近的茅廁找了過去。因疫病的關係，茅廁經過改建，移到較遠的小土坡上，從羅騫所住的地方走過去，需要一盞茶的工夫。

然而一直走到茅廁，又進去看了看，都沒有看到羅騫的身影。

第一百一十九章

樂水抓住一個從茅廁裡出來的士兵問道：「有沒有看到羅參軍？」

「沒有。」士兵搖搖頭，跑到旁邊淨了手，接著離開了。

夏衿提過衛生建議後，每處茅廁旁都設了淨手處。由四個士兵管著，從遠處擔了水來，貯存在大缸裡。然後派一個人在此輪值，拿個葫蘆瓢子，每個從茅廁出來的人都弄上半瓢水給他們淨手，方讓其離開。

還是樂山機靈，直接找到淨手處那個士兵詢問。

「羅參軍沒來過。」那十七、八歲的小士兵長著一張娃娃臉，稚氣未脫。他記性甚好，每個來過的人都有印象，尤其是軍中的這些將領。他說羅騫沒來過，自然就沒來過。

「沒來過？」樂山和樂水對視一眼，向娃娃臉小兵道了聲謝，轉身往回走。

「你去大將軍那裡看看，我去夏姑娘那裡找一找。」樂山道。

樂水點點頭。

「到了大將軍那裡，要是沒見公子，千萬別說咱們公子不見了。」樂山又吩咐一句。要是被人知道羅騫為了個女人要死要活的，魂不守舍到上茅廁都能上丟，這臉可就丟大了，非得被軍營裡這些大老粗笑死不可。

樂水應了一聲，朝岑毅帳篷走去。樂山則去了夏衿那邊。

因為戰爭尚未結束，誰也不知半夜北涼國會不會偷襲，所以一直保持著警戒狀態；再加上那些重傷員都不宜移動，夏衿作為主治郎中，時刻要守在這些傷員身邊，因此只是在旁邊搭了個帳篷，以供她休息之用。

這些情況，樂山昨晚跟裴明在一起，自然一清二楚。李玄明等人也在原地待命，沒能回原駐地。

到了醫治處，遠遠地樂山就停住腳步。不用再往前走了，他家公子就在前面不遠處的帳篷旁，正盯著夏衿的帳篷看。而此時夏衿的帳篷門簾掀了起來，裡面走出來一個人，不是夏衿和她的侍女，而是那個蘇侯爺。

蘇慕閑往外走著，臉上還帶著笑意。在他身後，夏衿跟著一起走了出來，手上還拿著一個瓷瓶，開口道：「明天要是還開戰，你別去前面了。傷口雖然不深，但天氣熱，很容易化膿，今天在那裡站了一天，傷口癒合得不好。晚上讓阮大哥警醒一些，要是發燒，讓他及時來叫我，千萬別拖。」

說著，她把瓷瓶遞給蘇慕閑。「這是你剛才喝的藥，我讓薄荷把剩下的裝起來，你晚上睡前全喝了。」

「謝謝。」蘇慕閑接過瓷瓶，對夏衿一笑。「妳累一天了，趕緊歇息吧。」

這兩人的對話，再普通不過了，但這情形落在樂山眼裡，尤其是不遠處還躲著自家公子，他就覺得十分刺眼。這一對狗男女真不要臉，大庭廣眾之下，還如此勾勾搭搭。偏他那不爭氣的主子還放不下這女人，跑這兒來受這份窩囊氣，實在叫樂山受不住！要不是怕公子責罰，他都想衝出去指著這對狗男女大罵一通，給自家公子出氣了。

好在夏衿和蘇慕閑講了這麼兩句話，蘇慕閑就告辭離開，夏衿轉身進了帳篷。而羅騫又站了一會兒，待見夏衿帳篷裡再沒什麼動靜，他才慢慢地轉了身，望著不知何時暗下來的夜色，發了一會兒呆，這才離開了。

樂山連忙跟上。直到遠離夏衿的帳篷，他這才緊上兩步，喚了羅騫一聲。「公子。」

羅騫轉頭看了他一眼，淡淡道：「你怎麼來了？」

樂山嘟了嘟嘴。「您說去上茅廁，去了許久，我跟樂水急得四處找您。他去了大將軍那邊，我來了這邊。」

羅騫點了點頭，表示明白，就沒再說話。

樂山見狀，更加討厭夏衿，沈默著跟了羅騫一段，他問道：「公子，您是不是很想跟夏姑娘成親？」

羅騫停住腳步，轉過頭來，定定看了他一眼，然後轉過身，快步朝前走。

他什麼也沒說，可剛才的那一眼，卻讓樂山心裡大慟。

那眼神裡，滿是心被生生撕開的痛楚，是黯然神傷、是絕望。

他用袖子一抹眼淚，緊緊握住藏在袖子裡的拳頭，邁開大步，快步追上羅騫。

或許北涼國只是想試試大周朝這塊骨頭硬不硬，在交戰中發現勢均力敵後，第二日竟然沒有了動靜。

而大周朝因為前段時間的瘟疫蔓延，人心惶惶，現在即便有了夏衿出手，但疫情的警報還沒有解除，恢復士氣也要一點時間，所以北涼國不挑戰，岑毅也沒急著進攻。

昨天那個肚子被大刀劃開，腸子流出來的士兵情況好轉，看來命已保住了；斷指的那個大漢，夏衿在檢查了他的情況後，說復原不錯，這隻手很有可能保住；再加上昨天幾個重傷員，在夏衿的治療下一個都沒有死，而且還有好轉的跡象。這情況在軍營裡一經傳出，士氣頓時大振。

出征打仗，最怕的是什麼？無非是丟了性命。可軍營裡來了個神醫，許多以前直接放棄的重傷員，眼看著都活了下來，這對於即將上戰場的士兵們來說，無疑心情大定，多了一分活命的底氣。

岑毅聽手下說了這個情況，大喜，特意去醫治處打了一轉，看了看那些重傷員的情況後，感謝了夏衿一番。

此等情形落在李玄明和周易知眼裡，心裡頓時不是滋味。

他們一把年紀，昨天累了一天，昨晚也被留在這戰爭前線，提心吊膽得沒能合眼，然而現在功勞全是夏衿的，這叫他們心裡怎麼能平衡？孟夏看到樂山來找裴明，就叮囑道：「好生做事，事成後定有重賞。不過一定要留心，別留下把柄。」

「老爺放心，小人辦事，您把心放進肚子裡好了。」裴明笑道，轉身迎向樂山。

因沒有源源不斷送來的傷員，夏衿這一天並不是很忙碌。看看那些重傷員的傷勢，給他們注射些藥劑，便沒她的事了。其餘煎藥、餵藥、看護都有王凡等人做。她隔上半個時辰去一趟，便回到帳篷裡，將需要用到的藥配出來。

如此忙到下午，到了吃晚飯時間，樂水跑了過來，叫夏衿道：「夏姑娘，您去看看我家公子吧，他咳嗽咳得快喘不上氣了。」

這兩天夏衿雖說一切如常，但她心裡一直惦記著羅騫——好幾次她都看到羅騫盯著這邊看，這讓她隱隱感覺不安。

她不是個優柔寡斷的人，一旦做了決定，除非有重大變故，否則不會更改。她覺得她跟羅騫不適合，才拒絕了羅騫，這會兒自然不可能因為羅騫的「放不下」而改變心意。

她只是擔心羅騫會出事，如果這樣，她一輩子都會不安。

所以聽到樂水這一聲喚，她心裡緊繃的那根弦一下就斷了，站起來抓起桌上的藥箱，提起裙子就往外跑，出帳篷時差點跟正準備進來的蘇慕閑撞上。

夏衿從來是冷靜而不動聲色的，蘇慕閑還是第一次見夏衿如此慌張。他側了一下身把路讓出來，看到夏衿腳下未停跑了出去，他轉頭問菖蒲道：「出了什麼事？」

菖蒲手裡提著帳篷的簾子，正為夏衿的反應發愣呢。聽得蘇慕閑問她，她才反應過來，放下簾子就要追上去，沒承想李玄明的隨從從帳篷裡走出來攔住她，將手裡一碗黑糊糊的藥遞到她面前，叫道：「菖蒲姑娘，我家老爺說這個藥似乎有問題，妳看看是不是抓錯藥了。」

菖蒲和薄荷在來邊關的一路上跟著夏衿學草藥，這兩天抓藥的活兒都是她們幹的，可謂是小心又小心，就生怕出錯。如今既說藥有問題，她也顧不得夏衿那邊，叫了薄荷過去，將藥渣倒出來，對照著藥方一一辨認。

此時夏衿已到了羅騫帳篷裡，只見羅騫伸著脖子，不停咳嗽，臉色脹得通紅，似乎不把肺咳出來不肯甘休一般，十分可怕。

夏衿連忙上前，將藥箱裡的銀針拿出來，找準穴道就扎了下去。

過了一會兒，羅騫的咳嗽就慢慢停了下來。

「夏姑娘，真是太謝謝您了。您不知道，剛才看我家公子那樣子，小人差點……」樂山說到這裡就哽咽了。

夏衿蹙眉看了羅騫一眼。「將手伸出來，我給你把個脈。」

羅騫將手放到桌上。

夏衿將兩隻手的脈都把了一下，沈吟著半天沒說話。

樂山和樂水都在旁邊眼巴巴地望著她，此時見她半天沒有作聲，忍不住問道：「夏姑娘，我家公子得的什麼病？」

夏衿疑惑地看著羅騫，搖搖頭。「沒病。他好像是喉嚨忽然受了刺激，所以才咳成這樣，現在舒緩下來，就沒事了。」

「沒事就好、沒事就好。」樂山大吁一口氣，露出笑容。他轉過身，手腳麻利地倒了一杯奶茶，推到夏衿面前。「煩勞夏姑娘跑一趟，沒什麼好招待您的，喝杯奶茶吧。」

說著，他又給羅騫倒了一杯，關切道：「公子，您喝口奶茶潤潤嗓子，或許會舒服些。」

醫治處那邊此時也沒事，夏衿便也沒急著走。這兩天她雖然對待羅騫極淡漠，但現在她既來了，便也不好馬上走。

「你剛才吃了什麼東西？」夏衿問道。

羅騫怔了怔，想想便搖搖頭。「沒吃什麼，就跟平常一樣，吃了兩塊餅、喝了一碗湯。」

他說的餅就是軍隊裡發的大餅，發了麵後放在火爐裡烤製而成，可以存放較長一段時間不會變質。

至於湯，則是向當地牧民買的牛羊，宰殺後熬成肉湯，每人一碗，將領們則多一些肉。

整個大軍的伙食都是如此，夏衿晚上吃的也是這些，並沒有不舒服的地方，顯然羅騫咳嗽的病症並不是飲食引起的。

她轉頭看了看羅騫的帳篷，見收拾得乾淨整齊，並沒有特殊氣味。

找不出病因，眼看著羅騫沒有再咳嗽，她便打算將奶茶喝盡就離開。儘管她不渴，但奶茶在這裡也算得珍貴，普通士兵隔兩天能喝上一小碗就不錯了，既然樂山給她倒了，不喝總是不好。

看到奶茶沒那麼燙了，她端起來，輕啜一口，正準備下嚥，忽然感覺到有些不對，她倏地抬起眼來看向羅騫。

這奶茶有一股淡淡的膻味，如果是一般人，絕對聞不出什麼來；但夏衿可是玩毒的高手，她的感官又極靈敏，入口的東西稍微有點異味她就能感覺出來。

這奶茶裡，有一點微不可聞的藥味，雖然很淡，她仍能分辨出來——那是春藥。

想了想，她把奶茶嚥了下去。她的左手本是放在腿上的，此時手掌一動，一粒藥丸從袖子裡滑落到手上，然後她裝作拿手帕抹嘴，將藥丸塞進嘴裡。

羅騫咳嗽那麼久，嗓子很不舒服，見夏衿拿起奶茶喝了一口，他也忍不住端起杯子來連喝幾口。

夏衿見狀，目光閃了閃。

下春藥的目的，自然是想得到她的身子。古代女子只要委身於某個男人，除了嫁給他，就別無選擇。如果羅騫不願意放手，想要得到她，那麼這個辦法倒是最直接的。

她現在只想知道，這藥是不是羅騫讓人下的？如果不是，他是否知情？就算不知情，待她藥性發作時，他又會如何處理？他那杯是否也下了藥？

不經歷一些事，很難看清楚一個人隱藏在內心深處的性格，有些品行，有時候連他自己都不清楚。

腦子裡各種念頭閃現。夏衿忽然發現一道目光落在她臉上，而且這道目光自從她喝了一口奶茶後，就一直都沒離開過。

她不動聲色往那處掃了一眼，發現樂山雖老實站在那裡，目不斜視，但眼角餘光卻看向她這裡。

想起桌上的這兩杯奶茶都是樂山斟的，夏衿心裡有了一分明悟。她端起奶茶又喝了一口，瞥向樂山，果然看到他鬆了一口氣。

她垂下眼眸，眸子裡寒光一閃。

「咦，這屋子裡怎麼忽然變得好熱？」對面的羅騫忽然開口道，他扯了扯領子，似乎要鬆一鬆衣服，可看到夏衿，忙又將手放下，臉上露出淡淡的紅暈。

夏衿知道他的杯子裡也有藥，而且藥效發作了。

即便如此，她仍沒有打消對羅騫的懷疑。

此時樂山開口道：「樂水，公子出了一身汗，一會兒怕是要沐浴，你去挑一擔水回來吧。」

羅騫愛乾淨，在家裡每天都要沐浴的，到了邊關後，因為這處缺水，他這才改了這個習慣。到今天為止離上次洗澡已有半個月了，現在又生了病，樂水也想讓公子舒服一點。雖然有水的地方離這裡很遠，他仍答應一聲，掀簾出去擔水去了。

看到樂水聽話離開，樂山暗自鬆了一口氣。

眼見得樂山把樂水支開，夏衿並沒有阻攔。

此時那粒藥丸在她嘴裡漸漸融化，化作一片清涼，從喉嚨直入而下，浸進四肢百骸，剛剛因藥效而有些熾熱的心，瞬間變得異常清醒。

為讓主僕兩人覺得真實，待樂水出去，夏衿便也站起來，對羅騫道：「既然你沒事，那我就告辭了。」

這話一出，樂山就緊張起來，不待羅騫說話，他就道：「夏姑娘，您要不再坐坐？我總不放心我家公子，擔心他一會兒還會咳嗽。」

說著，他轉頭看了羅騫一眼，故作大驚失色。「公子，您是不是哪裡不舒服？臉怎麼變得這麼紅？」

因為藥效的緣故，羅騫似乎有些控制不住自己。剛才他明明對自己的行為感覺不好意思，可此時他又扯了扯衣領，皺著眉異常煩躁道：「我好熱。」

樂山伸手摸了一下羅騫的額頭，吃驚道：「公子，您發燒了！」他轉頭央求夏衿道：「夏姑娘，您再給公子看看吧？」

第一百二十章

夏衿冷笑一聲，運功也將臉逼得浮出一層紅暈，目光變得有些迷離。

她伸手扯了扯袖子，一副熱得不行的樣子。「你們這帳篷裡是不是生了火？怎麼這麼熱？」轉頭吩咐樂山。「你把火爐提出去，再去把門簾掀開，放些涼風進來，我給你家公子把個脈。」

「好的，夏姑娘，您幫我家公子看病吧，我把爐子提出去。」樂山巴不得離開這裡，他提了爐子出去，不光沒把門簾掀開，反而把另一邊也放了下來。

夏衿見狀，抬眼看向了羅騫。

樂山下的藥藥性猛烈，就這麼一會兒工夫，羅騫就已快控制不住自己。他伸手扯開衣領，臉色紅得快滴出血來，看向夏衿的眼神迷濛而帶著幾分情慾。

夏衿知道中春藥的人最不能接觸異性，一接觸就難以控制，失去理智。她跟羅騫保持著一定的距離，臉上仍逼出一抹紅暈，還用袖子不停搧風，嘴裡道：「奇怪，羅大哥，是不是剛才喝的東西不對，怎麼忽然變得這麼熱呢？」

「喝的東西不對？」羅騫一怔，被情慾控制的大腦頓時清醒。

他是個聰明人，被夏衿這麼一點，頓時覺得不對。感覺到自己的失控，再看到夏衿亦是滿臉通紅，眼眸波光瀲灩，還時不時扯一下領子，他臉色大變，立刻喝道：「妳快離開！剛才喝的奶茶可能被下了藥。」

「下了藥？怎麼可能？」夏衿愕然。「誰下的藥？為什麼下藥？」

然而她沒等到羅騫的回答，抬頭一看，只見羅騫看向她的目光又迷離起來。

不過下一刻，羅騫的理智又占了上風。他用力地將頭一轉，聲音艱難道：「妳……妳快走……我、我快控制不住了。」

此事不能再拖了。夏衿掏出一粒藥丸，正要遞給羅騫，就見羅騫用力打了自己一下，顯然是想用痛疼抑制身體裡的那隻惡魔。

「妳快走！」他的聲音都嘶啞了，頭始終朝著另一邊，不敢看她。

「吃了這……」夏衿上前一步，話只說了一半，羅騫忽然向門口衝去，丟下一句話。

「不……妳這樣……不能出去，讓人誤會……我出去……」話未說完，人已到帳篷外了。

夏衿長長地嘆了一口氣，也跟著衝出帳篷，看到羅騫踉踉蹌蹌地走在前面。她掃了四周一眼，並未看到樂山。此時正值傍晚，羅騫的帳篷又駐紮在營房裡頭，四周還有些士兵走來走去。

她一把抓住附近的一個士兵，將藥丸遞給他道：「快追上前面的羅參軍，把這藥給他服下。他生病了，神智不清，我追不上他。」

夏衿的大名，早已在全軍上下傳開了，無人不對她既信服又尊敬。而且軍營裡只有四個女人，菖蒲、薄荷作丫鬟打扮，龍琴又是個中年婦女，不容易認錯。

所以一聽夏衿吩咐，那士兵想都沒想，接過藥丸就追了上去。羅騫本就走不快，又極力地想控制自己，不停跟藥效纏鬥，沒幾步就被追上了。

「羅大人，這是夏郎中給您的藥，快服下。」那士兵看清楚羅騫的模樣，也被嚇了一跳。此時羅騫不光滿臉通紅，而且眼睛也布滿血絲，渾身發抖，表情極為痛苦。當他走近的時候，羅騫一把抓住他的胳膊，手勁之大，差點沒把他胳膊擰斷。

難怪夏郎中不敢過來，羅參軍這病症也太可怕了。士兵心裡嘀咕著。

換作別人，此時神智早已不清了，也不知會做出什麼醜事來；可羅騫好歹有功夫在身，自制力也極強，此時還保持著最後一絲清明。他心裡只有一個念頭，那就是找個沒人的地方發作，別牽連夏衿傳出不好的名聲來。

聽到「藥」字，他如同抓住救命稻草，伸過頭來，張開大嘴就朝士兵的手咬來。那士兵嚇了一跳，連忙將藥丸往前一送就縮回手來。那藥丸不大，一進嘴裡，羅騫就把它囫圇吞了下去。

夏衿鬆了一口氣，腳下一點，閃身到羅騫身後，伸手一砍，將他直接擊暈。

本來這事她可以讓這士兵做的，但她生怕他拿捏不準勁道，擊傷羅騫就糟糕了，所以不惜讓人知道她會武功，親自出手。

那士兵果然被她這一手震撼住了。

夏衿也不解釋，聲音急促道：「來，你扶他回帳篷去。」

羅騫身材高大，那士兵一個人還搬不動。他四處看了看，向遠處叫了一聲。「王三，過來幫個忙。」

遠處的人朝這邊張望了一下，手裡拿著個飯碗跑了過來。

「來，幫我把羅大人扶進帳篷裡。」

夏衿正要去接王三手上的碗，卻見他把碗上的繩子往腰上一掛，就伸手去扶羅騫。

這碗是用錫片敲製而成的，輕而薄，上面鑽個小洞，穿了根繩子，可以掛在褲腰帶上。這種碗是士兵入伍時就配給的，每人一個，錫碗底部用紅漆寫上士兵的名字和籍貫。出征時這碗就隨身攜帶，吃飯、喝水都用它。如果士兵戰死，憑著碗上的名字便可以知曉死者的姓名。

王三剛剛喝了肉湯，掛上腰時夏衿還看到碗裡滴出兩滴帶油的水來，顯然還沒洗淨。

王三兩人扶著羅騫進了帳篷，在夏衿的指揮下把他放在床上。

「如果夏郎中沒有什麼事的話，我倆就告辭了。」王三不習慣跟陌生女子待在一個帳篷裡，見沒事就想告辭離開。

「羅大人的隨從不在，我一個姑娘家在此不便，還得麻煩兩位先在此待一會兒，等羅大人的兩位隨從來了再離開，可好？」夏衿道。

夏衿這樣說了，兩人自然沒意見，連聲道：「這沒問題，我們回去也沒事。」

有這兩人在，夏衿本可以離開了，但她想知道這事是樂山一個人謀劃的，還是受誰指使，決定留在這裡好好看看。

她藉口要給羅騫看病，讓王三兩人站到門簾旁。那裡堆放著一些生活用具，帳篷裡採光又不好，有人從外面進來，不容易看到王三兩人。

「羅大人這病怕是受不得風，我把門簾放一下。」夏衿又把門簾放了下來。

待一切準備好，傾耳聽了聽外面，似乎有腳步聲朝這邊走來，夏衿走到羅騫身邊坐了下來，伸出手去給他把脈。

「……半個時辰前我看到他還好好的，怎麼一下就病得這麼厲害了呢？」門口傳來岑毅的聲音。

「不知道呀，小的慌了，生怕公子有個三長兩短，趕緊跑去找李院判。夏姑娘的醫術雖好，但一人計短、兩人計長，多一個人看病總是好的。」這是樂山的聲音。

他這話說完，一群人已到門口了，門簾一下子被掀了起來。

夏衿轉頭望去，正看到岑毅站在門口，一隻手拽著簾子，表情似乎有些發愣。

一看岑毅怔在門口，後面的李玄明、周易知互遞了一個眼色。李玄明伸手撫鬚，面有得意之色。

「大將軍，怎麼了？」蘇慕閑見岑毅怔住，而樂山、李玄明和周易知臉上似有異樣，他頓時湧起不妙的感覺，伸頭想要朝裡面看一看，然而帳篷的門本就不大，岑毅身材又魁梧，往門口一站就把那裡堵了個嚴實，其他人根本看不見裡面的情形。

被他這一問，岑毅這才反應過來，自己堵在門口了。他剛才一愣是因為晃眼間只在帳篷裡看到夏衿一個人，床上還躺著個羅騫，除此之外，再無二人。孤男寡女共處一室，容易讓人說閒話，心念急轉之下他還想著，是不是放下門簾不進去算了。

可現在再說這些已經晚了，要是就這樣把門簾放下不讓大家進去，夏衿的清白更說不清楚。

他想了一想，一彎腰，乾脆進了帳篷裡。

其他人連忙魚貫而入。

看到帳篷裡只有夏衿和羅騫，一個坐著、一個躺著，兩人的衣服倒是齊整，後面進去的這幾個，表情各異，都十分精彩。

為了先入為主，引起大家的注意和懷疑，李玄明故作吃驚道：「夏姑娘？怎麼妳一個人在此？」他轉向樂山，將臉一沈。「你們這些下人是怎麼做事的？怎麼能讓夏姑娘和你家公子單獨待在帳篷裡？孤男寡女成何體統！」

夏衿的嘴角露出一抹冷笑，她指著角落裡的王三兩人道：「李院判，這不還有兩個人嗎？你哪隻眼睛看到孤男寡女了？」

大家這才看到還有兩個士兵也在帳篷內。

見到岑毅，王三兩人恭敬地抬手行禮，喚了一聲。「大將軍。」

岑毅平時在將士面前不苟言笑，但此時見到這兩個士兵，態度竟然和藹可親，笑著連連點頭。「好、好。」

此時樂山已撲到羅騫身上，轉過頭來悲憤地向夏衿道：「妳把我家公子怎麼了？我剛才離開的時候他還好好的，我家公子要是有什麼三長兩短，我非要妳償命不可。」

「啪」地一聲，一個耳光搧到樂山臉上。

大家愕然朝那方向看去，卻見羅騫坐了起來，看向樂山的眼神充滿寒意。

剛才那一掌，就是羅騫打的。

樂山搗著臉，看著羅騫，又驚又喜又詫異。「公子您醒了？可是……您為何打我？」問後面那句話時，他目光閃爍，不敢跟羅騫直視，顯得很是心虛。

羅騫冷冷地盯著他。「為何打你？夏郎中治好瘟疫，是朝廷的大功臣，豈是你能大呼小叫的？竟然還威脅上了，你可真有能耐！」

說著，他對岑毅拱手道：「大將軍，您怎麼來了？」

當岑毅堵在門口的時候，夏衿推測解藥已生效，將春藥抑制住了，就拿了個瓷瓶，放到羅騫鼻子底下給他嗅了嗅，他才及時醒了過來。

岑毅滿含深意地看了樂山一眼，對羅騫道：「聽你家小廝說你病了，我來看看。」

說到這個，羅騫臉色發白，大概是想起藥效發作時的情景，他根本不敢抬頭看夏衿，對岑毅道：「我沒事，小廝大驚小怪，勞大將軍和各位跑一趟，實在不好意思。」

「這有什麼不好意思，誰也不想生病。」岑毅安慰道。他站直身子，掃視了帳篷一眼，又對羅騫點點頭。「你好生歇著，有什麼需要的，儘管叫小廝找我。」

「多謝大將軍。」

岑毅這才看向夏衿。「夏郎中，羅參軍這病沒事吧？如果妳忙完了，去我那一趟吧，我正好找妳商量傷員的事。」

「行，羅大人這病不要緊，現在已經沒事了。」夏衿收拾藥箱，提到手裡就要跟岑毅出去。

岑毅轉過頭來，目光冷冷地對李玄明道：「李院判，你也是常在宮裡行走的，應該知道什麼叫禍從口出。你也這麼大把年紀了，往後還請謹言慎行，不要給自己招致禍端才好。」

說著，他轉身走了出去，連讓李玄明解釋的機會都不給。

夏衿和蘇慕閑跟在岑毅的後面。

走出帳篷老遠，岑毅對蘇慕閑道：「閑哥兒，你先回去吧，我跟夏姑娘說點事。」

「行。」蘇慕閑答應得極乾脆。他對夏衿笑了一下，就要轉身離開。

「等等。」夏衿叫道。

蘇慕閑停住腳步，轉身朝她看來。

夏衿向岑毅道：「如果大將軍是想問剛才發生了什麼，我無事不可以對人言，蘇大人不必迴避。」

岑毅叫蘇慕閑回去，就是考慮到夏衿的面子，如果夏衿跟羅騫真有什麼，當著蘇慕閑的面她恐怕不好說，現在夏衿既然這樣說了，岑毅自然不會攔著。

他對蘇慕閑點頭道：「既如此，就跟著一起來吧。」

一行人回到岑毅的帳篷裡坐下。岑毅這才問道：「剛才發生了什麼事？怎麼我看樂山和李玄明的神情都有異？」

夏衿並不覺得有什麼不能說的，把剛才發生的事一五一十地說了一遍。

「畜生！」岑毅一拍桌子，恨不得提劍殺了樂山。

「現在我只想知道樂山是不是受人指使。」夏衿道。

「這事交給我，我讓人去查。」岑毅道，掀簾叫來了隨從，耳語了幾句。

事情很容易查，因為羅騫從昨天到今天，除了跟著岑毅去醫治處看了夏衿幾次，其餘時間都待在指揮中心，哪兒都沒去。作為他的小廝，樂山和樂水都不能走遠，只要把這段時間守衛指揮中心的士兵提來一問，就清楚了。

果然，過沒多久，岑毅的隨從就走了進來，稟道：「守值的士兵看到這兩天樂山與孟夏孟郎中的隨從裴明走得很近，在樂山去請夏郎中過來看病之前，他跟裴明還在一起嘀嘀咕咕。」

不用再往下查，這件事再明顯不過了。裴明是孟夏的隨從，孟夏又一直巴結著李玄明；樂山下藥後，又第一時間叫了李玄明和周易知過來，好「撞破」夏衿和羅騫的「好事」，就算孟夏沒有跟來，他也完全脫離不了關係。

至於李玄明等人為何處心積慮想毀掉夏衿，帳篷裡三個人不用想就都能明白，無非是「名利」兩字。

想到這裡，夏衿又把那日李玄明利誘她的事跟岑毅說了一遍。

「這件事，我會偷偷稟報給皇上的。」岑毅的眼裡透出一抹寒光。

蘇慕閑則看了夏衿一眼，沒有說話。

既把話說清楚，夏衿便告辭離開。她掀簾出來時，蘇慕閑也出來了，追上她道：「夏衿，我想跟妳說一句話。」

第一百二十一章

夏衿停住腳步，抬頭看他。

蘇慕閑盯著她的眼，異常認真道：「憑妳的本事，我知道樂山手段再高明，羅騫再沒有自制力，也不能傷妳半分。我想說的是，就算妳被傷害了，只要妳願意，我也願意娶妳為妻！」

夏衿一愣，隨即明白過來。蘇慕閑這是想表明，哪怕她被人下藥，失身於羅騫，他依然願意娶她。

「為什麼？」她問。

古人最重貞節，對於男人來說，完全不能忍受自己的女人失身於別人。現在蘇慕閑說這話，她不知他是為了表明心意，還是真不在乎這種事。

「為什麼？」蘇慕閑似乎被問得愣住了，想了想，才道：「因為喜歡，所以不在乎。」

話雖簡單，他說得卻極真誠。

夏衿深深看他一眼，點了點頭。「謝謝。」轉過身，大步朝她的帳篷走去。

蘇慕閑怔了怔，隨即跟在她身後，遠遠地跟著。

聽到身後的腳步聲，夏衿淺淺一笑，沒有回頭。

遠遠地看著夏衿進了帳篷，蘇慕閑才抬起頭來，望著蒼穹，重重地吐了一口氣。想起要害夏衿的那些人渣，他眼中冷芒一閃，轉過身來，回去自己的帳篷。

因為事關夏衿，岑毅並沒有顧及羅騫的面子，在夏衿和蘇慕閑離開後，他就去了羅騫帳篷，親自審問樂山。樂山在他們離開後，被羅騫幾句話就問得全招了。岑毅來此，他便又將原委說了一遍。

原來那裴明甚是精明，根本就沒留把柄，只是向樂山說了一件事——江南有一書生為了娶富家小姐，下藥得到了小姐的身子，小姐最後只得下嫁於他。樂山一心為主，看不得自家主子為一個女人失魂落魄，被他這一說，便生了邪念，旁敲側擊問裴明有沒有這種藥。一個有心，一個有意，這藥就讓樂山順利拿到手。

那藥是白色藥粉，灑在白色的瓷杯底部，又是在帳篷裡光線昏暗的地方，自然不容易發現。要不是夏衿是玩毒專家，五官靈敏，李玄明透過樂山所使的計謀就很有可能得逞。

「這些畜生、敗類……」岑毅恨恨罵道，卻又拿李玄明等人沒辦法。畢竟人家只是講了一個故事，並沒有引誘哄騙，要說錯，就只在於裴明給了樂山一包春藥。但這仍然沒辦法懲戒他們，實在要追究，他們完全可以把裴明拋出來，說是他背著主子幹的，他們毫不知情。

「你的小廝，你自己處理吧。」岑毅冷冷地掃了樂山一眼，轉身出了帳篷。

一刻鐘後，樂山哭哭啼啼地從帳篷裡出來，手裡還提著個包袱，樂水將他送到軍營外面，這才回來。

兩國交戰，邊關地處荒涼，回臨江的路途又極遙遠。樂山一個人，也不知能不能走出這片荒漠。

不過，這已是公子看在他伺候多年的分上，才沒有立刻要他的命。離開後他能不能活下來，那只有看天意了。

夏衿回到帳篷，就把春藥的事跟兩個丫鬟說了，菖蒲和薄荷頓時氣得牙癢癢。

「姑娘，不能就這麼放過樂山。」菖蒲道。

她對羅騫本就沒好感，這會兒聽到自家姑娘的清白差點毀在他身上，即便這事是樂山做的，但她仍然懷疑是羅家主僕演了一場戲來騙自家姑娘，對羅家人就更沒好感了。如何對待羅騫她沒資格說話，但對樂山，她決定就算羅騫和夏衿不出手，她也要想辦法把那人打下十八層地獄。

「那是羅公子家僕。」夏衿淡淡道：「且看他如何處理就是了，咱們沒必要插手。」

菖蒲咬了咬唇，沒有說話。

薄荷一向是沒什麼主意的，今天憋了半天，卻難得憋出一句話。「羅公子……其實還好啦，至少他沒做出對不起姑娘的事來。」

這話立刻捅了馬蜂窩，菖蒲沒想到自家陣營裡竟然還有一個小叛徒，立刻瞪圓了眼睛，把薄荷拉到旁邊去，直把她唸得一個頭、兩個大，弱弱地抗議道：「菖蒲姊姊，妳別這麼激動好嗎？我沒說羅公子好，只是覺得他至少沒對不起姑娘。」

「怎麼沒對不起姑娘？那樂山是他小廝，樂山做的事不就等同他做的？妳怎麼知道他不是演戲給姑娘看？妳看妳都被他打動、幫他說好話了，姑娘心裡沒準兒就對他改觀，覺得這人一往情深，可以考慮嫁給他，他的目的就達到了妳知不知道？」

夏衿一愣。

這丫鬟，膽子越來越大了，都敢敲打到她頭上來了。

薄荷被菖蒲說得嚇傻了，好半天才看向夏衿。「姑娘，真的像菖蒲姊姊說的？」

夏衿抿嘴笑道：「妳別聽她瞎嚷嚷，現在她看誰都是壞人，別理她，世上還是好人多。」

菖蒲翻了個白眼，噘著嘴嘟囔道：「姑娘，您就這麼慣著她吧，她遲早被人賣了還幫人數錢。」

「我有那麼傻嗎？」老實的薄荷不服氣了。

「就有。」

「沒有。」

「就有。」

……

夏衿被這麼一鬧，心情倒是好很多。見她們還沒完沒了的，又好氣、又好笑，喝道：「行了，都給我閉嘴。」

兩個丫鬟老實閉嘴不說話了。

不過憋了一會兒，越來越愛操心的菖蒲又忍不住問道：「姑娘，您說當時蘇公子也在場？他沒說什麼吧？」

「沒說。」蘇慕閑近似於表白的話，夏衿並不想告訴她們。

「他臉色難看嗎？出來後搭理妳了嗎？」菖蒲跟個愛情醫生似的，想要細細剖析蘇慕閑的心理。

夏衿翻了個白眼，還是回答了這愛操心的丫鬟。「不難看，搭理我了。」

菖蒲鬆了一口氣。「那就好，那說明蘇公子並不在意這事。姑娘，男人沒有不在意這個的，蘇公子那是太喜歡您了，這才不在意呢。」

夏衿默然不語。

說實話，對於蘇慕閑的表現，她是挺滿意的。尤其打從她對岑家人表示羅騫不回家，她就不議親事之後，蘇慕閑就再也不提感情的事，只在不遠不近處，默默守護、關心她。而出了這事後，他卻立刻對她表明態度。

剛認識他時，他雖然不諳世事，但他一直在成長，跟她相處時跌跌撞撞，也幹過傻事；但現在跟他相處時，她感覺很舒服，不近不遠、不急不躁，如冬日的太陽，照在身上暖暖的讓人身心舒暢。

或許，回去之後，她該把親事訂下來了，讓蘇慕閑放心，也免得羅家人老是折騰。

「夏郎中。」外面傳來一個男聲。

夏衿聽出是岑毅的聲音，詫異地站起來，迎了出去。

看到帳篷外只有岑毅一個人，夏衿很是感動。

她知道岑毅是為了她在羅騫那裡的遭遇來的。正值戰事期間，岑毅一定非常忙碌，但為了她的這點破事，老人家來來回回奔波，實在讓她過意不去。

「有什麼事，您讓隨從喚我一聲就行，哪用得著您親自來？」夏衿笑道，將岑毅請進帳篷。

菖蒲立刻沏了兩杯好茶上來。

岑毅掃了菖蒲和薄荷一眼，抬眼向夏衿道：「我來，就是為了剛才的事。」

夏衿知道岑毅的意思。剛才的事自然是越少人知道越好，如果她不願意讓兩個丫鬟知道，此時讓兩人迴避是最好的。

她笑道：「兩個丫鬟都是我的心腹，我的事她們沒有不知道的。岑爺爺您有什麼話，直說好了。」

岑毅便將審問樂山的結果說了一遍。

知道竟然是孟夏的隨從在背後搞鬼，而且還抓不住他們的把柄，菖蒲氣得滿臉通紅，看著夏衿，希望自家姑娘能跟岑毅說一說，讓他幫出一通氣。

夏衿卻像沒看到一樣，對岑毅道：「這件事我知道了，岑爺爺也不必為我做什麼。目前尚在戰中，一切都以穩定為主，不宜生事。有些公道往後再討也行，不急於一時。」

見夏衿識大體，顧全大局，能分清主次，同時又不是一味綿軟好欺，這讓岑毅越發欣賞。

「這件事，指使者不會是孟夏，他沒那麼大的膽子，李玄明和周易知脫不了關係。衿姐兒放心，待回到京城，我會將這些情況報給皇上的。他們以為捉不到把柄就拿他們沒辦法？哼，有些事情根本不需要證據。」

夏衿不是善茬，惹著了她，她定要李玄明等人求生不得、求死不能，她不急著報復，只是想跟三人慢慢玩而已。現在岑毅既這樣說，她自然也樂得輕鬆。

她站了起來，恭敬地行了一禮。「多謝岑爺爺的維護。」

岑毅趕緊伸手虛扶。「快起來、快起來。要說到謝，岑爺爺還沒謝妳呢。妳主動請纓到邊關來，都不知道這給了我們多大的幫助，這場仗要是打贏了，有一半的功勞是妳的。」

「岑爺爺言重了，我只是做了一點微末之事，不足掛齒。岑爺爺您這話一說，可叫我臉都沒處擱。」

岑毅大笑起來。「行了，咱們爺孫倆就不要互相客套了。我那邊還有事，就不多留了。」說著，起身離去。

待岑毅一離開，菖蒲就待不住了。「姑娘，難道就這樣放過那幾個傢伙不成？大將軍雖說會在皇上面前參上一本，但到時候貴妃的枕頭風一吹，估計也就喝斥幾句，連官職都不會變動。如果是這樣，這口氣奴婢怎麼都嚥不下去！」

夏衿好笑地抬眸看向菖蒲。「那妳想怎樣？」

「今晚奴婢蒙面去把他們暴打一頓，請姑娘應允。」菖蒲衣襬一掀，跪到地上，直直地望著夏衿。

「今天他惹了咱們，晚上就被打，這麼明顯，誰還不知是咱們做的？妳就不怕他們再報復回來？」
菖蒲下巴一抬。「他們有證據嗎？既沒有證據，誰能證明是我們打的？他要再敢報復，就再打，打到他怕為止。」
夏衿一愣。她沒想到，她竟然把一個文文靜靜的小姑娘培養成暴力女。不過，這種報復她喜歡。
「妳把李玄明三人打了，明日戰場上的傷員豈不全靠我一人？妳還嫌妳家姑娘不夠累？」
菖蒲傻了眼。「這個……奴婢沒考慮到。」
夏衿睨她一眼。「行了，再過兩日，疫區的病人痊癒，梁郎中他們就要撤回大營來了，到時候妳想幹什麼就幹什麼，我不攔妳。」
「多謝姑娘。」菖蒲這才高興起來。
可一個時辰後，薄荷去打水回來，順便帶回一個震撼的消息。
「姑娘，聽說李院判和周御醫、孟郎中剛才上茅廁的時候一起掉進茅坑裡，幸虧王凡和劉明達大哥路過，及時把他們救起來才沒淹死。據說他們被送回來時非常狼狽，頂風十里臭，好多人都看到了。」
「啊？」菖蒲跟夏衿對視一眼，不由得笑出聲來，叫道：「肯定是蘇公子那邊出手了，要不怎麼那麼巧，偏就是王凡大哥和劉明達大哥路過呢？這罪遭的，掉茅坑裡，想來滋味不錯，怕是比殺了他們還難受。我憋了老半天的氣，終於順暢了，哈哈哈哈……」

看到這丫頭插著腰仰天大笑，夏衿半天無語。

李玄明他們雖掉到茅廁裡，但時間並不長，而且那茅坑也不深，只到胸口，撈起來洗刷乾淨，三個人第二天就又出現在醫治處。

其實他們想裝病來著，昨晚面子丟大了，而且確實被折騰得不輕，吐得黃膽水都出來了，加之驚魂未定，一整晚都睡不踏實，就算不裝，他們也確實需要休息。

可岑毅不答應，跑到帳篷裡把他們訓斥一通，說他們到了邊關，啥事都不做，現在打仗了，正是用得上他們的時候，他們卻躲懶裝病，沒準兒就是故意掉茅坑裡的，還揚言馬上回去寫摺子參他們一本。

這話說得三人差點沒氣瘋。誰沒事故意掉茅坑裡，他們腦子又沒病！不過這裡是大軍裡，岑毅又是大將軍，這事是紅是黑還真由得他說。沒奈何，三人只得爬起來到了醫治處。

不過到醫治處來，倒也有些好處。昨晚到今早他們都放了些風聲出來，把昨晚夏衿跟羅騫孤男寡女共處一室的事情往外散布了一遍，現在倒可以看看熱鬧。

想想一會兒夏衿被人指指點點，羞愧難當的樣子，他們掉茅坑的鬱悶心情起碼能舒緩一些。

然而在醫治處待了半天，他們倒是看到士兵們指指點點了，但議論的對象不是夏衿，而是他們三人。聽到隱隱傳來的議論聲，三人臉都黑了，他們昨晚掉茅坑那點破事，竟然傳遍全軍；甚至有人沒病沒傷也跑來，就是為了看看掉茅坑的三個郎中。而今天從戰場上受了傷下來的傷員，只要夏衿有空就死命往那裡去；要是夏衿沒空，他們不得不來這邊治傷，一個個也是一臉便秘，屏著呼吸扭著臉，彷彿他們身上很臭似的。

這讓三人十分惱怒，卻又毫無辦法。

「去打聽打聽，到底怎麼回事，羅騫跟夏衿的事為什麼沒人議論。」李玄明私下吩咐隨從。

隨從領命而去，半個時辰後回來稟道：「我叫了些交情好的士兵去打聽了，說是大將軍發了令，夏郎中一個姑娘家，為了救大家的命，連清譽都不顧，要是誰私下裡議論她的是非，軍法論處。」

說著，他小心地看著李玄明的臉色，又補了一句。「他們說，即便沒大將軍的這道命令，他們也不會議論夏郎中。前天和昨天有三起打架事件，都是因為夏郎中而起。有人私下裡隨便說了夏郎中兩句閒話，就有人把他們打得頭破血流，打人的都有要好的兄弟在疫區裡治病，或是昨天受了重傷被夏郎中保下命的。他們私下裡都警告了，要是誰說夏郎中閒話，別怪他們拳頭不客氣。」

第一百二十二章

李玄明跟周易知面面相覷，默然不語。孟夏在一旁暗自嘆了口氣。

昨晚掉茅坑，今天被人恥笑，到明兒還不知有什麼報復在等著他們呢。

羅騫是個參軍，是大軍的智囊團，豈是個笨人，能讓人玩弄於股掌之中嗎？夏衿是邵家人，岑毅跟邵家的交情擺在那裡，惹了她就等於惹了岑毅。

這些人，以為沒有證據就能糊弄過去嗎？昨晚掉進茅坑就是明證。

偏李玄明仗著有貴妃撐腰，以為岑毅和羅騫不敢拿他怎麼樣，今天早上還要散布謠言，怎麼勸都不聽。想到這裡，孟夏目光閃了閃。

雙方對峙，最有可能犧牲的就是他。他沒官職、沒背景、沒人撐腰，當初哄騙樂山的又是他的隨從裴明；要是岑毅和羅騫報復得厲害了，李玄明定然會把他拋出去，以平息對方的怒火。

到時候，他只有死路一條。看來，得走另一條路以求自保了。

到了中午吃飯的時候，他藉口肚子不舒服要上茅廁，到了岑毅的帳篷裡。一盞茶工夫後，他從帳篷裡出來，眼裡的焦躁不見了，取而代之的是安穩與平靜。

他剛走出不遠，迎面就急跑來一個士兵，與他擦肩而過，緊接著就聽那士兵叫道：「大將軍，不好了，又有人腹瀉嘔吐了，跟瘟疫的發病情形一模一樣。」

孟夏停住腳步。

「什麼？」岑毅從帳篷裡出來，問道：「送到夏郎中那裡去了沒有？」

「送去了，這是夏郎中寫的字條。」那士兵將一張字條遞給岑毅。

岑毅看了，瞳孔一縮，下令道：「你去把副將以上的人都叫來，我有事相商。」

士兵領命而去。

看到孟夏還站在不遠處，岑毅冷冷地掃了他一眼。孟夏打了個寒顫，連忙轉過身，腳步飛快地離去。

接下來的幾天，孟夏仍跟李玄明等人混在一起，言行舉止並沒有異樣，而他也時刻注意著軍中動靜。沒過兩天，就有消息傳來，說岑毅抓住下藥引起瘟疫的人，那人是軍中的什長，他趁著巡邏時，把毒下在士兵們隨身攜帶的碗裡。而發現這一點並把下藥人抓獲的，正是那位夏姑娘。

孟夏無比慶幸自己走對了路。夏衿不光治好瘟疫，救治無數重傷員，還把瘟疫的源頭找了出來，這樣的大功臣，皇上豈能容別人陷害她，搶她的功勞？要是不將陷害她的人殺頭，豈不寒了全軍的心？

於是他看向李玄明和周易知的目光，就跟看兩個死人似的；至於自己，他很放心，因為岑毅答應過，只要在朝廷上指證李玄明、周易知，他就保他一命，就算保不住他的命，他一家老小也必不會受牽連。

岑毅一言九鼎，他是清楚的。他起碼還有一線活命的機會，而李玄明和周易知，那是死定了。

北涼國之所以敢與大周朝十幾萬大軍抗衡，倚仗的就是這一場瘟疫。

他們既想藉由瘟疫拖垮大周朝的軍隊，又用戰爭阻止大周朝的援助，把十幾萬大軍拖死在邊關，以達到以蛇吞鯨的目的。

沒承想，這一切都被一個小姑娘給破壞了。

北涼國雖有戰馬，國民也剽悍，但國家太小，人口不多，經濟上也禁不起大規模的戰役，瘟疫的計謀一破，那邊就做了縮頭烏龜，不敢再挑釁大周。

但岑毅豈是那麼好說話的，一抓到下毒的士兵，再告誡大家看好自己的飯碗，不要給人可乘之機。如此一來，瘟疫的源頭就斷了，連續四、五天，再沒有一起霍亂病例發生；而疫區的病人也全部康復，跟隨留存的郎中一起回到大本營，見軍心十分穩定，岑毅馬上下令，大舉進攻北涼邊境。

看到每日從前線源源不斷送來的傷員，菖蒲將她的報仇計劃默默藏在心底，跟在夏衿身邊忙來忙去。

蘇慕閑這段時間一直在做夏衿的助手，可看到前線抬進來一個又一個重傷員，他坐不住了，對夏衿道：「我想上戰場。」

學得一身武功，又是個七尺男兒，沒有誰到了這裡不想上戰場的。夏衿只問他：「你就不怕回不來？」

「怕。」蘇慕閑看向夏衿，目光裡的柔情讓站在旁邊的菖蒲和薄荷看了都心跳如鼓。

「可是我仍想去，如果我不去，我一定會遺憾終生的。」

夏衿的嘴角微勾。「如果……我是說如果，我勸你別去呢？」

蘇慕閑搖搖頭。「妳不會的。」他的嘴角也勾了起來，溫柔的眼神變得熾熱如火。「妳能自請到邊關來，又何嘗不是跟我一樣，凡事只為自己的心，不考慮利益得失？」

夏衿笑容變大，目光也漸漸柔和。「只要你能活著回來，我就嫁給你。」

蘇慕閑倏地瞪大眼睛，滿臉不可置信。「妳說什麼？再說一遍，我沒聽清楚。」

夏衿笑了起來，露出潔白的牙齒。她向來清冷，表情一向淡淡的，可這一刻，卻笑得異常燦爛。「你沒聽錯，只要你活著回來，我就嫁給你。」

這一回蘇慕閑終於聽清楚了，他的眼睛一下亮得如同夜空的星辰。

凝視著夏衿，他發誓一般極為鄭重道：「我會活著回來的，妳等著我。」

「好，我等你。」

心緒澎湃地跟夏衿對視了一會兒，蘇慕閑扭過頭，朝指揮處跑去。

他要上戰場，需要經過岑毅的批准。

「姑娘……」菖蒲見狀，望向夏衿欲言又止。

夏衿看她一眼，低下頭繼續配藥，一面道：「妳想勸我別讓他去？」

「是。」菖蒲輕聲應道：「您好不容易遇上合意的人，要是他有個三長兩短，您可怎麼辦？」

夏衿抬頭看她一眼，笑了笑。「邊關路途遙遠，有瘟疫又打仗，來這裡可謂九死一生，我當初說要來，妳看蘇公子勸阻過我沒有？」

菖蒲一愣，想了想，搖搖頭。「這倒沒有。」

「道理都是一樣的。」夏衿將水倒進裝了藥的器皿裡，抬起眼來，聲音輕柔。「我來邊關，他知道這是我想做的事，所以明知危險，仍跟了來，只為守在我身邊，保我安全。現在他想上戰場，我雖女流之輩，又要治病救人，不能跟他並肩殺敵，但支持他、讓他安心，卻是我能做到的。」

她轉頭看了菖蒲一眼。「互相理解，彼此支持，相信對方、尊重對方，這才是長久相處之道，而不是以喜歡為名，將自己的意志強加在對方身上。我要是覺得戰場危險，不讓他去，或許他會聽，但心裡肯定會有疙瘩，這樣的事多了，再喜歡也會變得面目可憎。」

菖蒲聽了這話，久久沒有動彈。

倒是薄荷在一旁道：「原來如此，難怪姑娘不願意跟羅公子在一起呢，即便沒有羅夫人，羅公子也不適合姑娘。」

夏衿沒料到她能說出這樣一番話，不由誇道：「薄荷是個明白人，就是這個道理。」

薄荷被她這一誇，倒不好意思起來，抿嘴一笑，不說話了。

俗話說，白天說不得人，晚上說不得鬼。果不其然，這不，說曹操，曹操就到。主僕三人聊了一會兒，帳篷外就響起羅騫的聲音。「夏郎中在嗎？」

夏衿三人都詫異地挑起眉毛。

自從下藥事件發生之後，羅騫似乎不好意思，再也沒往這邊來，即便路上遇見，也會特意繞開。可今天，他怎麼過來了？

「在。」夏衿放下手中的東西，走了出去，親自將門簾掀開。

羅騫看了帳篷裡一眼，見菖蒲和薄荷都在，躊躇了一下，沒有進來。

夏衿明知羅騫有話要說，但她實在不願意再跟他獨處，樂山的事，她多少有些介意。

「羅大哥，什麼事？」她問道，擺明不願意讓兩個婢女迴避，也沒請羅騫進帳篷裡坐。

羅騫猶豫了一下，還是開了口。「剛才蘇公子去找大將軍，說要上戰場，我想問問，這件事妳知道不？」

夏衿沒想到他來是說這件事，點點頭道：「知道的。」

羅騫一愣。「妳知道？」

夏衿疑惑地看他。「是啊，蘇大哥跟我說了。」

羅騫深深地看她一眼，抿抿嘴，半晌沒說話。

雖說李玄明散布的謠言被岑毅控制住，沒在軍中流傳開來，但她跟羅騫站在一起，仍引來了一些人的目光。

這裡是醫治處，來來去去的將士很多。

夏衿見他發愣，只得叫了他一聲。「羅大哥。」

「啊？哦。」羅騫回過神來，抬眼看了看那些投過來的目光，朝她點了點頭，沒有再說話，轉身離開了。

蘇慕閑要上戰場的事不光惹得羅騫來問，半個時辰後，岑毅也抽空來了，問夏衿知不知道這件事，又感慨道：「閑哥兒那孩子真是不錯，年紀輕輕就襲了爵，家中財產也足夠花，再加上還未娶妻生子，任誰在他這個位置，都想著享受榮華富貴，安安穩穩過日子。可他呢，不光來了邊關，還主動要求上戰場，這孩子難得呀。」

既打算嫁給蘇慕閑，夏衿便不好跟著一起誇他，只隨聲附和一句。「好男兒當如是。」

「好男兒當如是，這話說得好哇！」岑毅誇讚道。

不用再問，他就知道夏衿是支持蘇慕閑上戰場的。

「衿姐兒，妳真不願意嫁給我家雲舟小子？只要妳點頭，妳家長輩都交給我，我來說服他們。」岑毅又忍不住舊話重提。

夏衿無奈道：「岑爺爺，您怎麼又說這話了？我跟雲舟大哥真不合適。」

「唉，是我岑家沒福氣。」岑毅嘆息一聲，又說了兩句閒話，告辭離開了。

當天晚上，蘇慕閑就隨一支營隊去了前線。夏衿忙碌之餘，仍多了一分擔心。

「夏郎中，您看看我這樣處理對不對。」一天，梁問裕走過來，把他剛才處理傷口的情況跟夏衿彙報了一遍。

疫區的士兵康復歸隊，他們三個在疫區的郎中自然也跟著回了大營，這幾天，他和賈昭明就一直跟在夏衿身邊，一邊幫著治病，一邊向夏衿請教。

夏衿毫不藏私，凡是他們發問的問題她都傾囊相授。梁、賈兩人能當上御醫，醫術自然高明，被她這一點撥，進步神速，這兩天已開始給重傷員做手術了，把原來壓在夏衿身上的重擔分了一些過去，頓時令她輕鬆許多。

「傷口縫合的時候要注意……」夏衿轉過頭跟他討論醫術。

「姑娘，您看……」菖蒲忽然指著遠處大叫起來。

夏衿和梁問裕抬頭一看，臉色驟變。只見遠遠一人騎著馬朝這邊奔來，他頭上戴著頭盔看不清面容，只看到他身上穿的盔甲被血染紅了一片；他手裡似乎還橫抱著一個人，那血也不知是他的還是懷裡那個人的。

「準備手術。」夏衿急道。

大家立刻動了起來。

經此一役，菖蒲和薄荷已經是很有經驗的護士了，手術前的所有準備工作都由她們完成。

薄荷做完手上的事，就往外跑。她要把護衛隊的那些人都叫過來，守在帳篷外面，倒不是怕人攻擊，而是另有用處。

菖蒲往充當手術檯的木床上鋪好已消毒的棉布，將即將使用的手術刀都擺好，拿上消過毒的罩衣正要給夏衿罩上，就看到她那雙在消毒液裡泡過的手似乎抖了一下，眼睛正緊緊地盯著外面。

菖蒲詫異地看了她一眼。

夏衿是個極冷靜的郎中，面對再嚴重的傷勢，即便那人痛苦得連梁問裕都不忍直視，夏衿仍沒有表情，該幹什麼就幹什麼。

可現在，她那雙拿著刀子開膛破肚都不會顫抖的手，此時卻抖了一下，這是為何？

菖蒲順著她的目光看去，看到那人騎著馬已跑到近前。看清楚頭盔下那人的長相，菖蒲心裡不由得一愣，騎在馬上的，竟然是蘇慕閑！

馬兒如箭，很快就跑到帳篷前。蘇慕閑翻身下馬，飛快地跑進來，將手中的人放在手術檯上，嘴裡叫道：「是羅騫，快。」

「羅騫！」大家都大吃一驚，定睛一看，躺在手術檯上，臉色蒼白得沒有一點血色的，不是羅騫還能是誰？

夏衿此時已冷靜下來，急上前將羅騫的傷勢打量一番，便見他腿上被砍了一刀，大概是傷到大動脈，鮮血不停地流出來。

「止血鉗。」夏衿向菖蒲一伸手。

菖蒲連忙把止血鉗遞給她。

一連用了幾把止血鉗，羅騫腿上的血才止住。

「梁郎中，脫他衣服，看看身上哪裡還有傷。」夏衿吩咐道。

此時羅騫身上還穿著重重的鎧甲，不方便醫治。

梁問裕連忙上前，跟賈昭明一起把他的鎧甲脫下來，檢查完他身上的傷，稟道：「沒有了，只大腿上一處。」

夏衿此時已給羅騫服下止血藥，並把了把脈。

在這古代，條件簡陋，沒有測血壓、心跳的儀器，好在夏衿把得一手好脈，兩指一搭，傷員是什麼情況，她都心中有數。

將手收回，她的臉色黑得如同鍋底。

「怎、怎麼？」蘇慕閑的心一沈，說話都不索利了。

這是羅騫，不是別人。夏衿雖然沒有選擇嫁給羅騫，但蘇慕閑卻知道，他在夏衿心目中，始終跟別人不一樣。羅騫在她最艱難的時候，伸出手給了她許多幫助，雖然他們沒能在一起，但只拿羅騫能為她到邊關來這一點，他在夏衿心目中就夠分量了。

當初她明明已決定不嫁給他了，但因為他來了邊關，她就拒絕談親事。如果羅騫就這樣死了……

蘇慕閑的心一點點冷下去。

第一百二十三章

「輸血。」夏衿平靜地從嘴裡吐出幾個字，但菖蒲卻發現她的聲音似乎有些顫抖。

菖蒲的心沈到了谷底，她跟蘇慕閑一樣，也知道羅騫死了意味著什麼。

輸血，這兩個字對帳篷裡的幾人都不陌生。夏衿在京城時，就提取了血清，能夠做血型鑑定。前面有一個傷員也是失血過多需要輸血，夏衿將護衛隊的人找來，驗了血型後，用針筒抽了幾管血輸進去，可那人最後還是死了。

死了啊，死了……

大家看著面如死灰的羅騫，心情十分沈重。

儘管心沈到谷底，菖蒲和薄荷還是動了起來，協助夏衿取了羅騫的血樣，進行化驗；夏衿則開始在羅騫身上施以銀針。

「乙型血。」菖蒲叫道。

古人未見過英文字母，A型、B型、O型對他們而言，完全不知是怎麼一回事，所以夏衿直接用「甲、乙、丙」代替。所謂「乙型」，就是B型。

蘇慕閑一聽，大喜，一伸胳膊。「我是乙型血，抽我的。」

他在醫治處幫忙過幾天，上次給傷員輸血時他也在，跟其他護衛一起驗過血型。不過上次那傷員是丙型，他沒有被抽血。

護衛裡還有一人也是B型，很健壯的小夥子，平時英雄氣概了得，可此時被薄荷從外面叫進來時，竟然有一種畏首畏尾的味道，躲在賈昭明身後不敢上前。

羅騫的血壓很低，低到幾乎把不到脈象。夏衿腦子裡唯一的想法，就是把他救活，不管是誰血型相符，她都得抽。

她拿起針筒，將蘇慕閑的胳膊消了一下毒，一針扎下去，緩緩地抽出一管血，直接輸進羅騫的血管裡。

「再來。」蘇慕閑又叫道。

看到他這樣，其他護衛頓時十分佩服。他們上次被抽了一管血，就覺得虛弱很多，此時心有餘悸，再不想被抽血了——當然，心理因素占大多數。

夏衿看了他一眼，取過新的針管，索利地扎了下去，又從他體內抽了一管血。

「我感覺沒問題，再來一管。」見夏衿從羅騫手上取下針頭，蘇慕閑再次將胳膊伸到她面前。

「蘇侯爺，萬萬不可。」梁問裕一把將他攔住。

羅騫不過是一個地方知府的兒子，原先沒有官職，只是一介舉人，即便現在任參軍一職，也不是要緊職位；但蘇慕閑不同，他是御前侍衛，身上還有爵位，深得皇上的器重和太后的疼愛。涼薄一些說，死一個羅騫不打緊，可是蘇慕閑死了，皇上和太后的震怒，不是夏衿和他梁問裕能承擔得起的。

就算梁問裕醫者父母心，不為自身利益考慮，只從醫者的角度出發，救一個不知能不能活的傷員，傷了健全的蘇慕閑的性命，也是得不償失的。

夏衿自然知道，抽血量在四百毫升以內，對身體是沒有太大影響的；抽八百毫升也在允許範圍之內，超過一千五百毫升才會有生命危險。此時才抽了兩管血，大約三百多毫升，再抽一管血，蘇慕閑也不會有問題。

不過抽血後需要靜養，而且要吃營養的東西，邊關條件有限，要想一下子把身體養好有些難度。蘇慕閑還要再上戰場，能少抽血自然儘量少抽。

她沒有說話，只靜靜地看了蘇慕閑一眼，便朝另一個B型血的護衛招手，讓他過來抽血。

「抽我的。」蘇慕閑攔在她面前。

「蘇侯爺……」不光梁問裕阻攔，便是賈昭明也開口勸他。

可他只說了三個字，就被蘇慕閑打斷了。他盯著夏衿，固執道：「我上次聽妳說過，只要不是抽很多，就不會死。我自己的身體我知道，剛才抽了兩管，我並沒有不適，完全可以再抽一管。」

夏衿注視著他，點了點頭，然後低下頭去，又抽了一管血，注射到羅騫體內。

那B型血護衛見蘇慕閑除了臉色蒼白一些，沒有其他不適，也壯著膽子走了過來，將胳膊伸到夏衿面前。

夏衿也不客氣，在他身上連抽了兩管才作罷。

她將針筒放下，伸手給羅騫把了一下脈，然後毫不猶豫，拿起一個乾淨的針筒，扎到自己靜脈上。

「姑娘……」

「夏衿……」

「夏郎中，妳幹什麼？」

大家齊聲叫了起來，夏衿卻置若罔聞，緩緩地從自己身上抽出一管血。

「姑娘，您不是說不同血型不能亂注射嗎？否則會死人的！」菖蒲急道。

「我是丙型，萬能輸血者。」夏衿將那管血注射到羅騫體內，說著，又從自己身上抽了一管血。

阮震看得動容，伸出胳膊。「我是丙型，抽我的。」他上次被抽過兩管，這幾天都感覺身體有些虛，本不想再被抽了，可看到夏衿這麼一個小姑娘都抽了兩管血，他一個大男人實在坐不住。

夏衿感激地朝他點點頭。「應該差不多了，你的暫時不用。」

說著，她伸出手指，按在羅騫的手腕上。

「怎麼樣？」看她收回手來，大家忙問。

夏衿沒有回答，將他身上的銀針捻了捻，過了一會兒，再把了一次脈，這一回，她露出了笑容。「已有好轉的跡象。」

大家都大鬆一口氣。

羅騫的傷口已止住血，現在吃了止血藥，又輸了這麼多血進去，他又是個健壯的年輕人，被銀針一激，情況越來越好，在一盞茶工夫後，夏衿再把了一次脈，宣佈道：「他已經沒事了。」

大家歡呼起來。

夏衿抬起眼來，柔柔地看了蘇慕閑一眼，從懷裡拿出一個小瓷瓶遞給他。「一天三次，一次一粒，十天內不要上戰場跟人拚殺。」能被她放在身上的，都是珍貴的保命藥。

夏衿向來冷情，此時難得流露出柔情，因其難得，才動人心弦。只這一眼，蘇慕閑的心就像被羽毛拂過一般，酥酥麻麻十分舒暢。

他緊緊握住了那還帶著體溫的小瓷瓶。「我知道了。」深深看了她一眼，毅然轉身離開。

他是陣前將士，不能離隊太久，此時需要回到前線待命。

「我陪他去一趟。」阮震說了一聲，急步去追蘇慕閑。

他才抽了那麼多血，身體虛弱，要是路上遇到敵兵，必不能敵，有他護送會好一些，而且他也要向岑毅稟報蘇慕閑的身體狀況。

羅騫留在帳篷裡休養，到了晚上，他緩緩睜開眼，甦醒過來。

看到映入眼簾的那張臉，羅騫只覺恍如夢中，他微微張嘴，輕輕吐出兩個字。「夏衿……」

夏衿朝他笑了笑，將微冰的手指搭在他的手腕上，一如當年他病入膏肓，靜靜躺在床上等死，她扮成少年，飄然而至，告訴他。「你的病我能治。」

憶起往事，想起永遠不能與她攜手，看她一笑一靨，一滴眼淚從羅騫的眼角滑落。

看到這滴眼淚，夏衿長長的睫毛扇了扇，垂了下去。彷彿不經意地，那隻微涼而修長的手指從他臉旁一劃而過，將那滴眼淚拭去。

「好好歇息，你剛撿回一條命來。」她開口道，聲音輕柔，但那雙望向他的眼眸，卻平靜如一汪湖水，不帶任何情緒。

羅騫注視著她，良久，重重地閉上眼睛。

閉著眼，他輕輕頷首。「好。」

「姑娘，我來照顧羅公子，您累了一天，也去吃飯，歇息一會兒。」菖蒲道。

「行。」夏衿站了起來，叮囑道：「有什麼事叫我。」這才轉身離開。

那一夜，羅騫吃過藥睡了一覺，第二天身體已恢復許多。待到夏衿再去時，他看向她的目光，十分安詳平靜，如雨後的天空，澄明透亮，天青一色。

「謝謝。」他道。

她便知道，他已知曉蘇慕閑和她輸血給他的事了。

羅騫此時只需要好好休養，不會再有危險，夏衿叮囑看護的王凡按時餵他吃藥，便回了她當作治療室的帳篷。

才剛回去不久，便聽到門外有人喊道：「夏郎中。」

聽出是阮震的聲音，夏衿一喜，叫道：「阮大人請進。」

阮震昨天送蘇慕閑回去，不到一個時辰就回來了。夏衿有意問他蘇慕閑和羅騫是怎麼一回事，無奈一直忙個不停，而且此事又不好當著羅騫的面說。直到此時稍有空閒了，她才叫薄荷去請了阮震來，想問問昨天是怎麼一回事。

要知道羅騫是岑毅身邊的參軍，按理說他應該待在指揮中心，不用上戰場的；而蘇慕閑卻是作為前鋒，一直在最前線跟敵人拚殺。這兩人應該沒有交集才對，可為什麼羅騫受了傷，又由蘇慕閑送回來？

待阮震坐下，她便把這問題問了出來。

「蘇侯爺說，他也不知是怎麼一回事，前天他就看到羅參軍上了戰場，不過因為沒跟他一個小隊，兩人只在戰場上打了個照面，私下沒機會說話，所以不清楚他怎麼跑到戰場上殺敵。」

夏衿點點頭，隱隱能猜到大概是蘇慕閑上戰場的消息刺激到羅騫，他才跑到戰場上。只是不知道這事是岑毅同意的，還是瞞著他做的。

龍琴這段時間一直待在夏衿身邊，多多少少知道她與蘇慕閑、羅騫的關係。阮震作為她丈夫，自然也有耳聞。

此時他頗含深意地看了夏衿一眼。「對這事，蘇侯爺就解釋了這麼一句。倒是到了軍營，趁著蘇侯爺找大將軍稟報羅參軍傷勢的時候，我找人問了一問，才知道兩軍交戰，敵方一名悍將出列叫陣，羅參軍自動上前對敵，沒承想對方太過厲害，羅參軍被他一刀砍下馬來。

「妳也知道的，兩方對峙，那下手就不可能給對方留活路，對方欲趁羅參軍摔下馬時一刀結果他的性命，是蘇侯爺見狀不妙，及時上前，拚死營救，才把他救了下來。我跟蘇侯爺到軍營時，聽那些人說，蘇侯爺走後，對方還在陣前一直叫罵，想向蘇侯爺挑戰，再打上一場呢。」

果然是冷兵器時代啊，竟然還兩邊一字擺開，然後由一個將領上前，向另一邊叫陣，雙方打上一場，看看輸贏。打個幾場後，如果一方覺得今天狀態不佳，就可以回撤；或者心血來潮，想要大規模拚殺，那就來上一場，但參與的也就上千人。

不過想想也是，這地方一馬平川，想利用山地、河流等地形來個圍攻、偷襲都不可能；放開來直接拚殺，那絕對伏屍百萬，血流成河。兩個國家怕是幾十年、上百年都恢復不了，白白地讓別的國家乘虛而入，撿了便宜。

想到這裡，她倒有些躍躍欲試，憑她的本事，就算拚不過別人，也死不了啊，既死不了，上去殺上幾場，也挺過癮。到了古代來，她還沒跟人拚命交手過呢，反正許多人都知道她會武功，也沒必要藏著掩著了。

「想上戰場，是不是得徵得大將軍同意？」她問道。

阮震還以為她問的是羅騫上戰場的事，回道：「應該是吧，至少要報到他們那裡，由幾位將軍定奪。」

「那你跑一趟，幫我跟將軍們說說，就說我也想上戰場。」

阮震瞪大眼睛望著夏衿，半晌無語。

「夏郎中，這個……」阮震都不知道說什麼好了，但夏衿的安危維繫著他自己的前程，只得苦口婆心勸道：「這打仗可不是過家家，妳看羅參軍一上戰場，就差點沒命回來。這段時間妳治的傷員妳還不清楚嗎？刀槍無情啊。而且他們受了傷，還有妳治療，能撿回一條命來；妳要是受了傷，誰有妳這樣的醫術？再者，妳上戰場殺敵了，這些傷員怎麼辦？那些御醫的醫術……」

他搖搖頭，笑了笑，一臉不敢恭維。

其實能做到御醫，醫術自然不差，但夏衿的醫術太超前，就襯得那些御醫們如同酒囊飯袋，這也是李玄明等人百般看不慣她的原因。

夏衿也知道不可能上戰場殺敵，不光護衛隊這些人不讓她去，便是岑毅也一定會阻攔。她一個十幾歲的小姑娘都要去戰場殺敵，豈不是襯得他們這些大老爺們特別無能？她這一逞能，會陷多少人於尷尬之中。

她嘆了一口氣。「罷了，這事不說。麻煩你再去前線一趟，問問大將軍，如果我這裡有藥，能讓我軍在上風處撒上藥粉，將敵軍藥倒，趁著藥效發作衝入敵營，以最快的速度取得勝利，他願不願意這樣幹？」

「什、什麼？」阮震大吃一驚，仗還可以這麼打？

夏衿以為他沒聽清，把剛才的話又重複了一遍。

阮震猶豫著。「這樣行嗎？兩國交戰，比的是實力，而非詭譎之道。」

夏衿愕然，反問道：「敵方可以向咱們這邊投毒，製造瘟疫，咱們為什麼不能還擊回去？」

阮震被問得啞口無言，愣了許久，忽然站起來，情緒十分激動。「我這就去找大將軍！」說著拔腿就跑，沒有了平時守禮的樣子。

那一天，阮震沒有回來。

不過夏衿十分有把握，知道岑毅一定會同意她的做法。岑毅雖是老人，但或許是出身貧寒，書讀得少，反而沒有墨守成規的迂腐，善於學習，頭腦靈活，敢於變通。有輕鬆的辦法打贏這場仗，他就沒理由拿士兵的生命證明實力。

所以她開始動手配藥。

果然，第二天一早阮震回來了，與他一同來的，還有岑毅和張大力。兩人面色沈靜，但發亮的眸子還是透露出他們內心的激動。

岑毅、張大力與夏衿在帳篷裡商議半個時辰，張大力便離開了，帶了一隊士兵出去採草藥，回來後夏衿帶著護衛隊的人和兩個丫鬟，足足忙了五天，才製造出足量的藥粉。

張大力親自取藥，上了戰場。

夏衿不知道岑毅在前方是如何布局的，只知道前方仍然有傷員送來，原先的小規模戰役並未停止。

第一百二十四章

五天之後，夏衿空閒下來，正給梁問裕解答他提出的醫術問題，就見賈昭明從遠處跑了過來，一邊跑一邊高聲喊道：「夏郎中、夏郎中……」似乎情緒很激動。

賈昭明喘著粗氣跑到近前，這才看到她身後的梁問裕，有些不好意思地撓撓頭。「梁御醫，您也在啊？」

他在太醫院是梁問裕的晚輩，此時見他這麼大了，還跟個小孩似地跑得滿臉通紅，梁問裕不由皺眉訓斥。「這麼大年紀了，怎麼還沒個穩當勁兒？」

「不是……」賈昭明擺擺手，喘勻了氣，對兩人道：「停戰了，我聽大將軍身邊的人說，前方停戰了，北涼國要派人來和談。」

「停戰了？」聽得這話，這一回不光是夏衿，便是梁問裕也沒穩當勁兒了，激動得鬍子都顫抖起來。

停戰了，就意味著能回家了。到邊關來走了一遭，當初帶著必死的信念來的，現在不光沒死，回去後還有可能加官晉爵，這怎不讓梁問裕等人激動？

「太好了、太好了……」菖蒲和薄荷高興得跳了起來。

她們不光因為可以回家而高興，也為蘇慕閑再不用上戰場而高興——兩個丫鬟已將蘇慕閑當自家姑爺了。

「聽說北涼國跟咱們和議，要把公主嫁來和親，看中了蘇侯爺。」賈昭明又道。

這一句跟魔咒似的，直接把兩個正在蹦跳的丫鬟定在原地。

「您說什麼？」菖蒲急問道：「北涼國要把公主嫁給蘇侯爺？賈御醫，您從哪裡打聽來的消息？」

「大將軍身邊不是有個副將叫馬玉德嗎？他牙疼，我剛去給他看病，聽他的隨從稟報的。」

「這麼說，這消息沒錯了？」梁問裕道。

賈昭明點頭。「應該沒錯，我從馬將軍帳篷裡出來，就見那邊的將士一個個臉上帶笑，都在傳要停戰，北涼國派人過來議和了。」

菖蒲和薄荷都轉頭看向夏衿，眼神裡隱隱有著擔憂。

她家姑娘當初答應嫁給羅騫，結果羅騫的娘出來折騰個沒完沒了，這樁親事就黃了；現在好不容易又答應蘇慕閑，結果人又被北涼國的公主看上。這叫什麼事呀！

北涼國公主，可不是嘉寧郡主那種人能比的。這代表的是兩國利益，要是北涼公主說一定要嫁給蘇慕閑，否則就繼續打仗，即便皇帝再是明君，也不得不以大局為重。姑娘的婚姻，怎麼這麼不順利呀。

夏衿不管遇到什麼事，一向都胸有成竹，可這一會兒，她也心裡沒底了。她問賈昭明道：「那北涼公主是什麼樣的人？怎麼就看上蘇侯爺了？」

賈昭明別看是個大老爺們，卻有一顆婆婆媽媽的心，永遠湧動著八卦的熱情；要不是他知道太多後宮的秘密，也不會被送到邊關等死。

「聽說北涼王後宮有無數妻妾，卻只得了一兒一女，兒子在十歲時就病死了，只剩下這個女兒。如今北涼王也有六十歲了，早已死了生兒子的心。好在這個女兒很能幹，小小年紀就極有手腕，不光朝堂事處理得極妥當，而且武功高強，驍勇善戰，這次跟咱們大周打仗，就是她領兵。她見蘇侯爺連斬了她手下三名猛將，不服氣，親自上場交了一次手，然後就看上蘇侯爺，派人來商議，否則即便吃了敗仗，也不會這麼快議和。其實這都不叫議和，應該是議親才對。」

夏衿跟菖蒲對視一眼，挑了挑眉，都有些無語。

蘇慕閑賣相極好，面如冠玉，氣質乾淨，行事沈穩，所以不光嘉寧郡主喜歡得要死要活，現在又被北涼國公主看上了。

所以說，長得太好也不是好事。

作為一個八卦愛好者，賈昭明天生有著別人不能比擬的敏感和洞察力，原先蘇慕閑很注意跟夏衿保持距離，剛才他又沈浸在停戰的消息中，還沒察覺什麼，可這會兒他忽然感覺菖蒲等人的反應不對，再偷眼瞅上一瞅，他忽然明悟——不會是夏郎中也看上蘇侯爺了吧？

這麼一想，再想想蘇慕閑作為御前侍衛，職責是保護皇上安危，而且又有爵位在身，再怎麼樣皇上也不可能派他護送夏衿到邊關；除非，是他自己主動……

難道，是蘇侯爺和夏郎中互相有意？

這麼一想，他頓時熱血沸騰，激動不已。有好戲看了啊！

一面激動，他一面又為夏衿可惜——兒女私情，怎能跟國家大利相比？夏郎中這一片癡心，注定要付之東流啊。

「我去打聽打聽。」菖蒲待不住了，丟下一句話，轉頭就跑。

夏衿低下頭來，繼續給梁問裕講解醫術上的問題；可梁問裕明顯有些心不在焉，要回家了，他靜不下心來。

「就這樣吧，有什麼問題再說。」夏衿也靜不下心，把問題草草講了一遍，就結束這次傳授。

梁問裕正要告辭，就聽旁邊的賈昭明小聲喊。「夏郎中，蘇侯爺來了。」聲音還有點小激動。

夏衿順著他的視線看去，便見蘇慕閑正朝這邊走來，他身後還跟著菖蒲。

「這死丫頭！」她咬了咬牙，暗罵了菖蒲一句。

她雖平時沒表現出來，但心氣比誰都高。要是蘇慕閑覺得國家大義比兒女私情重要，或在戰場上跟那北涼公主看對眼了，她就覺得她跟蘇慕閑根本沒有再見面的必要。現在菖蒲急巴巴地跑去找他，再把他押來表明態度，這不是抹她的面子嗎？弄得好像她非他不可了，哼！

這麼一想，她忽然對成親一事十分煩膩。前世她不想結婚，這一世好不容易想安定下來，過點平常人的幸福生活，事情卻一樁接著一樁，總在她選定成親對象的時候出變故。

如果蘇慕閑娶了北涼公主，她都不想成親了。倒不是愛他太深受刺激，而是煩了這種遊戲。

這膩味的感覺一起，她都不想見蘇慕閑了，對梁、賈兩人道：「你們聊吧，我進去了。」說著轉身一掀簾，直接進了帳篷，還把門簾放了下來。

這一舉動，不光讓梁問裕和賈昭明愣了愣，便是蘇慕閑也腳下一頓，有些愕然。

跟在蘇慕閑身後的菖蒲咬著唇，似乎想笑。

她家姑娘一向淡然，從未有過這種彆扭的小女兒情態。蘇公子明明是衝她來的，她卻避回帳篷裡，顯然是因為北涼公主的事生氣了，姑娘這舉動怎麼這麼可愛呢！

蘇慕閑本因北涼公主的事有些鬱悶，此時一看夏衿這表現，心情頓時大好。認識夏衿許久，都沒見她生過氣。他雖喜歡她，卻對她這種淡然的感覺心裡沒底，總覺得觸摸不到她的心。現在這一生氣，他心裡頓時輕鬆起來，甚至竟然有些感激北涼公主。

他步履輕快地走到帳篷前，跟梁問裕和賈昭明打招呼。「兩位御醫，你們也在呢。」

梁問裕再遲鈍也發現情況不對了，臉上帶笑地跟蘇慕閑打聲招呼，就想離開；沒承想賈昭明緊緊地拽住他的胳膊，不讓他動彈，嘴裡還道：「蘇侯爺，聽說要停戰議和了，可是真的？」

「大概吧。」蘇慕閑滿心都是夏衿的喜笑嗔怒，哪裡有心情跟賈昭明閒聊，他拱了拱手道：「我找夏郎中有事相商，不知夏郎中在帳篷裡不？」

賈昭明聽得這話，異常興奮，連聲道：「在的、在的。」又越俎代庖，搶了菖蒲、薄荷活兒，往裡面喊道：「夏郎中，蘇侯爺有事找妳。」

帳篷裡卻不見聲響，隔了一下，門簾掀開，夏衿那張無悲無喜的臉露了出來，望向蘇慕閑。「何事？」

「我想跟妳單獨說。」蘇慕閑無賴起來，也是很無賴的，否則當初心裡一急，就不會當著岑雲舟和岑子曼的面，當眾宣告他對夏衿的占有權。

夏衿沒想到他連嫌疑都不避，竟然提出這個要求，好像怕人不知道她跟他的關係似的。她瞪了他一眼，板著臉道：「男女大防你不知道嗎？有什麼話在這兒說吧。」

蘇慕閑一挑眉。「妳確定？」

見夏衿淡淡看他一眼，一副不想搭理他的樣子，他心情越發舒暢，清清嗓子就道：「當初跟皇上申請送妳來邊關的時候，我曾跟太后稟報過，說如果妳願意，我想娶妳為妻……」

「停停停！」夏衿沒想到他竟然當著眾人的面說這話。

看到蘇慕閑還一臉得意，她用力瞪了他一眼，一扭身進了帳篷。「進來說。」門簾在她身後晃個不停。

蘇慕閑心情好，還跟梁問裕和賈昭明拱了拱手，道了一聲。「失陪。」這才掀簾進了帳篷。

賈昭明本來還想裝作跟梁問裕說話聊天，暫時不挪窩，打算聽聽牆根再走，偏菖蒲那丫鬟眼睛瞪得跟銅鈴一樣大，瞪得他們渾身不自在，就差出言攆人了。梁問裕待不住，拱手告辭，還拉了他一把。賈昭明沒法，只得也跟著離開。

菖蒲和薄荷就像守護的戰士，一人一邊守在帳篷門口。

好吧，其實她們也想偷聽一下裡面的談話。

沒承想裡面竟然半晌沒動靜，不光沒有說話的聲音，連走動的聲響都沒有，這是咋回事？

菖蒲的心跟長了草似的癢癢得厲害。

帳篷裡，心情大好的蘇慕閑一進去就來了個意想不到的舉動，長臂一攬就把正站在帳篷門口不遠的夏衿摟進懷裡。

夏衿被他這動作嚇了一跳。她知道古人保守，對女子的要求又苛刻，所以從來沒想過婚前會跟蘇慕閑有親熱的舉動。

看到她滿臉詫異地看著自己，白皙的小臉上半點瑕疵都沒有，光滑細嫩得如同剝了殼的雞蛋，蘇慕閑心裡一熱，親了她一下。不過畢竟不熟練，也不知道親嘴唇，而是直直親到了臉頰上。

夏衿本來就大的眼睛，此時瞪得更大了，這傢伙今天吃了什麼藥！

看著一向冷情的夏衿睜著大眼睛，前所未有的可愛，蘇慕閑心裡一片火熱，忍不住又親了下去。這一回他親了一下臉頰後，終於覺得滋味不夠，稍移了一下，移到那微張粉紅的嘴唇上。

蘇慕閑的胸膛寬闊厚實，帶著太陽的清新和男人特有的陽剛之氣，而點在臉頰上的親吻開始還是蜻蜓點水，移到嘴唇時卻已力道十足，充滿霸氣。

夏衿那雙詫異的眸子慢慢變得溫柔，含情脈脈，化為迷濛。這眸子的變化，無疑是最大的肯定與鼓勵，再加上她的嘴唇柔軟而甜美，蘇慕閑心裡一蕩，無師自通地撬開了她的唇，長驅直入，攻城掠地。

這就是菖蒲在外面怎麼也聽不到聲響的緣故。

夏衿外表冷情，內心卻火熱，再加上性格強勢，哪裡肯跟古代女子般，羞答答地被動接受，予取予求？感覺到蘇慕閑洶湧澎湃的激情，她亦火熱回應，在那方寸之地你來我往，你爭我奪，吮吸糾纏，難捨難離。

被這麼火熱回應，蘇慕閑的腦子嗡地一聲就炸了。他打小在和尚廟長大的，哪裡經歷過這樣熱情的挑逗，不一會兒下面的帳篷就支了起來，一雙大掌還撫上夏衿那飽滿的胸。

沒承想夏衿的舌頭如同一條滑溜的魚，瞬間從他嘴裡抽身，右手一把將那隻襲胸手打掉，另一隻手在他腰上的軟肉用力掐了一下。

「嘶……」蘇慕閑驟然受疼，腦子立刻清醒過來。看到眼前心愛的人兒那亦嗔亦怒的表情，他傻傻地咧開嘴，笑得異常燦爛。

夏衿瞪了他一眼，開口道：「把手拿開。」

「不拿。」蘇慕閑好不容易把溫香軟玉抱在懷裡，哪裡肯鬆手，要賴似地還要摟得更緊一點。

這一摟緊，他才發現下面竟然支了帳篷。

他滿臉通紅地把手鬆開，連退了兩步，還把身子躬了躬，企圖掩蓋罪行，目光游移著不敢跟夏衿對視。

看到他這樣，夏衿又好氣、又好笑。她是醫生，什麼身體沒見過，蘇慕閑沒這反應才不正常好嗎？真要那樣，她絕對得考慮要不要嫁給他了。

不過作為古代淑女，這種話題是不能說的，她回歸今天的主題。「北涼公主的事，你就沒有什麼要跟我說的？」

「有，當然有。」果然，這話題一說，蘇慕閑臉上的尷尬就消散許多。

他認真道：「我打算今晚過去，把那個北涼公主殺了。」

「……」

還真是簡單粗暴！不過夏衿喜歡。

「方法雖然簡單，也能暫時解決咱們婚姻的問題；但你想過沒有，皇上和太后的怒火，可不是那麼好承受的。」

北涼國民風剽悍，信仰也跟大周不同，即便大周朝把北涼國王殺了，派人來接管北涼國，也統治不了這裡。唯一的辦法，就是選一個傾向大周朝的統治者，讓北涼國向大周朝稱臣，每年進貢。

而現任北涼國王只有一個女兒，此女能力又很強，儼然就是下一任國王。如果蘇慕閑娶了她，藉由征服這個女人征服北涼國，他們的兒子即下一任國王，又有一半大周血統，自然是親大周的，這麼一來，起碼百餘年內，北涼國和大周都能和睦相處了。

以一個侯爺換來一個國家百餘年的安寧，即便蘇慕閑是太后最心愛的小輩，恐怕都避免不了入贅北涼國的下場。

正因為知道這個情況，夏衿心裡才會沒底。

蘇慕閑冷哼一聲。「皇上不就想要個聽話的北涼國嗎？大不了我到北涼待上兩、三年，找一個聽話而有能力的傀儡。」

第一百二十五章

說到這裡，他問夏衿。「妳有那種能控制毒性、讓它慢慢發作的毒藥吧？給那人下點，他不聽話就讓他毒發身亡，只要達到控制北涼國的目的，皇上也不一定非得讓我去賣身吧。」

夏衿被他說得笑了起來，點點頭道：「有。」

只要蘇慕閑下決心解決問題，那個問題就不存在了。

心情一好，她就有閒心挑逗蘇慕閑了。她走過去用手指抬起他的下巴，斜眼瞅著他的俊顏道：「來，給小爺笑一個。」

可看到蘇慕閑用那種極危險的目光看著她的唇，她趕緊將手放開，瞪他一眼。「不許再胡來啊。」

沒承想她話還沒說完，下一刻那個「啊」字就被吞進蘇慕閑的嘴裡。

待兩人從帳篷裡出來，菖蒲和薄荷便發現自家姑娘的嘴唇比任何時候都紅豔，兩隻眼水汪汪的，兩頰也搽了胭脂一般，整個人豔麗得讓人移不開眼。

「這事妳就不用操心了，我會處理好的。」蘇慕閑溫柔地看了夏衿一眼，轉身就要走開。

「蘇侯爺、夏郎中，前面軍營傳來消息，說羅參軍下了戰書，要向北涼公主單獨挑戰。」賈昭明飛奔著跑了過來，一邊跑還一邊喊道。

蘇慕閑和夏衿對視一眼。這消息讓他們很意外，也很震驚。

羅騫向北涼公主挑戰，在這個節骨眼上，不用想，他們就知道這是為了解除他們的困境。

北涼國崇尚強者，加上蘇慕閑長得英俊，這都是讓北涼公主心動的地方。

羅騫的長相也很不錯，武功也不差——上次受傷純屬作戰經驗不足，沒有與人拚死搏鬥的經歷。如果他有意與北涼公主成親，而蘇慕閑卻寧死不從，北涼公主自然會選他而不是再巴著蘇慕閑不放。

而他現在出來挑戰，就向兩國人表明，他要把蘇慕閑頂替下去，成為北涼國的女婿。哪個少女不懷春？北涼公主即便剽悍能幹，想來也會怦然心動，見到羅騫後，就把蘇慕閑拋到九霄雲外。

瞬間在腦子裡把這些理順，蘇慕閑和夏衿的心情都極為複雜。

誰願意背井離鄉到陌生國度，做人家的上門女婿呢？更何況羅騫主動請纓來邊關抗敵，能文能武，再有岑毅的賞識舉薦，往後在兵部任個高官不是難事。只要回京，前程是看得見的；憑他的本事，往後也定能青雲直上，到時再在貴女中擇一喜歡的女子成親，生活亦是十分美滿。

而現在，他卻拋卻錦繡前程，跑去跟北涼公主議親，原因只有一個，那就是為了成全蘇慕閑和夏衿。說到底，只是為了夏衿。

他希望夏衿幸福。

這樣的情誼，讓夏衿心裡沈甸甸的。

相比之下，她更願意將親事推後，跟蘇慕閑共同解決北涼國的問題。

「我去告訴他，他不必這樣做，我們的事情，我們自己解決。」蘇慕閑對夏衿道，轉身翻身上馬。高大挺拔的身影，在陽光的照耀下越發英武不凡。

有蘇慕閑這句話就夠了，夏衿自然不會把所有事情都推給他，讓他一個人處理。羅騫畢竟是為了她去向北涼公主挑戰，她不能袖手旁觀。

「你等等，我跟你一起去。」說著，她左右看看，看到不遠處的帳篷前拴著一匹馬，似乎是阮震的，她走過去解下馬繩，一蹬馬鞍上了馬，朝這邊走來。

為了方便，她在邊關一直穿著窄袖胡服，裙子裡面則穿著褲子，無論是騎馬還是跟人打鬥，都很方便。

蘇慕閑一向尊重夏衿。雖然他要去的地方是前線，在別人看來那不是女人能去的地方；但在他眼裡，憑夏衿的本事，天下哪裡去不得？

見到夏衿一縱馬兒朝他奔來，他對她一笑，一牽轠繩，與她並駕齊驅，朝前線奔去。

菖蒲見狀，急得一跺腳，趕緊也找了一匹馬，騎著追了上去，心裡還嘟囔——一個大家閨秀，身邊不帶個丫鬟，成何體統。

就這麼眨眼工夫，兩主一僕跑得遠了，看得賈昭明目瞪口呆。

夏衿所在的後方離前線有段距離，三人騎馬跑了足有半個時辰，這才進了蘇慕閑所待的先鋒隊營房。

「蘇大人，您去哪兒了？前面正有人找……」一個士兵見蘇慕閑騎馬進來，連忙迎上來喊道，可後面的話就被他吞進肚子裡，望著跟進來的夏衿和菖蒲怔怔發呆。

蘇慕閑翻身下馬，指著這個士兵對夏衿介紹道：「這是大將軍派給我的小兵，名叫齊瑞。」

說著，他又指了指夏衿，對齊瑞道：「這是夏郎中，治好瘟疫的那個。」

齊瑞嚥了嚥唾沫，對夏衿行了一禮。「夏郎中。」

夏衿對他點了點頭，笑問道：「有誰要找蘇大人？」

「哦。」齊瑞這才回過神來，對蘇慕閑稟報道：「是羅參軍的小廝樂水，他說、他說……」他看了夏衿一眼，沒有把後面的話說出來。

「有什麼話就直說，吞吞吐吐幹什麼？」蘇慕閑將臉一沈。

齊瑞忙道：「他說，北涼國公主派人來告訴羅參軍，說阿爾勒是她的手下敗將，羅參軍既被阿爾勒所傷，自然也贏不了她，所以讓他把這挑戰撤了，別自討沒趣。」

蘇慕閑和夏衿面面相覷，羅騫竟然被那北涼國公主鄙視了。

「議和的人還在大將軍那邊不？」他又問。

齊瑞點點頭。「還在。」

「準備文房四寶。」蘇慕閑吩咐道。

齊瑞趕緊進去，將筆墨紙硯拿出來，還滴了兩滴水在硯臺裡，磨起墨來。

看齊瑞把墨磨好，蘇慕閑便對夏衿道：「妳寫還是我寫？」

夏衿走上前去。「我的挑戰書，自然是我寫。」說著提起筆，在紙上龍飛鳳舞，不一會兒一封挑戰書就寫好了。

當初為了夏祁考秀才，夏衿沒少幫他收集文章，看過不少；再加上她文字功底不錯，寫一封挑戰書根本不在話下。

這文章簡潔明瞭，直接列了幾個條件，那就是若北涼公主阿依娜輸了，北涼國不得再挑釁，須對大周朝俯首稱臣，每年獻貢銀兩，還要將易守難攻的兩個關隘割讓給大周朝，並將阿依娜嫁到大周，給大周皇帝做妃子。

「讓誰送去？」放下筆，她問蘇慕閑。

「那女人就在大將軍那邊，正跟咱們議和呢，咱倆一塊兒送去吧。」蘇慕閑道：「直接激怒她，然後上去跟她打一架就行了，還不用耽誤時間。」

夏衿笑了起來。見菖蒲將紙上的墨汁吹乾，並把挑戰書捲了起來，她便一揮手。

「走。」

三人復又上馬，往岑毅所在的方向奔去。

岑毅正跟北涼國代表唇槍舌劍地談著議和條件，就聽人來報，說夏衿來了。他忙找了個藉口，從談判的帳篷裡出來。

看到夏衿跟蘇慕閑走在一起，他暗自嘆了一口氣，迎上去道：「去我帳篷說吧。」

「大將軍，不急。」夏衿道：「我有一封挑戰書，想送給北涼公主。」

岑毅的臉嚴肅起來，深深地看了夏衿一眼。「衿姐兒，爺爺知道妳心裡委屈，但有些事得顧大局。」

夏衿臉上的淡笑驟然不見，她眼眸微眯，淡淡道：「我餐風露宿，來此邊關，治療瘟疫，又製藥粉將北涼國擊敗，讓其求和。我吃盡辛苦助大周取勝，就是為了讓你們把我的未婚夫送給北涼的嗎？」

岑毅啞然，他沈默半晌，嘆息一聲，道：「我把妳當親孫女一樣看待，如果我能作主，即便是拚著跟北涼國再打一仗，我也不會接受如此條件；可這件事關係到兩國安寧，不是我能作主的，我現在只能急報皇上，由皇上定奪。衿姐兒，岑爺爺對不住妳。」

他長嘆一口氣，看向蘇慕閑。「如果你們事先就已訂親，這事自然好說；可你們……師出無名啊。」

夏衿冷聲道：「人家說要議親就議親，想要誰就是誰，我倒想問問，咱們是戰勝還是戰敗？大周的臉面呢？朝廷的臉面呢？皇上的臉面呢？還要不要！」

聽得這話，菖蒲大驚失色，連忙左右看看，希望沒人聽到自家姑娘這大逆不道的話。

蘇慕閑卻在旁邊點點頭。「正是如此，她說要嫁我就嫁我，我又不是她的臣民，憑什麼非得娶她？而且還要去做上門女婿。我大周的侯爺莫非就這麼不值錢？她一戰敗小國的公主算個老幾？」

岑毅搖搖頭，苦笑一下。「這些話你們跟我說沒用，得皇上聽到才行。如果只是為了一個公主，咱們自然不必如此；可北涼國的情況你們又不是不知道，這不是打上一場勝仗就能解決的。」

「如果我能解決呢？」夏衿問道。

岑毅抬起眼，驚訝地看著夏衿。「妳能解決？怎麼解決？」

「我的醫術不僅能救人，也能殺人，想來大將軍對此曾深有體會。」夏衿傲然道：「皇上既想要個聽話的北涼國王，那我給他一個就是。」

岑毅半張著嘴，半天說不出話來，好一會兒才找回自己的聲音。「妳是說，妳要給北涼國王下藥？」

夏衿點了點頭。「不僅這一個，下一個也沒問題。」

「可是……」岑毅嚥了嚥口水，苦笑道：「可王宮戒備森嚴，這事哪那麼容易？」

「這個您就不必操心了，交給我好了。」夏衿道：「您把議和的條款交給我，最多十天，我就讓北涼王在上面蓋上他的璽印。」

蘇慕閑點了點頭。這件事，他打算自己去辦，不會讓夏衿冒險。憑著夏衿教給他的本事，他完全有信心全身而退。

岑毅看看夏衿，又看看蘇慕閑，實在不敢相信剛才所聽到的話。要是事情有這麼容易，那這麼些年來，他跟將士們拚死拚活為哪樁？全國十幾萬將士，還不如一個小姑娘的醫術管用。

「行。」他下了決心。「這件事，你們放心去辦好了，要是皇上追究，我替你們頂著。」

夏衿點點頭，遞上挑戰書。「那您現在幫我把這個給那北涼公主。」

「何必呢？等妳把北涼王收服，這個要求她自然不會再提了。」岑毅是老成之人，凡事求穩。如果夏衿這邊把北涼公主打敗了，那邊北涼王卻下不了藥，豈不是把兩國安定的大好局勢破壞掉嗎？

「難道就這樣讓人打臉？我可聽說那北涼公主還嫌羅參軍武功不行，不跟他比試。」夏衿道。

岑毅嘆了一口氣。

憑他的性子，自然是支持夏衿去打臉的。即便不能把那北涼公主打敗，但挑戰一回，就沒弱了大周的氣勢，讓對方知道，你們國家的女人厲害，我們國家的女人也不弱。

但皇上那邊……

蘇慕閑在皇帝身邊日子不淺，自然知道岑毅顧慮什麼。「北涼國公主這麼叫囂，皇上定然也不高興咱們示弱，如果夏衿能向北涼公主挑戰，將她打敗，到時候允不允婚、讓誰去做北涼駙馬，都是皇上的恩賜，不是屈從於北涼的挑釁。這兩者就算結果一樣，性質也大不相同，我想皇上樂意見到的是後者。」

畢竟這涉及夏衿和蘇慕閑的婚姻，岑毅也不好再作阻攔。他接過夏衿手中的挑戰書，對兩人道：「你們先在此等候，我把挑戰書拿過去。」說著轉身離開。

岑毅的帳篷，蘇慕閑偶爾也會過來，對此處也很熟悉。他找出兩個杯子，提起火爐上的濃茶，給夏衿和自己各倒了一杯，坐下對她低聲道：「一會兒妳把北涼公主擊敗就好，給北涼王下藥的事，我去辦就行了，妳那本事還是不要顯露得好。」

夏衿眨巴一下眼，沒有作聲。

她潛伏、謀殺的本事，一直不敢顯露，就是怕被人猜忌。試想，哪個皇帝能讓不知不覺就能摘掉自己腦袋的人活著呢？哪怕她救過皇帝，又在戰役中立了大功，以後一旦有人針對她，拿這事做文章，她還是未免要被猜疑。畢竟，她所謂的「師父」來歷不明，有些東西解釋不清。

而換作蘇慕閑則不一樣。他一生的經歷簡簡單單，家世又極清白，品性脾氣皇帝和太后也很瞭解，就算有幾分本事，也能說是寺廟裡學來的，而且還能為皇帝所用，比她這個來歷不明的好多了。

但這件事，關係到她和蘇慕閑的婚姻，是他們兩人的事，讓蘇慕閑一個人去冒險，她於心不安，也不放心。

蘇慕閑自然知道她在想什麼。「我是妳教出來的，我有幾分本事，妳還不清楚？就算事有不諧，我也不會丟了性命，放心好了。」

夏衿凝視著他，終於點了點頭。

夏衿雖沒見過北涼公主，但見她看不上自己國家的男子，偏偏喜歡上蘇慕閑，而且還嫌棄羅騫，便可推測她是個心高氣傲的。夏衿那挑戰書的語氣十分傲慢，想來北涼公主定然受不住激，看到挑戰書就迫不及待要跟她比試一番。

果不其然，她跟蘇慕閑剛喝了一杯茶，岑毅就掀簾進來，對夏衿道：「阿依娜公主現在就要跟妳比試。」

夏衿嘴角一勾，放下茶杯站起身來，笑道：「正合我意。」

岑毅打量她一眼，見著裝沒有問題，問道：「妳用什麼兵器？那阿依娜雖是一介女流，用的卻是長槍。」

夏衿前世用的也是槍，但此槍非彼槍。平時謀殺，就算不用槍，也是用匕首，直接抹脖子，乾脆索利得很，所以說起慣用的武器，她還真沒有。

蘇慕閑算是夏衿的半個徒弟，對她的本事比較瞭解。夏衿武功走的是詭譎之路，輕靈飄忽，適合近身搏擊；而此時北涼公主要比試的，則是軍隊騎在馬上的搏殺。這種搏殺，對騎術要求極高，而且手中的武器要長而有力，比如戟、矛、槍這些長兵器，正可謂一寸長一寸強，一寸短一寸險；要是夏衿拿支匕首上去，雙方騎在馬上，簡直跟赤手空拳沒兩樣。

他不由得擔憂地看了夏衿一眼。

第一百二十六章

夏衿從不做沒把握的事，凡事謀定而後動。她早在寫戰書之前，就想到這個問題了，當即摸摸下巴，問道：「雙方拚殺，有什麼講究？比如允不允許用暗器？一定要用力量把對方擊下馬才算贏嗎？」

「那倒不是。」岑毅笑道：「雙方對戰，你死我活，自然是有什麼手段就用什麼手段，否則那就不叫打仗，而叫練招了。」

「那就行了。」夏衿放心地站了起來。「那給我來一杆槍吧。」

「槍？妳會用槍？」岑毅不放心地問了一句。

「不會。」夏衿老實交代。「但我會暗器。上去一個暗器就把她擊倒了，哪裡還用得著打？拿支槍不過是擺著好看，否則總不能空著兩手上去吧？」

這樣也行？岑毅無語。

不過，只要夏衿能把北涼公主打敗，那就足夠了。又想要她贏，又要贏得好看，這要求也忒高了些，換了別人上去也不一定能做到。

當下他找了幾杆不同重量的槍，讓夏衿挑一杆最順手的，然後領著她出了帳篷，向校場走去。

「羅參軍在哪裡？讓他來看比賽吧。」夏衿道。

岑毅回過頭看了夏衿一眼。

他就想不明白，既然夏衿不願意嫁給羅騫，為什麼還那麼在意他；而蘇慕閑似乎並不在乎她對羅騫的在意。這些年輕人的事，還真搞不懂。

他搖搖頭。「妳確定妳一定能贏？」

「確定。」夏衿很肯定地告訴他。

雖然她沒見識過北涼公主的武功，但對這場比試還是很有信心的。原因無他，只因為她前世是從一場又一場的生死搏殺中活下來的；而北涼公主，恐怕連真正的決鬥都沒有過——在北涼國，誰敢跟公主較真？

岑毅知道夏衿不是信口雌黃之人，她既然這麼肯定，那就有可能贏北涼公主。

他轉頭對隨從道：「不光把羅參軍叫來，你路過時看到還有誰，把他們一塊兒叫來觀戰。」

「是。」他的隨從興奮地應了一聲，轉身飛快地離開了。

他的動作無比迅速，當夏衿與岑毅、蘇慕閑一起來到校場上時，大周朝不管是將領還是士兵，都成群結隊紛紛從營隊裡過來，將校場圍得水泄不通。

這架式讓北涼國大使團很緊張，衝著岑毅說了一大通北涼話，其中一人還不停對張大力道：「張將軍，圍觀的人是不是太多了？你們如何保證我們的安全？」

岑毅在旁邊聽到了，嗤之以鼻。「我們真想要你們的命，隨時可以。」

這話說得北涼國的人再不敢作聲。

北涼公主五官深邃，十分漂亮，而且身材高眺豐滿，極為火辣。她穿著一身大紅色繡藍花鑲白色皮毛邊衣裙，站在人群中間，很是耀眼。

她看到岑毅身邊的蘇慕閑，眼睛一亮，提起裙子就朝這邊奔來，用音調古怪的聲音喊道：「蘇侯爺。」

蘇慕閑尷尬地看了夏衿一眼，對阿依娜淡淡地點了一下頭，算是回應。

「這兩天為什麼不見你？我提出來的條件他們跟你說了吧？只要你同意婚事，我馬上簽下岑將軍的契約。」阿依娜的音調雖然古怪，但大周話說得倒挺流利。

「你們是戰敗國，沒權利提要求。」蘇慕閑冷冷道：「而且我有未婚妻了，不會娶別的女人。」

「那你就等著好了，你們的皇帝陛下會同意的。」阿依娜果然是個傲慢狂放的人，抬著下巴對蘇慕閑說了一句，便將視線轉移到夏衿身上，眼裡全是不屑。「妳就是向我挑戰的女人？」

夏衿表情淡淡地瞥了她一眼。「妳就是在北涼國嫁不出去，硬要嫁到我們大周的北涼公主？」

菖蒲忍不住笑出聲來，她以前怎麼沒發現自家姑娘這麼犀利呢？

旁邊聽到這話的大周將士也忍不住露出笑容來。

果然，阿依娜氣得滿臉通紅指著夏衿，對岑毅道：「岑將軍，你們就是這樣來侮辱我這北涼公主的？我看咱們兩國的條約不簽也罷。」

「不簽沒關係。」岑毅在夏衿和蘇慕閑面前表現得思慮較多，但在北涼國人面前態度卻十分強硬，他冷聲道：「不簽我們直接打過去就是，踏平北涼國。」

「你、你們……」阿依娜氣得渾身發抖，卻說不出反駁的話。

向張大力抗議人多的那個中年男子連忙上前打圓場，向岑毅陪笑道：「我這姪女從來嬌生慣養，說話不知分寸，還請岑將軍不要跟她計較。貴國夏郎中不是要向阿依娜挑戰嗎？這位應該就是夏郎中吧？」

他朝夏衿拱了拱手。

在過來的路上，岑毅向夏衿介紹了一下北涼大使團的成員。這位中年男子是阿依娜的叔叔，當今北涼王的弟弟切薩爾，切薩爾倒是說得一口流利的大周語。

「正是。」夏衿也拱了拱手。

「既然夏郎中來了，那就開始比試如何？」切薩爾想趕緊把剛才那句讓他們尷尬的話揭過去。

可夏衿哪有那麼好說話。「比試沒問題，不過在比試之前，我要確認一下，阿依娜公主敢不敢答應我挑戰書上所說的要求？」

「好，我答應妳。」阿依娜搶話答應，又指著蘇慕閑道：「不過我也有個條件，那就是如果我贏了，蘇侯爺必須到我北涼國來做我的駙馬。」

蘇慕閑眉眼一沈，看向阿依娜的目光變得冰冷。

「妳的意思是，贏的人就有資格提要求，輸的人就只有服從的分？」夏衿問道。

阿依娜一抬下巴。「正是。」

「你們是戰敗國，有什麼資格向我們提要求？」夏衿冷聲道。

阿依娜啞口無言。

蘇慕閑此時又來了一句。「就是天下的女人死光了，我也不會娶妳。」

「你……」阿依娜將侍從手裡的槍一抽，就要指向蘇慕閑。

「大膽。」旁邊的將士紛紛把兵器亮出來，指向阿依娜。

「阿依娜。」切薩爾怒斥阿依娜一聲，伸手把她手中的槍拿了回去，交給侍從，對岑毅等人拱手笑道：「我姪女不懂事，多有得罪，還請見諒。」

夏衿疑惑。她原先聽說北涼公主武功高強，而且很能幹，是北涼國國王屬意的繼任者，怎麼這阿依娜卻是個衝動易怒沒腦子的？

看到阿依娜眼中有寒芒一閃即逝，夏衿的眸子微瞇了一下。

為維護戰敗國的尊嚴，爭取最大利益，這位公主不惜裝瘋賣傻嗎？

「見諒不見諒，這話都必須說清楚，否則這場較量沒法進行。」夏衿冷聲道：「如果阿依娜公主同意我的條件，咱們就開打；如果不同意，還想提條件，那咱們兩軍就再打一場。」

阿依娜望向夏衿的目光能冒出火來。

要是放在以往，她自然不怕打仗。他們北涼國雖然不大，人口也不多，但馬兒肥駿、民風剽悍，跟大周國拚一場，勝負也在五五之數。可沒想到大周竟然使出一種迷藥，順著風向一撒，北涼的將士和馬兒就被迷倒，大周士兵如砍瓜切菜一般，輕易就把他們北涼壯士的頭顱砍了下來。

「好，我答應妳。」她咬牙切齒道。

夏衿臉上揚起一個溫婉卻蘊含著得意的笑容。

這個笑容很美，充滿魅力，但看在阿依娜眼裡，卻格外刺眼。

她的拳頭不自覺地握緊，眼睛微瞇，冷道：「別得意太早，打敗我再說吧。」說這話的時候，她極自信。

她雖是一名女子，但北涼無數壯士都是她的手下敗將，連大周有兩名將領在對戰時都被她挑下馬來，對面這個似乎手無縛雞之力的女人，想要贏她，簡直是笑話！

「槍來。」夏衿再無二話，直接向岑毅的隨從伸出手來。

那隨從把槍遞到她的手上。木質的槍柄、鐵製的槍頭，配著些紅纓，怎麼看就怎麼普通。

阿依娜見了，剛才那股鬱氣終於散出不少。她長笑一聲，向旁邊伸手，剛才差點指向蘇慕閑的那杆長槍就交到她的手上。

烏亮的槍柄，閃耀著銀光的槍頭，兩者上面還雕刻著繁複花紋，顯得這杆槍十分華麗。

夏衿的嘴角勾起一抹不屑的笑意，提著搶翻身上馬，策馬來到校場中央的空地上，靜靜佇立。

阿依娜的隨從早已把她的馬準備好了，她亦翻身上馬，來到校場中央。

看看夏衿，再看看阿依娜，將士們心裡都有一絲揮之不去的擔憂。阿依娜不光是手中的槍十分耀眼，便是坐騎也十分駿逸，顯然是大宛良馬；而夏衿騎下，則是從阮震那裡順來的普通馬匹。

見此情況，岑毅和張大力都十分自責，剛才只顧著跟阿依娜爭條件，忘了叮囑下屬找一匹好馬。

不過，北涼國產馬，大周再好的馬，也不比上阿依娜胯下的這匹。

因被阿依娜拒絕，羞憤至極跑到遠處發洩的羅騫終於被找回來了。他撥開人群，氣喘吁吁地擠到場地旁邊時，正好看到夏衿和阿依娜各騎一匹馬，靜靜在校場中央對峙。

「蘇公子。」一直不想跟蘇慕閑打照面的他，此時顧不得尷尬，走過去問道：「你怎麼能讓夏……夏郎中上場呢？要是有個三長兩短，可怎麼辦？」

蘇慕閑轉過頭來，朝他微微一笑。「沒事，那什麼公主絕不是她的對手。」

看到蘇慕閑自信滿滿，絲毫不為夏衿擔憂，羅騫怔了一怔，心情極為複雜地轉過頭，朝夏衿看去。

他知道夏衿有武功在身，而且輕功極好，能在臨江城城東的屋頂上來去自如，而不被人發現，但在與人交手上也很厲害嗎？

想到這裡，他輕嘆一聲——他對夏衿的瞭解並不多，至少，不如蘇慕閑瞭解得多。

即便知道夏衿選擇蘇慕閑，再不會嫁給他，他也能坦然面對這份感情了，更打算衷心地祝福他們，但此時心裡，還是有些不是滋味。

如果當初他沒有到邊關，而是跟隨夏衿一道入京，是不是情況就不一樣了？

此時擠在人群裡觀戰的還有一個夏衿的熟人，正是岑毅的孫子岑雲舟。

看到騎在馬上氣定神閒的夏衿，他的心裡不是擔憂，而是期待。

校場裡上百人，除了蘇慕閑，唯有他最瞭解夏衿的武功有多厲害，既然她敢挑戰北涼公主，那就一定能贏。

好戰的武癡此時已把兒女情長都拋到九霄雲外，滿心期待看到夏衿展示那詭異多變的功夫。

「準備好了嗎？我要開始了。」阿依娜抬著下巴，向夏衿問道。

夏衿點頭。「沒問題。」

「喝！」阿依娜大喊一聲，提著搶一縱馬兒，就朝夏衿這邊箭一般奔來。

可下一刻，大家都目瞪口呆，不可置信地望著校場中央。

那文文弱弱的夏郎中，上一刻還帶著些許笑意的夏郎中，明明什麼事都沒做，偏偏奔上前想要提槍攻來的阿依娜，忽然就摔下馬來，接著夏郎中的槍就直直抵在她的喉嚨處，只要阿依娜動上一動，那槍尖就會在喉嚨處刺出一個血窟窿。

這是……這到底是怎麼一回事？

是阿依娜自己從馬上摔下來，還是夏郎中動手了？

大家艱難地嚥了嚥口水，瞪大眼睛唯恐錯過答案。

「服不服？」夏衿微笑問道。

直到這裡，岑毅才發現自己出了一身冷汗。

這阿依娜雖然囂張，但大周卻不敢要她的命，北涼王對她視若珍寶，要是她在此喪命，北涼國即便冒著被鐵騎踏平的風險，也要抵死拚殺，決一死戰，為他們的公主報仇。

幸好夏衿有分寸，只用槍抵住她的喉嚨，沒有直接殺了她。

「不服，我不服。」阿依娜自然知道這一點，否則她不會態度這麼囂張蠻橫，也不會答應夏衿的挑戰。

所以即便頸脖被槍頭抵著，她仍面不改色，語調仍十分強硬。

聽到她的話，大周將士並沒有露出憤怒鄙夷的表情，認為阿依娜是輸了都不願意承認，眾人都覺得是阿依娜不小心，被夏衿占了便宜。

連阿依娜自己也如此認為，因為她連自己是怎麼摔下馬來的都不清楚。

所以她不服，理所當然。

「不服是吧？」夏衿朝校場周圍掃視了一眼，看到大周將士們的表情，她直接收回手中長槍，露出一抹輕蔑的笑容。「那就打到妳服為止。」說著一歪腦袋，示意阿依娜。「上馬再來。」

校場上一陣騷動，年輕的將士們深深震懾於這霸氣十足的言行。

蘇慕閑唇邊蕩開一抹會心的微笑，望向夏衿的目光熠熠生輝；羅騫則直接癡了，隨即而來撕心裂肺的疼痛讓他差點不能自抑；岑雲舟則用力握拳，眸子裡閃動著興奮。

即便羅騫和岑雲舟沒看懂夏衿剛才的動作，但她的表情、那自信的言語，還是告訴他們，剛才阿依娜不是自己摔下馬，而是夏衿的傑作。

三人的目光，緊緊地鎖在夏衿身上。

阿依娜一咬嘴唇，從地上爬起來，翻身上馬，緊緊盯著夏衿。

夏衿微笑地注視著她，一動不動，那一分風輕雲淡的從容，如閑庭信步，悠然自得。

第一百二十七章

果然，阿依娜並不如先前表現出來的那般衝動易怒，即便夏衿這份氣定神閒十分刺眼，她也沒有盲目行動，而是謹慎起來，騎在馬上一動不動，只等著夏衿先動手攻擊。

夏衿可懶得跟她比耐心，既然阿依娜不動，那她就先動。

她策馬朝阿依娜奔去，阿依娜如臨大敵，提著槍緊緊盯著，等著她來到身邊再一槍擊出。可兩人的距離還沒近到她可以出槍的時候，一根微不可見的細針從夏衿的手指上彈出，還沒等阿依娜感覺如蚊子叮咬的疼痛感，夏衿的槍頭就掃了過來，挑中她的衣襟，接著她身上一麻就從馬上摔了下來，再下一瞬，夏衿的槍頭又直直抵在她的喉嚨處。

這一連串的動作只發生在電光石火之間，除了這一次是夏衿先動之外，大家看到的就是如同第一次的情景。

全場人都愣愣地望著校場中央，靜默無語。

第一次還有可能是阿依娜不小心摔下馬，被夏衿占了便宜；可又來了第二次，就足以說明，這一切不是巧合，而是夏衿有意而為之。

用力地嚥了嚥乾澀的喉嚨，岑雲舟問旁邊的同僚。「她是怎麼做到的？」

他的同僚默默地搖了搖頭。

連人家的動作都沒看清楚，這對他們這些自詡武功高強的人來說，還真是夠丟臉的。

「服不服？」夏衿問道。

阿依娜想說不服，但事實證明，這一次確實是夏衿把她擊下馬來的，不服也得服。

想到這裡，她忽然想到剛才摔下馬時身體似乎一麻，她伸手向那處摸去，卻沒摸到任何東西。她又朝地上看了看，也沒發現任何可疑物體。

「妳……妳是怎麼把我弄下馬來的？」她疑惑問道。

夏衿嘴角一勾，順手一指旁邊的大周士兵。「如果妳把武功教給他，我就把我剛才所用的功夫告訴妳。」

聽到這話，終於反應過來的大周士兵一片噓聲。

敵我雙方廝殺搏鬥，輸的一方哪有向贏家討教戰勝自己的招數的？厚顏無恥也不是這麼個厚法。

阿依娜被大家這一噓，這才反應過來，冷哼一聲。「行了，妳說的條件，我答應妳，放我起來吧。」

夏衿沒有動，而是高聲喝道：「北涼公主的話，大家都聽清楚了嗎？」

「聽清楚了。」大周朝的將士們齊聲叫道。

夏衿將槍撤回，一夾馬兒，就要調轉馬頭，往岑毅和蘇慕閑所在的地方跑來。

可下一刻，大家的心就提到嗓子眼上。

只見剛剛還躺在地上的阿依娜，忽然一個起身，手中的槍同時就朝夏衿的後背心臟處刺了過去。

「小心！」大家疾聲叫了起來。

說時遲那時快，夏衿背後彷彿長了眼睛似的，將身子一偏，避開刺過來的長槍，她左腳在馬蹬上一點，整個人躍了起來，右腳一腳踹在阿依娜的心窩處，「噗」地一聲，阿依娜噴出一口血來。

「阿依娜！」

「公主！」

北涼國的人急急上前，護住阿依娜。

「妳這是做什麼？」切薩爾身邊的一個年輕男子對夏衿怒目而視。

「忽」地一聲，那人忽然一僵，臉色大變。

夏衿手中的槍已經如剛才那般，抵在他的喉嚨上；而這一次，夏衿可不像對阿依娜那般客氣，力道大了一些，他的喉嚨已冒出血來。

「不、不要……」正在察看姪女傷勢的切薩爾連忙站了起來，對夏衿道：「夏郎中，我這不懂事的姪女認了輸還偷襲妳，妳手下留情，不取她性命，已是給了我們天大的面子，我在此代表北涼國向妳道歉和道謝。」

說著，他拱手作揖，深深行了一禮，起身後又道：「還請夏郎中高抬貴手，放過他。」

夏衿冷哼一聲，嘲諷道：「我手中的槍可不敢撤回。你們北涼人太卑鄙了，我這一撤回，你們要是再給我後背一槍，我豈不要吃虧？」

「不會的、不會的。剛才公主只是不服而已，現在她已心服口服。」切薩爾陪笑著，見阿依娜靠在一個侍從身上，閉著眼睛，根本不理會場中情形，他只得朝那年輕男子使了個眼色。

年輕男子心裡氣極，卻又沒法，只得悶聲對夏衿道：「剛才情緒激動，多有冒犯，還請見諒。」

夏衿猶豫了一下，仍是不放心問道：「你們說的話真算數？」

切薩爾鬱悶得不行，只得再三保證。「算數，自然算數。」

夏衿又指了指阿依娜。「她的人品我信不過，剛答應我挑戰書上的條件，沒準兒一會兒就出爾反爾。你在挑戰書上簽字，把她答應的條件保證下來。」

這一下切薩爾的臉黑得跟鍋底似的。剛才阿依娜的話，可是當著這麼多人的面說的，現在已經被說是卑鄙無恥、出爾反爾了，要是自己再不簽字，北涼國的名聲豈不是要臭到天外去？

低頭看了看阿依娜，見她雖閉著眼，眼珠卻在那裡亂轉，便知她準備默認了，切薩爾只得道：「我答應妳。」

「那你先簽了，我再放人。」夏衿又道。

被夏衿用槍抵著喉嚨的年輕男子氣得眼睛都紅了，可頸脖處傳來的疼痛卻讓他不敢亂說話。他雖是國師之子，在北涼國地位尊崇，但在大周人眼裡卻什麼都不是。打仗打不過別人，就算他死了也是白死，北涼國絕對不會為了他的死而跟大周翻臉的。因此，他只得用目光示意切薩爾，讓他趕緊把字給簽了。

反正吃虧的是阿依娜，跟他又沒關係。

侍從見狀，連忙將挑戰書拿出來；另有大周機靈的士兵把文房四寶拿出來，還搬了一張桌子過來。切薩爾暗嘆一聲，在挑戰書上寫了一行字，簽下名字，還根據夏衿的要求，按了手印。

夏衿這才將槍收了回來，又指著坐在地上裝死的阿依娜道：「讓她也按個指印。」

阿依娜倏地睜開眼，怒視夏衿。

「怎的？還想上演小人行徑不成？要真這樣，就別怪我到處宣揚妳阿依娜今天的醜行。」夏衿威脅道。

「妳……」阿依娜氣得渾身發抖。她從小到大就沒受過委屈，今天不光兩次被人用槍指著喉嚨，還屢屢說她人品不好，簡直氣死她了。

最重要的是，她以為十拿九穩可以贏了夏衿，所以才答應挑戰書的條件，沒承想竟然輸了。

想她北涼金尊玉貴的公主，多少英雄壯士、豪門才俊都看不上，卻要嫁給大周皇帝，做他一群小老婆中的一個，想到她就要吐血，恨不得暈死過去才好，哪裡還會在那該死的挑戰書上按指印？

「想讓我做你們皇帝的小妾，這不可能。」她終於決定要賴，冷冷道：「要不就從大周挑一青年才俊到我們北涼國做駙馬，要不就從我們的屍體上跨過去，我們北涼的好男兒可不怕死。」

這一回夏衿沒有說話，只冷冷地看著她。

所有大周將士都默默看著她和切薩爾，剛才還有些許嘈雜的校場，此時一片寂靜。

切薩爾十分尷尬地輕咳一聲，渾身不自在。

夏衿上馬調轉馬頭，跑到岑毅和張大力身邊。「我看和談也不必了，談了有什麼用？就算簽了字，也能瞬間變成一張白紙。」

岑毅點了點頭。「有道理。」說著對大家一揮手。「大家都回去吧。」率先轉身離開，而離去的方向，並不是和談的帳篷。

張大力和其他參加和談的將領緊跟其後。

切薩爾慌了，追在後面喊。「大將軍、大將軍……」

岑毅根本不理，上了馬直接離去。

夏衿和蘇慕閑、羅騫跟在他身後一起離開。

到了岑毅等人所住的帳篷，大家下了馬，蘇慕閑對夏衿說：「妳先回去吧，有什麼事我跟大將軍說。」

夏衿搖搖頭。「不用。」

她還真不怕岑毅責怪。雖然在校場上她自作主張，但兩國相交，態度就應該強硬，而不是一味退讓。大周是戰勝國，她實在想不明白，為什麼要被阿依娜牽著鼻子走，戰敗國把公主獻過來和親，這才是正理，有阿依娜在手，大周還怕北涼不聽話嗎？

岑毅讓大家進了帳篷，卻叫住夏衿道：「夏郎中，妳先等一下。」

夏衿停住腳步。蘇慕閑亦停住腳步，站在她身邊。
羅騫猶豫了一下，終究沒有留下，而是進了帳篷。
岑毅見狀，沒好氣地看了蘇慕閑一眼。「你先進去，我有話要跟夏郎中說。」
蘇慕閑淡淡道：「她是我未婚妻，她的事就是我的事。」
三人就站在帳篷前不遠處，他們的對話，帳篷裡的人都聽見了。
大家都詫異地朝外看來，有些人則恍然大悟——難怪夏郎中要向阿依娜下戰帖，自家未婚夫都快被人搶走了，自然要出手把情敵打跑。
羅騫則站在眾人身後，滿眼苦澀。
岑毅沒想到蘇慕閑竟然當眾說這話，無語了良久，這才對夏衿道：「妳過來。」說著，朝遠處走了一段距離，足以讓他們的談話不被人聽見。
夏衿瞥了蘇慕閑一眼，朝岑毅走去。
這一眼溢滿柔情，蘇慕閑一愣，隨即大喜，跟了過去。
岑毅無奈地搖搖頭，對夏衿道：「妳想過沒有？如果妳逼著阿依娜入宮，她定然十分恨妳；要是她在宮裡得寵，很有可能會報復妳和邵家。如今她被咱們逼得狠了，倒不敢再指著一定要閑哥兒做駙馬，另派一個相貌不錯的青年才俊給她，她也會順水推舟將事情應下。我一會兒跟雲舟說說，讓他去做駙馬。」
「不必。」夏衿很乾脆道：「我不怕。」
這會兒她總算明白為什麼他們不提議讓阿依娜嫁給皇帝了，原來是出於這個原因。

不過這也不能怪大家明哲保身，實在是古代獲罪講究株連，岑毅等人也不得不為親人、族人的性命考慮，這不是自己一個人不怕死就能行的。

不過，她還真不怕阿依娜報復。

蘇慕閑聽了岑毅的話，第一反應就是擔心，不過聽到夏衿這兩句話出口後，他也回過神來了——要是阿依娜一進京城就病了，纏綿病榻，她想要受寵都難。至於怎麼讓阿依娜一直生病，那還不簡單？梁問裕、賈昭明都算是自己人，要給阿依娜下藥，借了他們的手，保管連他們自己都不知曉。神不知、鬼不覺，憑他這個御前侍衛和夏衿的手段，根本不會留下把柄。

夏衿又笑了笑。「再說就算沒這事，您以為北涼人就不恨我？」

岑毅跟蘇慕閑對視一眼，哈哈大笑起來。

有些事別人不知道，他和蘇慕閑卻是清楚的。

想當初北涼好不容易找了個會下蠱毒的，結果大周皇帝卻被夏衿治好了；後來又製造瘟疫，也被夏衿解決了；最後又是她使出迷藥，大敗北涼。

即便沒有阿依娜這事，北涼人最恨的也是她。

笑過之後，蘇慕閑道：「姨祖父，您放心吧，衿姐兒心裡有數的，她說不怕阿依娜報復，那就真不怕。再者，岑大哥是您的孫子，您就忍心讓他背井離鄉？而且他那性子，您覺得他能掌控住阿依娜？」

岑毅大概只考慮了大局，沒考慮到岑雲舟的能力。他聽了這話，瞪著眼睛看著蘇慕閑，好半天才道：「還真是啊。那臭小子就是一根筋，滿腦子武功，哪裡是阿依娜的對手呢？」

說著他嘆了一口氣。「倒是羅騫那小子，還有幾分頭腦。」

夏衿搖搖頭。「岑爺爺，您不瞭解女人。阿依娜喜歡的是蘇慕閑，而不是羅騫，即便羅騫做了北涼駙馬，他們倆的關係也不一定和諧。」

這個說法岑毅倒是極贊同。

阿依娜喜歡的是蘇慕閑，羅騫心裡則裝著夏衿，兩人即便成了親也是同床異夢。

「可北涼王只有阿依娜一個孩子，而且很有可能繼承王位，想來不會答應她遠嫁。」

「這就由不得他了。」夏衿道。

岑毅點點頭。「那行吧，我會盡力促成此事。」又對夏衿道：「現在不打仗了，邊關又艱苦，本應該早點讓妳回去，但妳來的時候沒什麼人知道，倒還沒多大危險；現在北涼人視妳為眼中釘、肉中刺，妳要是回去，這一路上怕是不安全，所以妳耐心在此待上一陣，等我們班師回朝，再跟我們一起回去。」

夏衿回京城也沒什麼事，雖說這裡生活艱苦些，一個月都沒辦法洗澡，吃的也都是肉食，但她在什麼樣的環境下都能生存得很好，這點苦根本不算什麼。

她爽快道：「行，我等你們一起走。」

「現在沒什麼事了，你們回去吧。」岑毅說清楚事情，就揮手趕人了。

夏衿行禮告辭。

他們剛策馬離開，遠遠地，就聽一士兵騎馬過來稟報。「大將軍，北涼親王切薩爾請將軍過去商議事情。」

夏衿和蘇慕閑對視一眼，笑了笑，騎馬飛快地離開了。

接下來半個月，岑毅態度強硬地跟切薩爾、阿依娜談判，最後北涼終於答應稱臣，並送公主阿依娜到大周和親，進宮為妃。

半個月後，岑毅留下一部分人駐守邊關，自己帶著大軍返回京城。與之同行的，不光夏衿這一隊人馬和李玄明一行御醫，還有送嫁的切薩爾和新娘阿依娜。

羅騫自然也在回程的大軍裡。

也不知他是真想開了，還是顧念著自己身體裡流著蘇慕閑的血，這一路上他時常派樂水過來，叫蘇慕閑過去喝酒。蘇慕閑在宮中當值也學得幾分長袖善舞，他知道夏衿對羅騫的情誼不同，便有意籠絡結交。一個有心、一個有意，還沒到京城，兩人已好得跟親兄弟一樣了。

夏衿見了，自然十分高興。

第一百二十八章

金秋時節，桂花盛開的時候，大家隨大軍回到京城。

依然是送岑毅出征時的那家酒樓，宣平侯老夫人、邵老夫人帶著一群女眷在二樓等著，樓下是兩家的男人。羅夫人不停張望窗外，手裡的帕子被她絞得跟鹹菜似的。她恨不得下一刻，大軍就出現在路的盡頭。

蕭氏看得好笑，叫她道：「妳還是好好坐著吧，大半年都等過來了，不急於這一時。」

羅夫人笑著應道：「好。」

可沒坐一會兒，她又跑去張望。

而跟羅夫人一樣表現的還有舒氏。只不過羅夫人是歡喜，舒氏是憂慮。想想自己女兒吃的苦，不知會黑瘦成什麼樣，她就心裡發酸。

「妳回去看看，補品燉好了沒有。」她將魯嬸叫來，吩咐道。

魯嬸笑道：「您吩咐的事，廚房裡哪敢怠慢？咱們出來前就燉上了，斷不會半途熄了火的。」

一向好脾氣的舒氏，這一回難得發了脾氣，沈下臉道：「叫妳去看就去看，囉嗦什麼？」

魯嬸只好應了，叫上魯叔開道，兩人費了九牛二虎之力，從人群裡擠出去，回府看了燉品，再滿身是汗地擠了回來。

他們的女兒也在軍中啊，自然要回來等著。

宣平侯老夫人和邵老夫人對這事最有經驗，早早就派了下人去十里亭等著。一旦看到大軍的身影，就快馬來報。

這一等，從上午等到下午時分，一匹快馬箭一般地從遠處飛奔而來，到了酒樓前停下，那人翻身下來，嘴裡就叫了起來。「大軍回來了。」

樓下的人群頓時鼓動起來。

望眼欲穿的羅夫人和舒氏各占一個窗戶，早已伸長脖子朝外張望了。

「來了、來了。」眼尖的人指著遠方叫了起來。

只見遠處的路口，一隊人騎馬朝這邊飛奔而來。

「祖母，是祖父！」岑子曼望著遠處高聲叫了起來。

走在最前面的自然是岑毅和張大力幾個高等將領。看到岑毅穿著錚亮的鎧甲，魁梧挺拔、英武不凡，岑家人即便已習慣岑毅隔幾年就來這麼一次，仍然激動不已，不停揮手。

在這群人中沒看到兒子，羅夫人鬱悶不已。她覺得兒子是個舉人，如今棄文從武，自動請纓打仗，再怎麼也該大大提拔，當個高等將領。

可在這些高等將領中，卻見不到她兒子的身影。

看到羅夫人一臉鬱鬱，岑子曼撇了撇嘴。

哪個做將軍的不是上過幾次戰場，浴血奮戰，有卓越功勛才會被逐級提拔？羅騫想一去邊關就做將領，也只有羅夫人這種無知婦人才敢想了。

看到岑毅等人漸漸走近，大家就把視線放到後面。

「啊，是阿衿、是阿衿。那是阿衿的馬車！」看到跟在後面的那兩輛熟悉的馬車，岑子曼又激動地喊了起來，比剛才看到岑毅時還要激動。

她祖父是主帥，是鎮國大將軍，不管何時都是走在最前面的，所以只有欣喜，沒有意外；但夏衿的馬車跟在岑毅等人身後，這份殊榮，卻不是誰都能擁有的。

舒氏早已被淚水迷了雙眼，摀著嘴巴生怕自己哭出聲來。

她的女兒終於平安回來了，而且還立了大功。

「她……她怎麼在這位置？」羅夫人不可置信地望著夏衿的馬車，問岑子曼道：「妳沒看錯？也許是北涼國公主所乘的馬車呢？」

北涼戰敗，北涼公主進京為妃，這消息是隨著捷報一起入京的，大家都知道。

而夏衿立功的消息，因還沒有封賞，百姓們所知不多，但朝中大臣和勛貴人家大抵都知道了。只是羅夫人因躲著鄭家或鄭家親戚，不常出來走動，而岑家人得了蕭氏吩咐，並未在她面前提及此事，所以夏衿立功之事，羅夫人還不知曉。

岑子曼可不會給她面子，聽了這話，「嗤」地笑了一聲，揚聲道：「阿衿不光治好軍中蔓延的疫病，在打仗的時候用高超醫術救回大量重傷將士，而且還製了一種藥，讓我們大周輕易取得勝利，最後還向北涼公主挑戰，逼得她進京為妃。這樣的大功，便是我祖父都要退避三舍，她的馬車走在第二，為什麼不可以？」

情。

「什麼？」羅夫人瞪大眼睛，呆愣愣地看著岑子曼，似乎想要從她臉上看出開玩笑的表情。

然而宣平侯老夫人的話打破她僅存的僥倖心理。「曼姐兒說得沒錯，衿姐兒立了天大的功勞，皇上本來打算出來迎接這個大功臣的，只是因為不願讓北涼公主多想，這才留在宮裡。」

羅夫人半張著嘴，半天說不出話來。

夏衿已是邵家孫女，身分本已十分高貴，現在又立了大功回來，得到封賞，不知會為她的娘家和夫家帶來多大榮耀，估計不到明天，說親的媒婆就要踏破邵家大門了。

這姑娘本應該是她的兒媳婦啊！

懊喪的情緒一起，她忽然又激動起來——夏衿跟羅騫本就有情，這一回兩人都在邊關，定然餘情未了，再添新情。沒準兒這個功勞赫赫的夏衿，明日就到她面前奉茶呢。這麼一想，頓時精神抖擻起來。

見羅夫人忽然間就容光煥發，岑子曼不明白她心裡想什麼，嘟囔一聲。「莫名其妙。」就把頭轉向窗外。

倒是宣平侯老夫人和邵老夫人這兩個人老成精的清楚羅夫人的盤算，兩人對視一眼，俱都搖搖頭，朝窗外看去。

別說，看到羅夫人欣喜的表情，邵老夫人還真擔心起來。

雖說蘇慕閑已追著夏衿去了邊關，而夏衿也表明不想嫁給羅騫，但年輕人之間的事，誰知道呢？想來夏衿都不一定知道自己下一刻的決定。她要是跟羅騫舊情復燃，自己真要有羅夫人這麼一個親家母嗎？

想到這裡，她心頭有一絲鬱悶。

「看，北涼國公主的車輦。」

夏衿的馬車和護送她來回的二十名護衛一過去，緊接著的是一輛更華麗、更寬大的馬車。從充滿異域風情的裝飾，以及走在馬車後面深目高鼻的北涼人來看，不用說這就是北涼公主阿依娜的車輦了。

「這些人，還真跟咱們長得不一樣啊，也不知車裡的北涼公主是不是也像這樣。」夏衿的一個嫂嫂道。

大家丟開夏衿的話題，七嘴八舌地議論起北涼人的長相和風土人情來。

殊不知被大家議論著的、騎著馬跟在車輦後的切薩爾，此時心裡有多鬱悶。自阿依娜出了北涼地界，進入大周境內時，就上吐下瀉病倒了。夏郎中開了幾劑藥後，雖有所好轉，卻仍時不時發作一下。此時躺在車輦中，被大家期待著的異域美人阿依娜，早已瘦得不成人形。

這樣的阿依娜，怕是連圓房都不行，更不用說得到大周皇帝的寵受，進而生下皇子，並將皇子扶上皇位，從而把大周變成北涼國後院了。

這讓切薩爾十分惆悵。

阿依娜的車輦過後，就是被皇上派去的以李玄明為首的御醫們。只是此時的李玄明和周易知的情形跟阿依娜也差不多，形容枯槁，十分地憔悴，根本沒辦法坐在馬上，岑毅只得在途中找了一輛馬車，載著他們回來。倒是孟夏因為投誠了夏衿，回到京城後將指證李玄明和周易知，這才沒被菖蒲那丫頭下藥，算是逃脫了這份罪責。

「來了來了，那是我家騫哥兒。」羅夫人指著御醫後面的那一群中等將領大叫道。

羅夫人畢竟是岑府的客人，性子再不討人喜歡，宣平侯老夫人看在她娘的面子上，也不好冷臉以待。

此時見狀，她便笑道：「騫哥兒這次回來，定然要受到皇上接見，眼見大好前程就在眼前，妳就跟著享福了。」

羅夫人聽得這話，眉開眼笑，得意道：「那是。我家騫哥兒這次以舉人身分，主動請戰，天下讀書人要都能像我家騫哥兒這樣，天下能不太平？他這行徑，要是能入得了皇上的眼，那是再好不過了。」

這話倒是甚得宣平侯老夫人的心。她拍拍羅夫人的手，嘆道：「妳能如此明白事理，那也是再好不過了。」

羅騫等人過後，後面跟著的便是家在京城的士兵——京城容不下那麼多士兵，而且大軍進城也不安全，所以大軍回來之後，大部分都回了離京城幾十里外的大營；跟著岑毅進城的，只有一些立了功、有可能會被皇上表彰的，還有就是家在京城的。從邊關回來，自然要讓士兵跟家人團聚。

羅騫等人的隊伍一過，岑家和邵家的人就沒必要再待下去了。大家等了一會兒，見後面的士兵都過去了，便下了樓，乘上馬車回了家。

至於岑毅和夏衿他們，則要進宮，等皇上召見封賞後方可回家。

雖然知道親人們都平安回來了，但大家在家裡還是等得焦急。可岑毅、夏衿等人一入宮就待了許久，等他們各自回家，已是一個時辰之後了。

「回來了、回來了，姑娘回來了。」被舒氏派著去門口等著的魯嬸，顧不得行禮，就直接衝進大廳旁邊的一個偏院，對正在那裡等著的邵家女眷們叫道。

大家都站了起來。

「老太爺那邊知道沒有？」邵老夫人問道。邵家男人們都在正廳等著。

「知道了。我跟我家那位是分開稟報的。」魯嬸回了一句，這才又道：「宮裡來了人宣旨，老太爺叫大家都去大廳接旨。」

大家一喜。宮裡有人宣旨，定然就有夏衿的封賞。

嫂嫂們悄聲議論道：「不知是賞的財物，還是名號。」

邵老夫人怕三房人多心，以為兒媳婦們是嫉妒他們，忙瞪她們一眼道：「少說話，趕緊走吧。」

大家一起到了大廳，便見邵家大老爺邵恒定已叫人把香案備好；夏衿則站在邵老太爺和夏正謙、邵恒國面前，正笑著跟他們聊天。

邵老太爺一見女眷們進來，掃了大家一眼，開口道：「既然來了，就跪下接旨吧。」

大家連忙依著身分順序，一一跪了下去。

宮裡內侍正由邵恒定陪著喝茶說話，見大家來齊了，這才站了起來，將聖旨展開，清了清嗓子唸道：「奉天承運，皇帝召曰：『邵家有女夏衿，品行高潔、心地慈悲、深明大義、醫術卓絕，故封永安郡主，食戶邑三千，賜郡主府，享公主之儀仗，欽此。』」

永安郡主！

大家心裡一驚，繼而大喜，連忙磕頭謝恩，高呼萬歲。

送走宮中內侍，大家都圍住夏衿，七嘴八舌地向她道喜。舒氏則將她看了又看，見她雖黑瘦了一些，精神卻還好，不由得又流了眼淚。

「有人說女人是水做的，我還不信，看到娘，這話我就信了。」夏衿不由得拿舒氏來打趣道。

這話說得舒氏破涕為笑，輕輕拍了女兒一下，嗔道：「妳母親也敢打趣，還真是越來越有能耐了。」

「那是，誰家的姑娘有我家衿姐兒這麼有能耐？」邵老夫人笑得合不攏嘴。

不光找回了三兒子，得了個溫柔賢慧的兒媳婦，還得了個秀才孫子和郡主孫女，她如今起床都能笑醒。

更何況剛才宮裡來傳旨的內侍也說了，這一次不光給夏衿封了郡主、賞了食邑和郡主府，還準備讓邵老太爺恢復官職。

這完全是託了夏衿的福啊。

想到這裡，她慈愛地對夏衿道：「遠途勞累，妳先回房去好好歇著吧，有什麼話以後再說。」

按理說，夏衿遠道回來，是要去正院給邵老太爺和邵老夫人磕頭，陪著說一會兒話，才能回自己院裡去的；可邵老夫人這又是好意……

夏衿不由得看了爹娘一眼。

夏衿在邊關數個月，夏正謙與舒氏漸漸融入邵家這個大家庭。所幸邵家無論是男人還是娶進門的媳婦，都明白事理，而且性子淡薄，不愛慕虛榮、不計較小利，所以夫妻倆在這裡很是舒暢。

夏正謙便笑著道：「祖母體恤妳，但禮也不能廢。這樣吧，妳就在這裡給祖父、祖母磕個頭，再回去歇息。」

這倒是兩全其美。

立刻有下人將蒲團拿來，夏衿給兩老磕頭行禮，這才跟著父母、兄長回了三房的院子。

跟大家一分開，舒氏就迫不及待地拉著女兒的手問道：「妳的親事有什麼想法？」

「娘，我都還沒進屋呢，您就急著把我嫁出去。」夏衿搖著舒氏的胳膊撒嬌道。

舒氏用手指一點她額頭。「可不是著急？妳這一去數個月，再不訂親都成老姑娘了。」說完一笑，又道：「要是妳沒別的想法，我倒是看中一個人，跟妳哥哥在國子監唸書的同窗，是宣平侯老夫人家那位姑奶奶王翰林家的姪子，人長得好，書也唸得好，跟妳哥哥最是相得，人品也是極好的。」

「呃。」夏衿只得道：「過幾日，武安侯爺會託人來提親。」見舒氏笑容凝住，她還以為舒氏沒反應過來，又解釋道：「就是送我去邊關的那位蘇公子。」

「唉，蘇公子是個好孩子，只是……」舒氏嘆息一聲。「他那個娘，回來了。」

「他那個娘？」夏衿愣了一下，這才反應過來，舒氏說的那個娘，自然是蘇慕閑那還沒死、寵溺幼子、派人追殺長子的親娘武安侯老夫人。

「可她不是跟著小兒子去瓊州了嗎？怎麼回來了？」夏衿奇怪地問道。

「她小兒子在半途得了病，病死了，她是扶柩回來的。」舒氏露出複雜的表情。這個善良的婦人，大概是既同情武安侯老夫人，又覺得她這個人不可理喻吧。

「死了？」夏衿大大感覺不妙。

武安侯老夫人百般疼愛的小兒子死了，那麼她會如何對待蘇慕閑呢？當初本就因為道士算命，說蘇慕閑剋母，這才把他送到寺廟裡；可現在蘇慕閑回來了，她的小兒子卻死了，她定然會把這筆帳算到他頭上吧？

而且沒了心靈寄託，若她心灰意冷，存了死志，怕是會百般折磨了蘇慕閑才肯甘休。蘇慕閑礙於孝道，又不能拿她怎麼樣，那以後豈不是要生活在水深火熱之中？

第一百二十九章

舒氏顯然也想明白了這一點，對夏衿道：「衿姐兒啊，當初妳為了羅夫人，就不肯嫁羅公子，現在一比，羅夫人算是好的了，起碼她對兒子是掏心掏肺得好，就算當初不同意你們的親事，也是為了她兒子，希望他能娶個名門閨秀，獲得助力。現在妳身分上來了，她巴結還來不及，絕不敢對妳不好。妳真要嫁，如果不考慮妳哥那個同窗，那就嫁羅公子吧。蘇公子那邊……他那個娘，我想想心裡就害怕，沒準兒哪天就一把藥將全家都毒死了。」

夏衿猶豫了一下，含糊應道：「看看再說吧。」

倒不是她的感情又動搖了，而是她拿不准蘇慕閑會如何對待他的母親。

想當初，夏正謙即使明知夏老太太討厭他，而且苛待他的妻兒，他都做不到對老太太絕情；要不是老太太逼得太狠，再加上夏衿設計，他都不會提出分家。

畢竟母子天性是很難磨滅的，從小沒感受過母愛的蘇慕閑，心底定然也渴望母親的關愛。現在武安侯老夫人沒有了依靠，想哄回蘇慕閑；或是裝著回心轉意，哄著蘇慕閑放鬆警惕，再下藥把他藥死，想來心地仍純良的蘇慕閑，也抵擋不住母親的「慈愛」吧？

夏衿對於割裂母子之間的血脈親情，真的沒有信心。

見女兒沒有一口咬定要嫁給蘇慕閑，舒氏已十分滿意了。她知道女兒看似冷情，實在重情重義，否則當初也不會因為羅騫去了邊關，她就不肯議親，非得等他回來。唉，這種事急不得，慢慢來吧。

盤算著什麼時候讓夏祁把他的同窗帶回來讓夏衿看一看，舒氏將話題轉開，仔細地問起夏衿在邊關時的衣食住行來。

得知夏衿得了郡主封號，有食邑、行公主儀仗，身分比嘉寧郡主還要高出兩分，而且這姑娘竟然還沒有訂親，京城的貴婦們立即行動起來。更有那眼光獨到的，早在夏衿回來前就已在宴會上頻頻接近舒氏，跟她套交情。所以夏衿回到家裡不到兩個時辰，就有無數人送了禮物來，向邵家道賀；更有甚者，親自前來，趁著當面道賀之際，流露出結親之意。

這不，夏衿回房剛洗漱妥當，正躺在榻上讓丫鬟擦頭髮，就有人來報，說邵老夫人、舒氏那裡人來人往，甚是熱鬧。現如今鄭國公家的老夫人、大夫人都在正院廳堂裡坐著，如果夏衿方便，就過去一趟。

那丫鬟還特意帶來邵老夫人的話。「老夫人說，知道姑娘遠道回來，累著了，需要歇息，但鄭國公家是三十多年前就跟邵家有交情的，邵家回京後，他們也沒有嫌老太爺沒受皇上重用，第一時間就登門拜訪了。現在他家老夫人說想見您一面，如果姑娘方便，就去見一見；要是實在太累，那也不必勉強，過幾日她再帶姑娘去鄭國公府道個謝就是。」

雖說長途跋涉，但夏衿一直待在馬車裡，睡覺的時間比醒著還長，日子過得比在邊關悠閒多了；至於路上顛簸，對她來說根本不算什麼，所以此時她還真不覺得累。她可不想過幾日跑到別人府上作客，臉上掛著笑，說些沒油沒鹽的應酬之語，無聊至極。

她吩咐茯苓給她將頭髮梳起來，又換了身見客的衣服，站起來道：「走吧，那就見一見。」

菖蒲和薄荷都是家生子，她們辛苦一場，伺候夏衿去了一趟邊關，數月不見爹娘，一回來夏衿就給她們豐厚的打賞，並放了半個月的假。如今在她身邊伺候的，就是茯苓、桔梗等二等丫鬟。

一進邵老夫人院裡，就聽到廳堂裡歡聲笑語，好不熱鬧。守門的丫鬟遠遠地見夏衿來了，就趕緊回屋裡稟報。待得夏衿跨進門檻，就見一眾人等都站了起來，似乎在迎她。她知道這是因她郡主的身分，雖說鄭國公老夫人地位尊崇，但在皇家身分面前，還是禮不敢廢，至少在第一次見面，需要裝裝樣子。

為免被人說她輕狂不懂禮，她忙露出惶然之色，不知所措地望向邵老夫人，輕聲喚了一聲。「祖母。」

「衿姐兒來了。」邵老夫人笑著上前拉了夏衿的手，對著站在她近旁的一個五十來歲的婦人介紹道：「這便是我家衿姐兒。我們家的事妳知道的，因她父親打小被姓夏的人家收養，為感謝夏家恩情，我們便沒讓他們姓回邵姓。衿姐兒仍是姓夏，單名一個衿字。」

說著又對夏衿道：「這是鄭國公老夫人。」

還未等夏衿有所動作，鄭國公老夫人就向她行了一禮，口裡稱道：「鄭國公府林氏，見過永安郡主。」

夏衿連忙側身，避過她這一禮，嘴裡道：「您是長輩，怎敢受您的禮？」

邵老夫人也笑著嗔道：「可不是？我都說這孩子雖得了皇上封賞，但年紀輕、福氣薄，受不住妳們的禮，以後快莫如此了。」說著又指著旁邊的一個三十多歲的婦人道：「這是鄭國公夫人。」

大家見了禮，重新落坐，鄭國公老夫人就不住口地誇讚起夏衿來。「衿姐兒果真是好氣質、好相貌，知書達禮，又這麼能幹，學得一手好醫術。」又伸出手腕道：「我這心口時常覺得悶，衿姐兒既有好醫術，我倒是託個福，煩勞衿姐兒看一看。」

夏衿只得站起來，走過去把了一下脈，收回手時，她的臉色倒有一些凝重。「老夫人是不是不光胸口悶，而且有時還會辣辣的痛？」

「正是。」因平時只是一點點感覺，並沒有非常不舒服，鄭國公老夫人也沒當回事。見到夏衿，也沒很多話可說，便拿看病來拉拉關係，藉機誇讚她一番。可見夏衿表情凝重，她心裡害怕起來。「不知是什麼病？」

「老夫人這得的是心疾。」夏衿道。

鄭國公老夫人和鄭國公夫人雖臉色一變，但眼裡仍有疑惑，似乎不大明白這病到底有何妨礙。不過這也難怪，心臟病雖說普遍，但古代沒有儀器，發病前無法準確判斷，待發病時，已來不及了。更何況，這還是冠心病。

夏衿只得道：「老夫人這病平時也不怎麼的，但發起病來，卻能瞬間要人性命，所以無論如何都要時刻注意。」

婆媳兩人一下臉色大變。

「那、那可怎麼辦？」鄭國公老夫人緊張問道。

「我開個藥方，老夫人且吃上幾日，過幾日我再給您看看。」

「那就多謝衿姐兒了。」鄭國公老夫人感激道。

夏衿雖治好了御醫們都沒治好的瘟疫，名聲在外，還得到皇帝的封賞，但她太年輕，鄭國公老夫人對她的醫術仍將信將疑。嘴裡感謝著夏衿，心裡則打定主意，要找相熟的御醫再好好看看，確認一下。

拿到藥方，鄭國公老夫人就一個勁兒誇讚夏衿，誇完後，又在說話間把自己十八歲的孫子誇了一通，其意圖很明顯。

邵老夫人跟舒氏生活了小半年，也藉由她瞭解了夏衿的為人，知道孫女是個有主見的，自己就算是她的親祖母，也沒有插手她婚事的資格。因此對鄭國公老夫人那試探的話，她就只是打哈哈，並不肯接話茬。

鄭國公老夫人見狀，只得帶著兒媳訕訕離去。

「咱們家衿姐兒，還真是一家有女百家求。」郭氏笑著打趣道。

大家都笑了起來。邵老夫人朝旁邊招招手，兩個打扮得極伶俐的丫鬟走了過來，向夏衿福身行禮。

邵老夫人對夏衿道：「妳如今身分不同，即便不喜喧鬧，生活也不可太簡，該講究的地方就該講究。」說著指著那個鵝蛋臉、身材高䠷的丫鬟。「這個叫荷香，今年十六歲，老子和娘都是跟著從北邊回來的，算是咱們的家生子。這丫鬟行事向來穩重，性格沈靜不多話。」又指了指另一個圓臉丫鬟。「這叫菊香，今年十五歲，是個孤女，性子活潑，做事倒機靈。這兩個丫鬟原在我身邊倒還能幹，妳身邊的丫鬟不多，得用的也就菖蒲一個，薄荷那丫鬟忠心是有，機靈不足，平時有個什麼事，妳還得自己操心。如今我把這兩個丫鬟給妳，妳給她們改個名，該怎麼用就怎麼用，萬不要想著是祖母賞的，就對她們寬容幾分。哪裡不好，該敲打就敲打，別客氣。」

夏衿站起來，福身行禮。「多謝祖母。」

跟著夏衿過來的茯苓不由得抬眼看了這兩個丫鬟一眼，心裡不甚樂意。

原來夏衿身邊就菖蒲、薄荷兩個，平時她們忙不過來時，她還能進去幫一把，現在再來兩個，而且又是老夫人賞的，姑娘院裡還有她插手的地方嗎？怕是以後只能在院子裡幹粗活，都湊不到姑娘跟前去了。

「老夫人。」門外忽然慌慌張張進來個老婦，卻是邵老夫人的陪房孫嬤嬤。

孫嬤嬤也有五十來歲了，因她和丈夫都得主子重用，平時言行舉止、衣著穿戴很是講究，如今卻是慌慌張張的，跟平時行徑大不相同。

「何事？」邵老夫人忙問。

「聽說武安侯老夫人今天去燕王府，替武安侯爺向燕王妃提親，求娶嘉寧郡主。」孫嬤嬤稟道。

「什麼？」邵老夫人臉色一變，轉頭就向夏衿看來。

她剛才可是從舒氏那裡聽說了，武安侯這幾日就要上門提親，怎麼他母親卻去向燕王府提親？

想到武安侯母子倆的恩怨糾葛，她對夏衿的親事很是擔心。

然而夏衿聽到這話，卻只皺了皺眉，便恢復平靜。

邵老夫人見狀，心裡稍定，擺擺手道：「行了。我也累了，大家都回去吧。」

大家即便原先不知道夏衿與蘇慕閑的關係，看到邵老夫人這表情，也能猜到幾分；更何況夏衿去邊關，蘇慕閑相送，大家心裡都有了數。所以聽到蘇慕閑娘親向燕王府提親，大家也跟著擔心起來。無奈邵老夫人趕人，明擺著不想讓大家知道此事，眾人只得站起來告辭。

「舒氏和衿姐兒，妳們留下。」邵老夫人又道。

果然！大家關切地看了夏衿一眼，這才轉身離開。

「這到底怎麼一回事？這件事妳可知道？」待大家一離開，邵老夫人就迫不及待地問道。

夏衿搖了搖頭。「武安侯老夫人回來的事，我還是不久前才聽我娘說起的。武安侯恐怕也是進了家門，才聽說此事。向嘉寧郡主提親的事，他應該並不知道，他是絕對不會同意跟燕王府結親的。」

「可這畢竟是他的親娘，父母之命、媒妁之言，武安侯老夫人幫他訂下婚事，他也反對不了。」邵老夫人嘆息道。

「不怕，到時候讓皇上和太后給他作主就是了。」夏衿篤定道。

見夏衿一副成竹在胸的樣子，一點也不擔心，邵老夫人跟舒氏對視一眼，終於把心也放了下來。「妳心裡有數就好。」
夏衿站了起來。「如果祖母沒什麼事，孫女這就告退了。」
「嗯，去吧。」邵老夫人揮揮手，又對舒氏道：「妳也去吧，晚上過來吃飯。」
舒氏應了一聲，跟著夏衿出去。
舒氏是心思細膩之人，凡事喜歡多想，要是放在往時，知道蘇慕閑這門親事又起波瀾，她早就長吁短嘆，憂愁不已了；沒承想這會兒卻十分鎮定，倒比邵老夫人還要沈得住氣。
夏衿不由得疑惑。「娘，您就不擔心我的親事？」
舒氏看她一眼。「我看妳不擔心，所以我也不擔心了。」
夏衿可不相信，挑眉凝視著她。
舒氏被她看得不自在，只得道：「好了好了，我說我說。我是想，蘇侯爺這門親事不成，未免不是好事。他那娘太可怕，讓嘉寧郡主去伺候她，比妳合適。」
夏衿無語。
娘兒倆剛一踏進院門，就見魯良在那裡等著，見她們回來，忙上來稟道：「太太、姑娘，蘇侯爺剛派了人來，告訴姑娘不要擔心，家裡的事他會處理妥當的。」
夏衿露出笑意來。「來的是何人？走了嗎？」
「是阿硯，擔心姑娘要問話，在門房處待著呢。」魯良道。
「叫他到偏廳來。」夏衿吩咐一聲，進了偏廳。
舒氏說得瀟灑，其實心裡根本放不下，也跟著一起去了偏廳。

阿硯跟著魯良進來，行了一禮，便老實站在那裡，等著夏衿問話。

「你家侯爺那裡到底是怎麼一回事，你好好說說。」夏衿道。

「是。」阿硯忠心勤快，就是缺少些機靈。「我們府上的老夫人是一個月前從瓊州帶著二爺靈柩回來的，給二爺下了葬後，病了差不多足有半個月，前陣子才好些。我們爺今兒回來，她倒是挺上心，命人給侯爺收拾住處，又叫人做了侯爺愛吃的菜。等侯爺吃過飯歇息時，她就出了門，帶了官媒和許多聘禮去了燕王府，為侯爺提親。到得侯爺知曉時，老夫人和燕王妃已換了庚帖，把親事給訂了下來，並議了日子，成親的日子定在三個月後。」

夏衿這裡還沒說什麼，那邊舒氏卻氣得不行，對阿硯喝道：「既然你們侯爺訂了親，你還到這裡來說什麼？趕緊走，告訴你們侯爺，以後別再來糾纏我家衿姐兒。我家衿姐兒如今是郡主，提親的人都踏破了門檻，來求娶的鄭國公府老夫人才離開沒多久呢，不稀罕他。」

誰進門前還說跟蘇慕閑的親事不成是好事來著？至於氣成這樣嗎？

夏衿望著她娘，哭笑不得。

阿硯聽得舒氏這話，大吃一驚，望向夏衿道：「夏姑娘……」

「叫永安郡主！夏姑娘豈是你能叫的？」舒氏沒好氣道。

阿硯只得改了稱呼。「永安郡主，提親的事是我家老夫人背著侯爺做的，根本就沒有知會侯爺。侯爺讓小的告訴郡主，這件事他會處理好的。」

第一百三十章

「行，你回去告訴他，我知道了。」夏衿道。

阿硯愣了一愣，抬起頭朝夏衿望去。自家侯爺和夏姑娘兩情相悅他是知道的，可這會兒聽到侯爺要跟嘉寧郡主訂親，夏姑娘怎麼這麼平靜呢？

他忽然有些不知所措，不知這時候是該告退，還是再說點什麼。

而舒氏只覺得心肝兒疼，這極厲害的女兒，怎麼表現得跟小綿羊似的，臉上竟然還掛著淡淡笑意，彷彿剛才聽到的是輕鬆有趣的話題，莫不是去了一趟邊關，累傻了吧？

見阿硯愣在那裡，不知告退，夏衿想了想，又問道：「你們老夫人回來了，府上人員可有變動？還是蘇秦當管家嗎？」

這蘇秦當初就是因為沒附和武安侯老夫人殺子之事，被貶去守墳，後來蘇慕閑回京後，才重新把他找回來，做了侯府總管。現在武安侯老夫人回來了，又恰逢蘇慕閑不在家，那老妖婆還不知會把蘇秦怎麼樣。要是被打殺沒了，那就太可惜了，他可算是蘇慕閑手下的第一得力下人，說是親人都不為過。

「蘇管家犯了錯，又被老夫人罰去給老侯爺守墳了。」阿硯道。

夏衿點了點頭。「行了，沒事了，你回去吧。」

阿硯鬆了一口氣，行了一禮退了出去，出了院門這才抹一把額上的汗。

舒氏都不知說女兒什麼好了，一臉恨鐵不成鋼。「妳就這麼放過他？他追著妳去邊關，鬧得沸沸揚揚壞妳名聲，結果轉過身就跟別人訂了親，妳怎麼一點都不氣惱？」

夏衿看到向來溫柔似水的娘親，此時卻氣急敗壞，又是心暖、又是好笑，純潔無辜地朝她眨了眨眼。「娘，難道您想看到我為他掉眼淚？」

舒氏一愣，氣惱的表情迅速消散，取而代之的是痛惜。她走到近前，將夏衿一把抱進懷裡，拍拍她的背道：「孩子，妳要是心裡難過，千萬別忍著，想哭就到娘的懷裡哭一場吧，沒人會笑話妳。」

夏衿一愣，輕咳一聲，從舒氏的懷抱中掙脫出來，無奈道：「娘，我真沒事。蘇慕閑跟他娘的糾葛，想來您也聽說過。武安侯老夫人不過是希望自家大兒子不好過，才使出這招。蘇慕閑又沒負我，我傷心什麼？」

「可是，就算不是蘇侯爺點的頭，他娘親給他訂了親，而且還是跟燕王府，難道還能退親不成？妳千萬別告訴娘妳想去武安侯府作妾。」

夏衿又一次哭笑不得。

「去給人做小妾？娘您真是想太多了。」她遞給舒氏一個放心的表情。「這件事他叫我放心，會處理好的，那我就等著呀。他要處理不好，就娶嘉寧郡主去，我再找個青年才俊嫁了就是。天下三條腿的蝦蟆不好找，兩條腿的男人多的是，難道還非得吊死在他這棵歪脖子樹上不成？」

這話叫舒氏忍不住笑了起來，拍了女兒一下。「妳這孩子，什麼渾話都敢說！」不過她倒放下心來。

「好了，我叫人燉了補品，趕緊喝吧。」她愛憐地順了順夏衿烏黑油亮的頭髮，叫人把她精心燉煮的補品端了上來。

可這愛心燉品還沒端上來，外面就有婆子跑了進來，還沒進門就一路叫道：「姑娘、姑娘，宮裡來人，說是太后宣您進宮。」

夏衿和舒氏都愣住了。

她得了封賞，確實是要進宮謝恩的。但今天皇帝犒賞三軍，她一未出閣的姑娘家，非常時期待在邊關軍營裡倒也罷了，現在回了京，太后、皇帝為她名聲著想，便準備明日在太后的寧壽宮設宴招待她。這些剛才宣旨的內侍都讓邵恒定轉告她了，可這會兒那內侍才剛回到宮裡，怎麼就又宣她入宮了呢？

舒氏趕緊起身催道：「快拿剛才賜下的郡主服飾來，給姑娘換上。」又叫茯苓進來。「去叫菖蒲回來，陪姑娘進宮。」

荷香、菊香雖是邵老夫人賞下來的，但兩人剛來，脾性都不清楚，為防意外，還是叫菖蒲跟著穩妥一些。

茯苓答應一聲，提起裙子飛快地跑了出去。

荷香和菊香也不敢有一絲不滿，手腳麻利地伺候夏衿換衣服。待菖蒲回來，主僕兩人一起入了宮。

「郡主請跟奴才這邊來。」那內侍已在馬車前等著了，見夏衿從馬車上下來，連忙殷勤上前，將她引入皇宮。一盞茶工夫後，夏衿帶著菖蒲進了寧壽宮殿門。

進到大殿，夏衿雖然微低著頭垂著眼，目不斜視，低眉順眼，其實早已將大殿裡的情形掃了一遍。

高高坐在上面的自然是太后，在右邊側位上坐著身穿誥命服裝的婦人，容貌秀麗，三、四十歲，蘇慕閑則立她旁邊。

這婦人在眉眼間跟蘇慕閑有四、五分相像，想必就是他的母親。

而左邊上首處也坐著一個婦人，年紀比蘇慕閑的母親稍大一些，相貌普通，但從穿著的親王妃服飾來看，這應該是燕王妃了。

武安侯老夫人下首處，還坐著一個婦人。這婦人雖然夏衿沒見過，但她一眼就認出來了，這人應該是彭喻璋的母親，因為母子兩人像是一個模子裡刻出來似的，十分相像。

夏衿給太后行了一禮。

「快快起來。」太后對夏衿倒是十分和藹，連忙叫人把她扶了起來，又把她狠狠地誇了一通，感謝她對大周的貢獻。

從夏衿進來，武安侯老夫人就毫無遮掩地上下打量她，眼裡閃過一絲恨意。

看到武安侯老夫人表情的變化，夏衿的眼睛微瞇了瞇。這女人果然心狠，恨屋及烏到這地步，連蘇慕閑喜歡的姑娘都恨上了。

燕王妃大概是覺得夏衿根基淺，沒什麼值得顧忌的；又或許仗著自己親王妃的身分，想給她下馬威。她也不掩飾神情，太后的話聲剛落，她就鄙夷一笑，對太后道：「娘娘這話說得可就過了。這位夏姑娘是大周子民，就算有幾分本事，為國效勞也是本分。而且皇上不是給了她家恩典，讓她祖父一家從北邊回來了嗎？她為朝廷做些事情也是應該，哪還擔得起娘娘這樣誇讚？」

太后的臉馬上就沈了下來。

她淡淡地看了燕王妃一眼，轉頭對夏衿道：「今兒個叫妳來呢，是有一件事要問妳。」

夏衿低頭道：「太后娘娘請問。」

「我問你，妳可願意做大周的皇后？」

此話一出，大殿裡所有人都大吃一驚。

夏衿猛地抬頭朝太后看去。燕王妃和武安侯老夫人的目光一下子變得犀利，臉色很不好看；蘇慕閑則臉色一緊，盯著夏衿，唯恐她嘴裡說出「願意」兩字。

太后似乎很滿意這話的效果，對夏衿和藹道：「雖然封妳為郡主，但異姓郡主是可以嫁進皇家的，這妳不用擔心。只要妳點頭，擇過吉時後，皇后的鳳冠就會戴到妳的頭上。」

夏衿膝蓋一鬆跪了下去，磕了一個頭道：「永安福薄，不敢受太后如此大的恩典。」

太后的臉色頓時一沈，她沒想到夏衿竟然會拒絕這天下女人都想得到的最高榮耀。

燕王妃眼裡閃過幸災樂禍，武安侯老夫人臉色陰沈，而站在她身後的蘇慕閑，則露出欣喜若狂的表情。

太后緊緊地抿了抿嘴，端過茶盞，用碗蓋拂了拂茶沫，緩緩地飲了兩口，這才將不快的情緒壓了下去。

她放下茶盞，用手帕拭了拭嘴角，這才緩聲開口道：「武安侯去邊關之前，曾跟哀家提過，回來後想要娶妳。可今天還沒進家門呢，他母親就去燕王府提親了，還把日子訂了下來。哀家當初可是答應了武安侯的請求的，哀家雖不是天子，卻也講究言而有信。當初哀家答應在先，武安侯老夫人提親在後，這件事只要妳同意，自然以哀家的決定為準。所以哀家就再問一句，妳願不願意嫁給武安侯？如果願意，哀家就賜婚；要是不願意，你們便可自擇婚事。」

夏衿低著頭，慢慢將臉上逼出些紅暈，害羞小聲道：「永安願意嫁給武安侯爺。」

燕王妃眯著眼，眼裡露出一抹凶光，冷冷地看著夏衿。

太后面無表情，轉頭對武安侯老夫人道：「這事妳怎麼說？」

武安侯老夫人連死都不怕，何懼太后的權勢？

她滿臉陰沈地站了起來，跪到太后面前，仰頭梗著脖子道：「這位夏姑娘曾在十幾萬男人的軍營一待數月，還整日給那些傷員治病，連男女大防都不顧，不知廉恥。這樣的女人，臣妾不同意將她娶進門。」

「這麼說，妳是在質疑皇上和哀家的眼光了？」太后冷冷道：「她連大周的皇后都做得，卻做不得你們武安侯府的夫人？」

「呃……」武安侯老夫人一時語塞。

「說，是也不是？」太后卻不想放過她。對於這連親生兒子都要追殺的蛇蠍婦人，她真是厭惡之極。

「不、不敢，臣妾不敢。」武安侯老夫人知道，自己要是敢說「是」，太后很有可能叫人把她拉出去斬了。她還有大事沒做呢，豈能就這麼丟了性命？

「那永安郡主，有沒有資格做你們武安侯府夫人？」

話說到這分上，要是再說沒資格，武安侯老夫人知道自己仍然沒有好下場，只得道：「太后看中的人，萬不會有錯的。」

「哼。」太后冷冷地盯了她一眼。「算妳識相。」

武安侯老夫人瞬間變了臉。

她在京城待了一輩子，以往逢年過節跟著其他公侯夫人進宮裡給太后請安時，太后對她還算和顏悅色；可自從她派人追殺蘇慕閑的事曝光後，太后對她就不假辭色。三番五次叫她進宮來敲打，而且要不是太后堅持，武安侯的爵位絕不會落到蘇慕閑頭上，她的小兒子也不會被貶到瓊州，更不會年紀輕輕就死在外鄉。這一切，都是眼前這個老太婆做的好事！

她眼裡閃過一抹怨恨。

太后一輩子經歷過太多事，看人那是一看一個準。此時武安侯老夫人雖然低著頭，讓人看不清她的表情，但她流露出的怨毒之色，還是讓太后捕捉到了。

她頓時大怒，一拍桌子道：「怎麼，妳還敢在心裡怨恨哀家不成？」

「臣妾不敢。」武安侯老夫人連忙把怨毒之色收了起來，抬起頭驚慌失措地看向太后。「太后聖明，臣妾對太后怎麼會有埋怨之心？」

「沒有就好。」太后冷哼一聲，轉頭對蘇慕閑道：「如今永安既願意嫁給你，哀家便為你們指婚。武安侯蘇慕閑、永安郡主夏衿，聽宣吧。」

蘇慕閑大喜，看了夏衿一眼，便率先跪到太后面前，嘴裡高呼道：「謝太后娘娘。」

夏衿也跟著跪了下去，小聲地說了一聲。「謝太后娘娘。」

燕王妃見狀，趕緊站了起來。「太后娘娘，事情可不能這麼辦。武安侯可是跟我家嘉寧訂了親的，連成親日子都定了，就算當初武安侯求您給他賜婚，但終究還沒正式賜婚不是？永安是郡主，我們嘉寧也是郡主，而且嘉寧這孩子還是您孫女，太后您老人家可不能幫著外人讓嘉寧受委屈呀。她要是被退了親，哪兒找得著好親事？」

前面她沒有說話，是因為太后只問武安侯老夫人，可現在她不能不說話了，否則自家閨女喜歡的男人就要娶別人了。

最重要的是，前面他們燕王府派去劫殺夏衿的人似乎被捉住了。這件事就算是推到安以珊身上，她這女兒也要毀了；但如果給她與蘇慕閑訂下親事，那就可以用這次蘇慕閑立下的功勞給安以珊抵過。而且往後有蘇慕閑幫襯，於燕王府還能有諸多好處。

所以這個女婿，她是無論如何不能讓給夏衿的。

燕王妃肚子裡的這點小算盤，太后豈會不清楚？否則她也不能拿個皇后位置在前面做鋪陳，以達到讓夏衿、蘇慕閑成親的目的了。

當然，如果夏衿答應做皇后，她和皇帝也不吃虧。

「嘉寧還想要好親事？」太后的聲音驟然變冷，看向燕王妃的目光裡全是寒芒。「今天皇上犒賞三軍，還沒來得及審你們燕王府的罪過呢，你們還是想想如何保全性命再說吧。」

「太后……」燕王妃剛才的雍容華貴全都不見了，臉上全是震驚惶恐。

太后一揮手。「拉下去。」

角落裡站著的兩位健壯嬤嬤立刻上前，將燕王妃拉了下去。

武安侯老夫人大驚。

太后冷冷地掃了她一眼。「妳是不是很後悔，今天沒押著閑哥兒跟嘉寧成親？」

武安侯老夫人一愣，茫然地看向太后，不明白她這話是什麼意思。不過一息之後，她終於反應過來，太后這是諷刺她害親生兒子沒能害成功。

我表現得有這麼明顯嗎？她一驚之餘，目光落到蘇慕閑臉上，想看看兒子聽得這話是什麼表情。

令她失望的是，她這個在寺廟裡長大，入世後也極為單純的兒子，此時什麼表情都沒有，就彷彿沒聽到太后的話一般。

她又將目光移到夏衿臉上，卻看到跟她兒子一模一樣的表情。

她覺得背上汗涔涔的直冒冷汗。

第一百三十一章

那邊太后又道：「妳要是想回來好好過日子，我就不說什麼了；可要是讓我發現妳想對這對小夫妻不利，我定然饒不了妳。」

武安侯老夫人定了定神，慢慢應了一聲。「是。」

太后這才朝旁邊的內侍抬了抬手。

那內侍是慣常幫太后擬旨的，剛才太后臨時起意，他也不慌張，早在太后跟燕王妃說話的當下，就將懿旨寫下來。

此時他拿著懿旨，走到夏衿、蘇慕閑面前，高聲宣道：「茲聞永安郡主夏衿嫻淑大方、溫良敦厚，武安侯蘇慕閑手神俊美、才華橫溢，兩人堪稱天造地設，為成佳人之美，特下懿旨為其賜婚，望擇良辰完婚。欽此。」

兩人在武安侯老夫人難看的臉色下，雙雙謝恩。

「行了，今兒我也累了，你們都回去吧。」太后揮了揮手，露出疲憊的表情。

幾人行了一禮，退出大殿。

武安侯老夫人雖厭惡蘇慕閑和夏衿，但此處是皇宮，到處有眼線；再說夏衿是新封的郡主，她為難夏衿就是打皇上和太后的臉，所以不敢造次，出了大殿就昂首挺胸地快步下了臺階，直接朝宮門走去。

蘇慕閑看了夏衿一眼，交代了一句。「到時我去找妳。」便也跟在武安侯老夫人後面快步離開了。

一頓飯工夫後，夏衿回到邵家正院廳堂，便見老夫人、伯母、嫂子們都坐得整整齊齊的，一個也沒少。

「郡主回來了？」除了長輩，其他平輩的嫂嫂、姊姊俱都站了起來。

邵老夫人可沒空理這虛禮，盯著夏衿問道：「太后宣妳去，是為何事？」

夏衿沒有回答，而是掃了四周一眼，對邵老夫人道：「祖父和伯父他們呢？」

「妳前腳剛走，後腳他們就被皇上召進宮了。」

夏衿點點頭。「還請祖母把哥哥們聚攏到偏廳裡，出去沒在家的就派人去叫回來，家裡下人也約束著不要讓他們出去。」

邵老夫人臉色變了數變，正要說話，夏衿便搶先道：「祖母先別問為什麼，照辦就是。」

邵家上下都知道夏衿不光醫術高明，而且極為聰明。邵老太爺私下裡吩咐老妻不可輕慢孫女，更不可將她當普通姑娘看待。

所以聽到夏衿這話，邵老夫人對郭氏道：「照衿姐兒說的辦。」

郭氏應了一聲，趕緊出去安排。

邵老夫人站起身來，對夏衿道：「妳跟我來。」說著進了裡屋，並打發跟進去伺候的下人出來，屋裡只留了她和夏衿兩人。

這時她才神情凝重地問道：「到底出了什麼事？」

「燕王妃被太后關起來了。」夏衿道。

邵老夫人臉色頓時大變，身子都有些微微顫抖。

她身體雖然不錯，但在苦寒之地生活了三十幾年，身上總有些隱疾。

夏衿怕她激動太過導致生病，連忙上前撫了撫她的背，嘴裡安慰道：「太后既然敢這樣做，必然是皇上那邊做好了準備。祖父、大伯、二伯被召去，也是做個防備，不會有事的。」

邵老夫人深吸一口氣，儘量讓情緒平靜下來。

宮亂，她在小時候可經歷過一次，那實在是……太可怕了。

看到邵老夫人半天平靜不下來，夏衿從懷裡掏出個小藥瓶，倒出一粒藥，又斟了茶來給她吃下。

吃了藥，邵老夫人才感覺好些。

「我在寧壽宮裡，已訂了婚事。」夏衿又把太后想要封她為皇后，被她拒絕，之後又賜婚於蘇慕閑的事說了一遍。

「什麼？太后要封妳為后？」邵老夫人的驚訝程度一點也不亞於剛才聽到燕王妃被關一事。

夏衿點了點頭，注意著邵老夫人的表情。

這種大家族的親人，平時沒事，當然能和睦相處；可一旦遇上大事，便會露出本性。要是邵老夫人露出一點責怪之意，認為她不該推掉皇后之位，那麼他們這一房就該離邵家人遠一些了。

邵老夫人震驚之後，就緩緩點了點頭，對夏衿道：「妳做得對。皇后那位置看著光鮮，實則勾心鬥角，如履薄冰，稍有不慎就有性命之憂。當今皇上雖是明君，不耽於女色，但後宮妃子也有十來個，糟心事實在不少。咱們家便是在北寒之地，都能將日子過得平平順順，自然不須妳為我們掙富貴。安康平順過日子，比什麼都強。閑哥兒那孩子是好的，他肯冒險一路護送妳去邊關，對妳還真是真心實意；哪怕他家有個惡毒狠辣的娘，這孩子也嫁得。」

說著，她摸了摸夏衿的頭髮。「如果以後成了親，跟閑哥兒的娘過不到一塊兒去，我就去求太后，求她讓你們小倆口搬出來住。」

夏衿朝邵老夫人露出個燦爛的笑容，點頭道：「好。」

邵老夫人看了看滴漏，發現她們已進來許久了。此時邵老太爺和邵恒定、邵恒國均不在家，能鎮定人心、管束家裡的也只有她了；她要是再在屋裡待久一點，外面定然會慌亂，還不定鬧出什麼亂子來。

她撐著扶手站了起來。「走，咱們出去。」

夏衿扶著她，慢慢地出了裡間。廳堂裡果然議論紛紛，大家都露出擔憂之色；而邵家第三代中最年長的男丁邵澤宇正站在郭氏面前，跟她說著什麼。

見夏衿扶著邵老夫人出來，大家頓時一靜，紛紛站了起來。郭氏、楊氏走了過來，問道：「娘，您沒事吧？」舒氏見狀，也跟著走了過來，滿臉關切。

「沒事。」邵老夫人笑道，走到上首處坐了下來。

她朝廳堂裡掃了一眼，便看到穿淺青色衣裙的菖蒲站在角落，手裡果然捧著一卷黃色錦帛。她立刻朝菖蒲招了招手，叫道：「菖蒲丫頭，趕緊過來，把太后的懿旨拿給我看看。」

「懿旨？」大家疑惑地朝菖蒲看去。

剛才夏衿進來，神色凝重，說了兩句沒頭沒腦的話就跟邵老夫人進裡屋去了，大家都沒注意菖蒲懷裡捧著的東西。這會兒看到那東西竟然是明黃色的，頓時期待起來。

待菖蒲走過來，將懿旨奉上，邵老夫人便問舒氏。「妳可識字？」

舒氏點點頭。「識得。」

「妳是衿姐兒的親娘，把這懿旨給大家唸一唸吧。」邵老夫人道。

舒氏早就把心懸到嗓子眼裡了，不知女兒去了一趟寧壽宮，為何回來後神色那麼凝重？這會兒自然不會推辭，拿過懿旨就先快速瀏覽一遍，待看清楚上面寫什麼，心裡一顫，抬起頭來朝夏衿望了一眼，見女兒微笑著朝她點了點頭，她只得也回了一個笑容。

楊氏見狀，便知是好事，不由將心放了下來，打趣道：「三弟妹，可是有什麼好事？莫非太后娘娘給衿姐兒賜了一門好親事？」

「是的。」舒氏就算對這門親事有遺憾，但太后都賜婚了，不可能再有改變，這時候就算再不滿，也不能露出一點不好的神色來。不用大家催促，她就將手中的懿旨唸了一遍。

聽到是指婚給蘇慕閑，大家臉上帶著笑，不停地說著「恭喜」，眼裡卻都帶著擔憂。想著夏衿要有這麼一個婆婆，大家都為她往後的生活擔心。

夏衿自然看得出大家心裡的擔憂。不過這事她自己都心裡沒譜，自然沒辦法安慰大家，只低著頭做羞澀狀，默不作聲。

邵澤宇聽到是這件事，站在那裡倒有些尷尬。待大家的恭喜聲落下，他先朝夏衿道了一聲喜，便對邵老夫人道：「祖母，您叫我們來可是為了妹妹這件事？有什麼要做的儘管吩咐。」

「沒錯，就是這件事。」邵老夫人點點頭道：「太后賜婚，你妹妹又被封為郡主，我擔心成親的日子很快就由太后定下來。但祁哥兒又較年長，親事也早就訂了，就等著衿姐兒從邊關平安回來才完婚。現在衿姐兒的婚事既定，祁哥兒的婚事就要提前。依我看，這兩樁婚事一前一後，那所需要的東西，乾脆一起採買，這些個都得由你們這些做哥哥的去跑腿，你們商議著，各人領一樁，把這件事給操辦起來。」

說著，她又叮囑道：「宇哥兒，你也知道，咱們能回京，是因為你六妹妹為咱們求情；而你父親、二叔能得到現在的職位，也是你六妹妹的功勞。如今她為朝廷立下大功，被封為郡主，咱們還不知要沾你六妹妹多少光呢，所以她和她哥哥的親事就是咱們家的頭等大事。你們做哥哥的，可不能有絲毫輕慢，否則我定不輕饒。你們一會兒商議過後，就過來稟告我，讓我看看你們商議的結果。」

「父親和二叔如今的官職，也是六妹妹的功勞？」在座的嫂嫂們互相悄聲相詢。

不光是她們，便是邵澤宇都不知道，正是因為那天晚上，宮裡密探到邵家來被夏衿察覺了，引導邵老太爺等人表了忠心，皇上才給邵恒定、邵恒國安排了兩個官職。

邵澤宇朗聲道：「祖母請放心，我們雖年輕，但都是祖父、祖母親自教導出來的，定不會做那忘恩負義之事。八弟和六妹的事，我們絕不敢輕慢。」

邵老夫人滿意地點點頭，揮手道：「去吧。」

此事談妥，邵澤宇等男丁離去，廳裡的女人們便以為要散了，沒承想邵老夫人又興致勃勃地議論起夏祁和夏衿的婚事來。

大家只得打起精神，陪她老家人商議這事。

正說得熱鬧，忽然一個老婆子跑進來，慌慌張張稟道：「老夫人，不好了，外面巷子裡全是官兵，不知發生了什麼事。」

邵老夫人跟夏衿對視一眼，便知事態果然如她們所料的那般發展了。

她轉頭朝那老婆子斥道：「慌慌張張地幹什麼？把大門關嚴實了，叫護院四處把守著，一旦有陌生人闖入，就抓起來向我稟明。如果有人說是朝廷官兵，要咱們開門追查，你們定要先告知我，得到我的應允，方可開門。」

見自家老夫人如此鎮定，那婆子也定下心來，應了一聲「是」，匆匆又跑出去了。

邵老夫人又對管事嬤嬤道：「去偏廳，把那些小子們都叫過來。」

管事嬤嬤應聲去了。不一會兒，邵澤宇等人都到了正廳來，一個個臉色凝重，顯然已知道外頭發生的事。

「你們全都待在這裡，哪兒都不許去。」邵老夫人沈著臉道。

「祖母，外面發生什麼事了？」邵家孫輩裡排行第七的邵澤繼開口問道。

「別多問，以後你自然會知道。」邵老夫人擺手道。

見祖母臉色不好，邵澤繼不敢再問了，坐在哥哥們身邊再不敢作聲。

邵家這座宅子，是邵家祖上傳下來的，位置極好，離皇宮並不遠。周圍住的都是達官貴人，離宣平侯府、武安侯府極近，跟國子監也不遠。最重要的是，燕王府就在附近。

即便正院離外面街上挺遠的，但仍能聽到外面隱隱有喧鬧之聲。舒氏坐不住了，站起來道：「娘，也不知祁哥兒現在怎樣了，我想派個人去找他。」

夏祁正在國子監唸書。邵老夫人交代下人把沒有正事可幹的邵家孫輩找回來，並沒人去通知夏祁。

郭氏和楊氏也有兒子或唸書、或辦事，沒有通知回來的。此時見舒氏挑了頭，趕緊也附和道：「還有鈺哥兒、誠哥兒、業哥兒，也派人去找找吧。」

「不用。」邵老夫人跟夏衿已在裡面商量妥當了。

那些有正經事做的，就不喊回來了。從太后在宮裡一步一步給燕王妃下套就知道，皇帝佈置這一天恐怕已很久了。他不光要把燕王府和彭家等爪牙一網打盡，而且很有可能派人觀察各府、各衙門的動靜。

將邵澤宇等沒正經事做的人叫回來還不惹人注意，但把那些有差事或在唸書的叫回來，這就表明邵家已知有謀逆之事。既知此事，就應派邵家男兒、護院下人圍剿謀亂者，保護皇上、太后才對，怎麼能把人叫回去，關著門只管自保呢？

雖說富貴險中求，這時候冒著一定的風險，跑出去搏上一場，或許能讓皇帝對邵家另眼相看，得些官職封賞；但邵家女兒連皇后都不做，又何須用性命去掙這些東西。

權衡利弊，邵老夫人和夏衿都覺得，唯有裝作什麼都不知道，方是正理。

而且，既然皇帝準備了那麼久，想來不會讓京城亂起來的。那些人或在衙門，或在學堂，安全是有保障的；再者，不管是邵家那三個孫輩還是夏祁，都有武功在身，不管如何，保全性命是沒問題的。

第一百三十二章

見大家還面露擔憂之色，她決定透露些資訊。「我既然讓人叫你們回來而沒叫他們，自然能確保他們無事，你們放心好了。」

大家一想是這個理，這才鬆了一口氣，放鬆之餘，不由得把目光投到夏衿身上。

剛才正是夏衿從宮裡回來，直接派人把幾個哥哥從外面叫回來，他們才能夠安然地坐在家裡。如果外面確實出了大事，那麼夏衿又救了大家一次。

外面的喧囂聲並沒有持續多長，不過是一頓飯的工夫，就漸漸平息下來。

夏衿和邵老夫人對視一眼，鬆了一口氣。

邵老夫人這才對大家道：「行了，大家都回房去吧。」又沈著臉道：「不許出門。要是讓我知道誰偷偷溜出門去，家法伺候，絕不輕饒。」

大家應了一聲，告辭著各自回了自己院子。

然而令邵家人不安的是，邵老太爺和邵恒定、邵恒國一直到掌燈時分都不見蹤影；倒是夏祁和三位堂兄陸續回來了。夏祁還好，學堂裡並沒有被波及，他完全不知道外面發生了什麼事。

長他四歲的堂兄邵澤青，前段時間自己謀了個衙門裡的小吏，正好今天出門辦事，看到了街上的這一場動亂。那燕王府竟然私設軍隊，今天一覺得不對勁，就直接發起攻擊，想衝進皇宮把皇帝殺了，直接坐上帝王寶座。可皇帝之所以叫太后把燕王妃扣下，就是想激起燕王叛亂，好一網打盡，以免整日提心弔膽的，生怕什麼時候就著了燕王的道，所以早有防備。燕王府附近都派了伏兵，皇宮更是保護得滴水不漏，不到兩刻鐘就把燕王府一派捉的捉、殺的殺，清理得乾乾淨淨。

好在邵澤青有功夫在身，為人也機靈，看到燕王府兵敗如山倒，他立刻上前相助。因表現極佳，還得到守城將領的誇讚，算是為邵家長了臉面。

「唉，也不知你爺爺和你爹他們怎樣了，這時候還不回來。」邵老夫人望著暗下來的天色，嘆了一口氣。

「回來了、回來了。」出去探聽消息的邵澤宇飛快地跑了進來。「爺爺和爹爹、二叔回來了。」

他話聲剛落，邵老太爺和邵恒定、邵恒國便進了院門，直接朝廳堂裡來。

待坐定，邵老太爺已把事情說了一遍。他們今天一進宮，就被皇帝派了差事。邵老太爺和宣平侯商議如何圍剿燕王，邵恒定和邵恒國則各領一隊兵埋伏，燕王府的動靜一起他們就直接拚殺上了，所以直到現在才回來。

「行了，沒事就好。」經歷了這麼一次宮變，邵家人全都好好的，邵老夫人鬆了一大口氣。

邵老太爺得知夏衿在宮裡的情況和回家後的舉措，也大加讚賞。「我在宮裡還真擔心你們，幸好衿姐兒機敏，要是換了個人，恐怕都不會往那方面想。」

「可不是。」邵老夫人看向夏衿的目光，滿滿都是自豪與疼愛。

也不怪邵老夫人提起謀逆宮變就臉色驟變，接下來那幾日，不光燕王府被連根拔起，跟他有所牽扯的官員都被抄斬，京城裡即便稱不上血流成河，卻也四處是悽惶的哭聲。夏衿哪兒都沒去，只在家裡待著，研究新藥方。

這一日，她正在舒氏屋裡陪著說話，就聽荷香進來稟道：「姑娘，老夫人讓您過去一趟。」

舒氏看了夏衿一眼，心裡猜測著又有什麼事了。

「好的，這就去。」夏衿站起來，整了整衣裙。

舒氏也站了起來。「我陪妳一塊兒去吧。」

母女倆一起去了正院。

「來了，坐吧。」邵老夫人見她們進屋，指了指對面的椅子，對夏衿道：「剛才我聽到一個消息，說武安侯老夫人病了，衿姐兒要不要去看一看？」

夏衿大吃一驚。「病了？」

她醫術精湛，一個人有沒有病，她看上一眼至少能看出個五、六分來。那日見到武安侯老夫人，她雖臉色不大好，鬱結於心，但要說有什麼大病，卻是沒有的。怎麼才隔了兩、三日，就生起病來了？

莫不是藉著生病由頭，把她叫過去看病，再折騰出點什麼來？

舒氏是個心善之人，很少以惡意猜測人心；可此時連她都不禁這麼想，覺得武安侯老夫人要折騰她女兒了。

但太后既然賜了婚，武安侯老夫人就是夏衿未來的婆婆。這準婆婆生了病，夏衿又是個醫術高明的郎中，要是不去看一看，全京城的人都會說閒話。

舒氏當即道：「衿姐兒別怕，娘陪妳去。」

夏衿倒不怕武安侯老夫人對她做些什麼。處理這女人其實很簡單，只需要下一點藥，讓她躺在床上養病，再沒精神折騰她才好。

可她的一切手段，蘇慕閑都知道，她要是這麼做，他不可能不知道。如此一來，就影響兩人的感情了。為了一個對夏衿來說無關緊要的女人，影響自己跟未來丈夫的關係，太不划算。她真要這麼做，倒是正中武安侯老夫人的下懷。

所以她打算成親之後，慢慢看情況再說。

「好的，娘您陪我去吧。」為安母親的心，夏衿並沒有阻攔。舒氏能跟著去也是好事，她畢竟是晚輩，要是被人在言語上欺凌，孝道壓在頭上，她想反攻都不行。可舒氏在就不同了，至少能維護她，幫著說幾句話。

「唉，要不是祖母比她長一輩，就祖母陪著妳去了。」邵老夫人覺得即便三兒媳婦跟著去，也很不放心。舒氏的性子太過綿軟，要是被人欺負了，根本幫不了夏衿什麼。

「祖母放心，她不敢拿我怎麼樣的。」夏衿笑道。

邵老夫人叫人收拾出一些補藥，又將她身邊一個言辭厲害的嬤嬤充作舒氏的下人，讓夏衿一起帶著去了武安侯府。

夏衿依著規矩，事先讓人去武安侯府遞了帖子，這才慢慢登車，去了那邊。

「伯母，您怎麼來了？」蘇慕閑接到帖子，就在門口等著。看到馬車裡先下來的是舒氏，不由得吃了一驚，忙上去見禮。

舒氏看著眼前這高大俊朗的女婿，心情很是複雜，開口問道：「聽說你母親生病了，可好些了？」

蘇慕閑的目光投向從馬車下來的夏衿，轉眸對舒氏道：「那日聽得外面喧鬧，便有些不安，這幾日迷迷糊糊的總吃不下、睡不著。我請宮中梁院判來看過，說是憂思過度，開了幾劑藥，也不見好。」

他說的梁院判，便是梁問裕。李玄明雖說有貴妃幫著說情，但岑毅對他可不客氣，在皇上面前狠狠地參了他一本。皇上看在貴妃的面子上，為他保了御醫的位置，但院判的職位卻被撤了下來，由岑毅誇讚不已的梁問裕坐了這個位置。

「這樣。」舒氏點點頭。「那我們去看看她吧。」

「伯母這邊請。」蘇慕閑恭敬地作了個手勢，便走在側前方帶路。

他跟夏衿被賜了婚，成了未婚夫妻，反倒要避嫌，不好說話親近。

舒氏這還是第一次到武安侯府來，看到這宅子比邵家還寬敞氣派，想著要不是武安侯老夫人回來，她的女兒嫁過來之後，就能在這座宅子裡過快活日子，一向善良的她，竟也開始希望武安侯老夫人一病不起。

「母親，邵家三夫人和夏姑娘來看您了。」進了正院，蘇慕閑先進屋裡跟母親打了聲招呼，這才出來讓舒氏、夏衿進去。聽這恭敬的聲音和做派，還真是一副十足孝子模樣，讓舒氏心裡十分不舒服。

兩人進了屋裡，便見武安侯老夫人躺在床上，臉色蠟黃，彷彿比前幾日夏衿見她時老了幾歲。她原是閉著眼的，聽到響動，將眼睛睜開來朝舒氏和夏衿看了一眼，便又閉上眼睛，一語不發。

她身邊的趙嬷嬷上前招呼道：「邵三夫人和夏姑娘快請坐，我們夫人這病一日重過一日，今兒個都不怎麼說得出話來了。」說著向夏衿笑道：「聽說夏姑娘醫術高明，不知能否請姑娘幫我家夫人瞧上一瞧。」

這話說得極客氣，從趙嬷嬷的表現來看，任誰都看不出武安侯老夫人的偏執到了癲狂的地步。

夏衿看到蘇慕閑一瞬不瞬地盯著她看，她不由得也看了他一眼。

蘇慕閑眼裡有憂慮。

想一想，夏衿就明白他為何而擔憂。

蘇慕閑和他母親的關係，可以說是你死我活也不為過。大家在議論武安侯老夫人對親生兒子狠毒的同時，何嘗又不是睜大眼睛審視蘇慕閑會如何對待母親？只要蘇慕閑有一點做得不對的地方，恐怕大家就會將矛頭轉向他頭上。

現在夏衿跟他訂婚了，眾人又將目光轉移到她身上，夏衿要是表現得稍有不好，迎來的就是口誅筆伐。

所以，武安侯老夫人得了病，蘇慕閑第一時間請的是梁問裕來看診，而不是夏衿，就怕別人說她不好好給未來婆婆看病。

夏衿垂下眼，將手指輕輕搭在武安侯老夫人身上。

下一刻，她的身子忽然僵了一僵，差點忍不住朝蘇慕閑看去。

這個脈象，太熟悉了，不正是阿依娜的脈象嗎？

阿依娜得病，是她下了藥；那麼武安侯老夫人……

她收回手來，心裡驚濤駭浪。

這個藥，她只給過蘇慕閑。

「怎麼樣？我家老夫人這病能治嗎？」趙嬤嬤見夏衿一直沈默著不說話，忍不住問道。

夏衿抬眸看了她一眼，開口道：「我不敢保證，先吃兩劑藥試試看吧。」

「紫曼，備下筆墨紙硯。」趙嬤嬤吩咐道。

雖知這個未來小主母是神醫，但趙嬤嬤也是不敢叫她來看病的，就是擔心她會對自家夫人不利。孰料梁院判的藥吃了幾天都未見起色，反而更重了些，她只得賭上一把，且信夏衿一回。

她心裡打定主意，要是夏衿的藥吃不好，她就替自家夫人到太后面前哭上一哭，說夏衿存心不醫好婆婆。

想來，這樣做夫人的心情會好一些吧？畢竟她如今活著，就是為了報復蘇慕閑。夫妻一體，夏衿不好過，就等於蘇慕閑不好過。

夏衿見蘇慕閑滿含深意地看了她一眼，她眨了一下眼，示意他放心，然後提筆寫下一個藥方，遞給趙嬤嬤。「早晚各一次，溫著喝。」

「多謝郡主。」趙嬤嬤客氣道。

夏衿看了看躺在床上的武安侯老夫人。「老夫人既然不舒坦，我就不打擾了。等這兩劑藥吃完，我再來看看她吧。」

這時，武安侯老夫人忽然睜開眼睛。

「老夫人、老夫人。」趙嬤嬤激動起來，將夏衿擠開，湊到跟前來。

武安侯老夫人盯著她看了半天，嘴巴動了動，似乎想說什麼，可最後還是什麼都沒說，又閉上眼，任由趙嬤嬤怎麼喚，都沒有反應。

趙嬤嬤用手帕摀著嘴，嗚咽了兩聲，遂站起身來，對夏衿道：「郡主，容老奴僭越。這侯府裡，除了老夫人外，就只有侯爺一個主子。侯爺公事繁忙，整日在宮裡值班見不著人影，老夫人這樣躺著，沒個親人在身邊，總不是個事兒。郡主既是郎中，對如何照顧病人肯定很有心得，您能不能留在這裡照顧老夫人？太后娘娘知道了，定然誇讚郡主孝順懂事，賢慧心善的。」

舒氏原本正十分同情地看著武安侯老夫人，聽到這話，不由得怔了一怔，然後朝夏衿看來。

在她想來，武安侯老夫人即便是吃人的老虎，可現在已被拔了牙，病懨懨地躺在床上，再沒有攻擊力；再想想她丈夫死了，心愛的兒子也死了，剩下一個蘇慕閑，又是命中剋母的，現在正要把她剋死呢，想想實在可憐得很。

所以對於趙嬤嬤的提議，她倒沒覺得太過分。如果夏衿沒事，每天來這裡伺候一、兩個時辰，也是可以的。

對於這話，夏衿還真不好回答。她自然不願意伺候武安侯老夫人。不說別的，光是她派人追殺蘇慕閑，在夏衿眼裡，就是個如蛇蠍的女人。這樣的女人就是死在她面前，她眼睛都不會眨一下，更不要說來伺候她了。

最重要的是，這趙嬤嬤目光閃爍，明顯不安好心。這對主僕為了陷害她和蘇慕閑，無所不用其極。到時候她過來伺候，結果武安侯老夫人自己服毒死了，定然說是她或蘇慕閑害死的，她何必沒事來惹一身腥？

她朝舒氏看了一眼，見舒氏也正看向她，眼巴巴地似乎等著她決斷，眼裡竟然還帶著一絲憐憫。

要是換作邵老夫人在場，定然會把這話頂回去，還要罵她個狗血淋頭；偏跟來的是舒氏，完全指望不上。

她正要說話，就見旁邊的蘇慕閑眸子一冷，開口道：「趙嬤嬤，妳也是個老人了，怎麼一點事都不懂？哪有姑娘還未成親就整日往婆家跑的，到時候還不被別人的唾沫給淹死？郡主的閨譽還要不要？叫她來伺候老夫人，那養妳們何用？既然想把事情推給別人，妳們只想享福，那妳們也不用伺候了，我現在就叫牙婆來，把妳們賣了重新換一批。」

說著，未等趙嬤嬤說話，就高聲喝道：「姜嬤嬤。」

外面進來個三十來歲的女人，應聲道：「老奴在。」

「叫牙婆來，把這些人都賣了，重新買一批。要是再不好好伺候老夫人，就再換一批，直到換到滿意為止。」

「是。」姜嬤嬤麻溜得很，話聲未落，人就已經竄出門去了。

趙嬤嬤瞠目結舌，指著蘇慕閑，話都說不索利了。「你、你……你敢趁老夫人病著，賣了我們這些伺候老夫人十幾年的老人？」

「妳們不盡心，怎麼賣不得？」蘇慕閑的眼眸閃著寒光，一一掃過屋子裡的婆子、丫鬟。

有個婆子挺機靈，趨步過來跪倒在蘇慕閑面前，哀求道：「侯爺，往後侯爺怎麼吩咐，老奴就怎麼做，絕不偷懶，還請侯爺留下老奴吧。」

蘇慕閑瞥了她一眼，沒有作聲。

第一百三十三章

趙嬤嬤一聽這婆子話裡有話，立刻悲憤起來，指著那婆子道：「盧婆子，老夫人對妳不薄，她這一病倒，妳竟然就背叛她了？等老夫人病好了，定不輕饒！」

盧婆子冷笑一聲。「這是武安侯府，侯爺是這府裡的主子，老夫人是侯爺的母親，我聽侯爺的吩咐，怎麼就是背叛主子了？難道在妳眼裡，侯爺和老夫人是敵人不成？趙婆子，好好的一對母子到妳嘴裡就成了仇敵，到底是何居心？」

「妳……」趙嬤嬤指著盧婆子，胸口一起一伏，顯然被氣得不輕。

夏衿則抬起眸子，看了蘇慕閑一眼，嘴角噙起一抹笑意。

看來，這盧婆子是被蘇慕閑事先收買了，好在此時進行策反。她剛還擔心，怕這一屋子的婆子、丫鬟被蘇慕閑賣掉，到時候被人參上一本，說母親一病倒他就把母親的心腹全賣了，定然是企圖把他母親往死裡整，以報先前的追殺之仇。

為個已躺在床上什麼都不能做的女人，這樣被人議論不值得。

沒想到，蘇慕閑一步一步安排得挺周密。

趙嬤嬤的話一出，有些腦子不靈光的頓時也恍然大悟，在心裡盤算起利益得失來。

而有兩、三個權衡利弊後，覺得盧婆子的做法才是聰明人，當下也跪到她身邊，對蘇慕閑說了幾句表忠心的話。

「青曼、褚曼，妳們……老夫人對妳們不薄，妳們竟然敢生外心！」趙嬤嬤指著跪在盧婆子身邊的兩個丫鬟，尖聲叫了起來。

蘇慕閑臉色一沈，對外面道：「來人。」

外面應聲進來兩個小廝，對蘇慕閑一拱手道：「侯爺。」

蘇慕閑指著趙嬤嬤道：「這老婆子目無主子，誹謗本侯爺，挑撥爺與老夫人的關係，其心可誅。把她拉下去，杖斃！」

「是。」兩個小廝上前就來拉趙嬤嬤。

「你敢！」趙嬤嬤也是個烈性子，瞬間從頭上取下一根簪子，對準自己的喉嚨。「我伺候你母親三十餘年，你這樣對待我，你對得起你母親嗎？就不怕天打雷劈嗎？你要羞辱我，我就自盡於老夫人床前，讓老天看看你是怎麼對待你母親的。」

她的話聲剛落，「砰」地一聲，就被蘇慕閑一腳踢倒在地，那金簪子「噹啷」一聲飛落到武安侯老夫人的床底下。兩個小廝機靈，上前一把將趙嬤嬤的胳膊往後一扭，從地上提了起來。

「她要是再罵，就先掌嘴五十，再杖斃。」蘇慕閑喝道。

趙嬤嬤本來嘴裡還罵個不停，聽到這話，忽然啞了聲音。

她對武安侯老夫人再忠心，也不願意死之前還要受盡折磨。如果此時有後悔藥，或許她就沒膽子把剛才的話罵出來了。

看到兩腳踢蹬著被提出去的趙嬤嬤，屋裡的丫鬟、婆子噤若寒蟬。

「呃、呃呃……」一直躺在床上不動的武安侯老夫人喉嚨裡忽然發出一陣沙啞的聲音。

那叫紫曼的丫鬟一聽這聲音，急急衝上前來，朝武安侯老夫人喚了一聲。「夫人……」接著就哽咽住了。

夏衿輕瞥了她一眼，就把目光投到武安侯老夫人身上。

可武安侯老夫人翻了個身，又陷入昏迷之中。

「夫人、夫人……」紫曼跪在床前，嗚嗚地哭了起來。

「老夫人還沒死呢，妳哭什麼喪？」蘇慕閑大喝一聲。「青曼、褚曼，把她拉出去，交給阿筆、阿紙。」

青曼、褚曼猶豫一下，便挪到紫曼身邊，抓住她的胳膊。青曼嘴裡還悄聲勸道：「紫曼，聽侯爺的吧，別犯傻。」

此時，出去請牙婆的姜嬤嬤回來覆命。「侯爺，牙婆已在外面等著了。」

大家下意識朝外面看了一眼，就看到兩個十分健壯的婆子站在院子裡，滿臉橫肉，長得十分凶悍。這哪裡是牙婆，分明是劊子手好嗎？

大家頓時嚇得不輕，腦子這才轉過彎來。

她們可是在武安侯老夫人身邊伺候的丫鬟和婆子。權貴人家女人的貼身丫鬟、婆子，如果犯了錯，從來就不是發賣掉的，以免把主子們的私事傳出去。她們的下場只有兩個，要不就打死，要不就灌了啞藥幹最髒、最累的活，直到累死為止。侯爺說是將她們賣了，其實是讓人把她們秘密處死吧！

紫曼像是被人掐住脖子，哭聲戛然而止。

她抬起眼，驚慌地望著蘇慕閑，兩臂拚命地躲避著青曼、褚曼的手，躲避不過被她倆禁錮住，她就用力將身子朝前點頭，像是在磕頭，嘴裡叫道：「侯爺饒命、侯爺饒命！紫曼再也不敢了，紫曼以後都聽侯爺的！」

蘇慕閑眼裡閃過一抹厭惡，嘴裡喝道：「行了，放開她吧。」

青曼和褚曼鬆了一口氣。

畢竟是一起長大的姊妹，她們也不想親手將紫曼拉出去，交給蘇慕閑的心腹小廝處置。

蘇慕閑又朝縮在一起的三個丫鬟、婆子冷冷道：「妳們是留下，還是出去？」

武安侯老夫人是個性格偏執的，平素對下人並不是很好，除了剛才的趙嬤嬤，因為奶大了她而有幾分感情外，其餘的對她還沒到拿命報答的地步。有趙嬤嬤和紫曼兩個例子在，剩下的兩個丫鬟和一個婆子全都跪到蘇慕閑面前，向他投誠表忠心。

「行了，都起來吧。妳們好好伺候老夫人，要是讓我發現有一絲怠慢，絕不輕饒。」蘇慕閑冷著臉道。

「奴婢（老奴）不敢。」這幾人異口同聲地應了一聲，站了起來。

蘇慕閑這才放緩了語調，對舒氏道：「伯母，晚輩對下人管束不力，讓您見笑了。」

舒氏對武安侯老夫人雖有些同情，但蘇慕閑肯這樣維護自己的女兒，她還是很滿意的。想著武安侯老夫人往後就躺在床上不能折騰人了，她滿心的擔憂就放了下來。

她用丈母娘看女婿的目光打量了蘇慕閑一眼，滿意地點點頭。「不見笑、不見笑，你做得很好。」

夏衿不好在這裡多待，對蘇慕閑道：「那我們先告辭了。」

「我送妳們出去。」

夏衿扶著舒氏，蘇慕閑跟在後面，三人一起出了門。

武安侯老夫人那邊搞定，世界又美好起來。嫁妝的事由邵老夫人等幾個長輩和一群嫂嫂操心，夏衿雖時不時地繡個帕子打發時間，但她的繡功並不出色。而且在邵家人眼裡，她是做大事的，隨便配些藥出來，就能救上無數人的性命，讓她整日在屋裡繡這繡那，純粹是浪費生命。

「妳呢，就安心搗鼓妳那些藥吧，這些都有我們張羅。再說，武安侯府除了個老夫人，也沒別的近親，要妳親手做的繡品並不多，妳有空閒就做雙鞋子送妳那未來婆婆就行了。」三嫂孔氏笑道。

於是夏衿就很安心地在藥房搗鼓她的藥，只隔那麼兩、三日，由舒氏陪著，去給武安侯老夫人看病。

自那次吃了她開的藥，武安侯老夫人的病竟然有了起色。原先請了兩、三個御醫，吃了好幾天的藥都沒有起色；可夏衿的藥才吃了一劑，那日就清醒過來了。第二日再吃一劑，就能坐起身，只是還口不能言。

這事一經傳出，大家誇獎夏衿醫術高明、寬厚仁善，她和蘇慕閑的名聲都好了起來。尤其是蘇慕閑，武安侯老夫人病倒的時候，大家還懷疑是他下了毒；可經太醫醫治，夏衿這又把武安侯老夫人的病治好了兩、三分，大家這懷疑就打消了，算是洗白了他的名聲。

當然，無數心機深沈、為自己打算的人都在心裡嘀咕，覺得夏衿這孩子心眼太實、太傻，活脫脫一個東郭先生，將武安侯老夫人這條毒蛇救活，以後嫁過來，不定怎樣的水深火熱呢。

太后賜婚，因為夏衿頭上還有個兄長未成親，便沒有給她指定成親日期。但邵家人相當擔心武安侯老夫人病著病著就死了，蘇慕閑要守孝三年，這麼一來就把夏衿耽擱了，所以在選婚期的時候就儘量往近裡選。宣平侯老夫人和邵老夫人嘀嘀咕咕好一陣，然後又遞了牌子進宮，找太后商議成親的日期。太后整日在宮中悶得無聊，最熱心這事。三個老太太商議了足足兩天，終於把蘇慕閑、夏衿的婚期訂了下來。當然，夏祁和岑子曼的婚期要在夏衿前面，也順帶一起訂了下來。

夏祁、岑子曼訂親已半年，聘禮、嫁妝早已準備妥當，便擇在十月二十六日成親；蘇慕閑和夏衿的婚期，則定在十一月十八日。

這兩家的家長忙忙碌碌準備聘禮、嫁妝，岑子曼也被關在家裡繡針線——姑娘成親，要給婆家的親人準備一件親手做的針線，可邵家人實在太多了好嗎？哪怕是每人送一雙鞋或襪子，都能把岑子曼逼瘋。

夏衿見她實在太可憐，便把她約出來透口氣，還給她出餿主意。「妳祖母不讓針線房的人幫妳做，乾脆在外面的繡店訂做算了。妳拿妳做的兩、三件繡品出來做樣品，叫她們照著樣子做，每件的價錢給高些，保證讓人看不出。妳要做的，就是瞞著身邊的丫鬟、婆子，別讓她們去告狀。」

「這樣真可以？」岑子曼睜大眼睛。

夏衿笑道：「我們家人都很通情達理的，就算知道那不是妳做的，也不會有什麼想法。再說了，誰會缺那一雙鞋襪？」

岑子曼拍手笑道：「那太好了。」

嫁給熟悉的人家就是這點好，脾性人品大家都知道，不會因為一、兩件小事就把妳全盤否定。岑家與邵家相視莫逆，而且邵家的伯母、嫂嫂她都相處過，都是很好的人；至於夏衿一家四口，就更不用擔心了。哪怕她一件繡品都不是自己做的，舒氏也不會責怪她——有個不拿針線的夏衿墊底，未來婆婆怎麼會挑剔她呢？

「那我們現在去哪兒？」岑子曼整個人都精神起來，掀開窗簾的一條縫，朝外邊看。「咱們去酒樓嗎？」

夏衿在邊關的這幾個月，酒樓和點心鋪子被董岩打理得不光井井有條，而且生意興隆，都已在城裡開了好幾家分店了。

而這幾個月，岑子曼也跟著董岩忙來忙去，現在她對做生意的興致是越來越高了。

「嗯，看看酒樓的情況，然後再找一間鋪子。」夏衿道。

「鋪子？找鋪子做什麼？」岑子曼一怔。

「我想開一間成藥鋪。」

「成藥鋪？跟一般的藥鋪有區別嗎？」

「自然。成藥鋪，就是現成的藥，不用煎製就能直接入口，比如丸藥、膏藥，用小瓷瓶裝的止咳露等。」

「可這樣不就不能根據病情調整藥方了？」岑子曼雖不是郎中，但家裡偶爾也有人生病，自然知道有些藥多一錢和少一錢，效果就大不一樣。

「就是治些普通的病，不明確自己是什麼情況的，還得讓郎中診治。不過等藥鋪開張之後，我可以請一位郎中坐堂，給病人看了病後再買藥。」

「呀，這樣就太好了，生了病就不必吃那種苦苦的藥了。妳不知道，我最怕生病，黑糊糊的藥汁真是難喝死了。」

夏衿笑了起來。作為好姊妹，岑子曼這怕苦的習慣她能不知道嗎？

魯良在外面聽得裡面的歡聲笑語，不由得咧開了嘴。

憑菖蒲的功勞和他老實勤奮的品性，他早就不用幹這趕馬車的活兒了，但只要夏衿出門，他依然主動替她趕車。

到了酒樓，夏衿和岑子曼下了馬車，正要往酒樓裡走，就看到有兩、三個年輕女子站在那裡，還竊竊私語。「真的，我看到了，真是兵部那位羅主事，他一向跟武安侯爺交好，剛剛兩人就在上面喝酒呢。看著吧，一會兒他們就下來了。」

這便是京城一景了。臨江比較保守，姑娘家是不允許在外面拋頭露面的，即便要出門，也定然是被丫鬟、婆子圍著；可京城風氣開放，女子可以自由上街，還可以出入酒樓，偶爾見著俊俏郎君，還要站在那裡議論一番。

岑子曼也聽到這些人的議論了，不由得扯了夏衿一下。「喂，她們說的兵部羅主事，是羅騫嗎？」

夏衿點了點頭。

羅騫的前程，早在從邊關回來的路上，夏衿就心中有數了。

他能文能武，既有舉人身分，武功高強，還上過戰場，提出來的謀略也讓岑毅打了兩回勝仗。所以回來後一經岑毅舉薦，皇帝接見他之後，覺得他學識淵博、為人機敏，便有了培養他的想法，賜了個兵部武選清吏司主事。這可是正六品的官職，算是恩寵有加。

年紀輕輕就立了功，任了正六品的官職，人長得英俊，而且還是世家嫡子。最重要的是，竟然還沒訂親。

所以羅騫就成了京城裡的香餑餑，許多閨秀或家裡有未嫁女的人家，都虎視眈眈地盯著他，希望他能成為自家的乘龍快婿。

「咦，愣著幹啥？進去呀。」夏衿見岑子曼躑躅著不挪步子，不由得催促道。

岑子曼上前兩步，湊近夏衿問道：「妳……見到他就不尷尬？」

夏衿一挑眉。「這有什麼尷尬的？」說著，舉步朝裡走去。

可還沒進門，屋裡就聽到夥計高聲叫道：「兩位公子慢走。」

夏衿便知道有客人出來了，只得停住腳步，拉著岑子曼避到一旁。

而門口那些閨秀則緊緊盯著門口。

果然不負眾望，屋子裡一前一後出來兩個人，前面那個高大挺拔、丰神俊美，俊美得令眾閨秀的芳心落了一地；之所以說是芳心落了一地，而不是芳心暗許，那是因為此人是武安侯，已被賜婚了。以前有個嘉寧郡主霸著，令她們不敢肖想，好不容易嘉寧郡主被貶成庶民，武安侯卻又名草有主，連給她們點想入非非的餘地都沒有，真是沒天理啊沒天理！

不過值得安慰的是，後面走出一個同樣身材高大挺拔、劍眉星眼的，一點也不比前面那個差。

於是京城閨秀的豪放這會兒表現得一覽無遺，紛紛湧上前去，跟兩位公子打招呼。「蘇侯爺、羅公子，你們也來吃飯呢！」

「呀，好巧，在這裡遇上蘇侯爺和羅公子。」

雖然在外面等候的閨秀不多，也就三、四個而已，但你一言、我一語，卻也語笑喧呼，十分熱鬧。

蘇慕閑一出來就看到夏衿了，他哪裡會理會這些以前避之唯恐不及的閨秀，直接走到夏衿面前，展顏一笑。「妳來了？」

望向夏衿那含情脈脈的眸子，頓時把那些閨秀噎了個半死。

這還是一向對女子避如蛇蠍，冷若冰霜的武安侯嗎？

第一百三十四章

夏衿也朝他一笑。「我來看看。」說著望向羅騫。「羅大哥也來了？」

羅騫也對她微微一笑，頷首道：「我們剛吃完飯。」

「快走，再慢些羅公子就上馬車了。」酒樓裡傳來一個焦急的聲音，一個粉紅色身影直直從屋子裡衝了出來，差點撞到羅騫背上。

羅騫輕輕往旁邊挪了一步，避開那女子，滿臉無奈。

「噗哧。」夏衿不由得笑了起來。京城女子的豪放，不光是羅騫吃不消，便是她這現代人也吃不消呢。

「你們有事且去忙吧，我們上樓去看看。」夏衿道，提起裙子便要進門。

當初在邊關，除了打仗那幾日，其餘時間蘇慕閑可謂天天跟夏衿在一起；可回了京城，兩人反而沒有見面的機會。為免嫌疑，這兩次夏衿去武安侯府給他母親治病，都是選在他當值的時候去的；即便他在，當著舒氏和一群丫鬟、婆子的面，兩人也說不上一句體己話。

今天他正好休沐，約了羅騫出來吃飯，這會兒遇見了夏衿，哪裡還願意離開，當即道：「那便一起上去吧。正好大家都在，順便把酒樓的紅利給結了。」

「行，那一起上去吧。」夏衿道，率先進了門。

知道她就是那位剛剛被封的永安郡主，這些閨秀的注意力已從蘇慕閑和羅騫那裡移到她身上來了。見這位郡主氣質清冷，長相雖不很漂亮，卻自有一種讓人移不開眼的氣韻，心裡那股不甘心倒下去了一半，唯有一個酸酸地說道：「不是說婚前不許見面嗎？永安郡主和武安侯這又是怎麼一回事？」

她的同伴連忙「噓」了一聲，向周圍掃了一眼，拉著她匆匆走了。

這位永安郡主剛剛才為大周朝立了大功，風頭正盛、聖眷正隆，便是她們的父兄都不敢觸這位的霉頭，又豈是她們這些閨中女子能惹的？要是永安郡主聽見了告到太后面前，她們的長輩怕都得被喚到宮裡訓斥，嚴重的還有可能降職。

反正即便沒有永安郡主，武安侯也不會娶她們，何必逞一時口舌之快，惹這樣的麻煩呢？

見她們一走，大家也都散了。

樓上，夏衿跟岑子曼等人進了一個雅間，董岩得了消息，抱著帳本匆匆進來，照著夏衿的吩咐，把自開店以來的收支情況簡略地說了一遍。

平時這鋪子的帳目，岑子曼是極感興趣的，但現在她的心神完全不在這個上頭，而將注意力放在觀察蘇慕閑和羅騫的神情上。

夏衿要跟蘇慕閑成親了，為什麼不跟羅騫避嫌呢？

難道蘇慕閑真有那麼大度，一點都不生氣？羅騫呢？又是什麼想法？他想開了嗎？還是心心念念想著夏衿？

可對面的蘇慕閑，悠悠然地喝著茶，神情專注地聽著董岩稟報，時不時還深情款款地瞥一下夏衿，嘴角微微噙著笑，顯然是心情極好，完全沒有生氣吃醋的跡象。

而羅騫呢，眼睛垂著，似乎一心一意喝著茶，眼神根本就不往夏衿那裡去。

再一看夏衿，正凝神聽董岩說話呢，董岩說到點心鋪子遇到的難處時，她還會皺一皺眉，顯然是將全部身心都投在生意上。

岑子曼收回目光，歪了歪腦袋，弄不清楚這三人是怎麼想的。

待董岩把話說完，夏衿便向大家笑道：「帳目大家都清楚了，所得的紅利也明明白白。我看，難得大家到得這麼齊，不如把紅利分了吧。」說著，朝董岩一擺手，董岩便將帳房先生剛剛送上來的銀票放到每個人的面前。

「這銀子，我不能收。」羅騫將銀票往前推了一推，直視著夏衿道：「臨江的點心鋪子倒也罷了，雖然當初投入得少，但好歹也算是出了點錢，又使了點力，妳給我分紅，我便厚顏拿著了。可京城的點心鋪子我一沒出錢、二沒出力，白白地拿分紅，算什麼呢？這錢，我不能要！」

夏衿還沒開口，蘇慕閑就將那一張銀票又推回羅騫面前。

「你要是不好意思拿這張銀票，那我跟阿曼也得把收到口袋裡的銀子拿出來。上次你們在臨江的臭水塘重建，我跟阿曼也是一沒出錢、二沒出力，這錢我們也不能收。」說著，把他的銀票推了出來，又補充一句。「還差的那些銀兩回頭我叫人送來。」

岑子曼點點頭。「正是如此。」也把她的銀票推出來。

羅騫臉色一變，連忙搖頭道：「蘇大哥、岑姑娘，我沒那個意思，我的意思是……」說完他嘆了一口氣，將自己那張銀票拽到面前。「剛才的話就當我沒說，這銀票我收下了。」

蘇慕閑拍拍他的肩。「這才對嘛，咱們何必分得那麼清。」

看看夏衿，再看看蘇慕閑，羅騫又嘆了一口氣。

從知道身體裡流著蘇慕閑的血時，他就決定不爭了，當然，也爭不過。而在從邊關回來的路上，他對蘇慕閑的印象也一直在改觀，對方身上有許多讓他欣賞的優點，他們能成為很好很好的朋友，是可以當一輩子兄弟的。而現在蘇慕閑的表現，更是讓他心服口服了。

他自認做為一個男人，如果處在蘇慕閑的位置上，他是很難以平和的心態去對待覬覦自己未婚妻的人。今天換了他，肯定會對夏衿的做法不高興——既不想嫁他，那便不接觸或少接觸；把自己鋪子一部分股份分給他，以後會在生意中時不時地見一面，這算什麼呢？餘情未了？

可蘇慕閑就做到了，而且很自然，沒有絲毫不高興，就跟當初毫不猶豫地輸血給他一樣。蘇慕閑的心胸，比自己更寬闊。

更重要的是，蘇慕閑對待母親和對待夏衿的態度上，跟他也有很大的不同。

他是經歷過夏衿給羅宇下藥的事的。武安侯老夫人忽然病倒，別人或許覺得巧合，但羅騫卻能猜測到幾分真相。

以他對夏衿的瞭解，他覺得夏衿是不會做這事的，哪怕是提議或是提供藥物，她都不可能。她雖然下手狠毒，但是心善的，她絕不會給武安侯老夫人下藥，不管那人再如何不好，她都不會，因為那人是蘇慕閑的母親。
所以這藥，只可能是蘇慕閑自己下的。
這就是蘇慕閑與他的區別。
誠然，他們的母親是不同的。蘇慕閑的母親絲毫沒有母子之情，能對親生兒子下手；而他的母親即便在性格上有很大的缺陷，卻是愛他勝過自己的生命。
可即便如此，他如果能果決一些，結局或許就不一樣了吧？以更強硬的手段，直接託媒人上門提親，甚至成親，母親也一定會妥協的。他錯就錯在優柔寡斷，兩邊都想顧及，卻兩邊都顧及不到。
他與夏衿的結局，原來一開始就是注定的！
想到這裡，羅騫輕嘆一聲，看向夏衿和蘇慕閑的目光，又與以往不同。
他笑著對夏衿道：「臨江，妳不打算再回去了嗎？」
夏衿見他眸子裡清明平靜，一如她初見他的淡然，即便有情，也被他深深地埋在眼底深處。她心頭一輕，微笑道：「這個可說不定，沒準兒以後在京城待得煩了，就會以視察買賣為藉口，去那裡走一走。」
「啊，我要一起去。」岑子曼歡快地叫了起來。
夏衿挑眉看她一眼，還沒說話呢，蘇慕閑就揶揄了一句。「曼姐兒，妳去不去，可不是妳能作主的。」
岑子曼頓時紅了臉，抓起桌上那包裝精美的糖果就朝蘇慕閑扔去。「我就不信你能做得了阿衿的主。」

蘇慕閑轉頭看了夏衿一眼，笑得很是溫文爾雅。「我們家，是她作主。」

夏衿白他一眼。「誰跟你是一家？」

她這給的是白眼，可蘇慕閑卻當成情意綿綿的媚眼來享受。他微笑端起茶盞喝了一口茶，一臉悠然自得。

夏衿不理他，轉頭問羅騫道：「你們搬到羅家的宅子去了？」

「是。」羅騫點頭。「我如今也在京城定居了，總不能還讓我娘住在岑姑娘府上。我們羅家在京城也有宅子的，前段時間我娘又讓人收拾過，地方雖不大，住我們母子兩人加一些下人卻還算寬敞。」

他說著，轉過頭喚了岑子曼一聲。「岑姑娘，那個……兵部左侍郎龔大人家的二姑娘，不知妳跟她可有交往？」

「龔家二姑娘？」岑子曼一愣，怔怔地看了羅騫一眼，不過隨即領悟，笑問道：「她家看上你了？」

羅騫剛才問話的時候還神色自若，可現在被大家滿含深意地這麼一瞅，再被岑子曼這一問，他的臉上露出隱隱的紅色來，輕咳一聲道：「我、我就隨便這麼一問。」

說完這句，他大概又覺得自己太過敷衍，不是對好朋友的態度，忙又道：「我這幾日在衙門裡做事，跟龔大人有過幾次接觸，他言語裡流露出這麼個意思。我看他為人端正，而且聽說家風也嚴謹，便覺得……咳……你們也知道，鄭家那頭還沒死心，這兩日一直纏著我娘，想要將親事再議起來。我怕我娘心軟，所以……」

大家聽他提起這事，表情都嚴肅起來。

羅騫提到的鄭家，自然就是鄭婉如家。彭家與燕王勾結，燕王的勢力被連根拔除，彭家自然也不例外，全家已被滿門抄斬。

鄭家雖然跟彭家是親戚，但在朝堂上的界線劃得十分清楚，所以算是逃過這一劫——京城權貴人家，總是相互聯姻，可謂盤根錯節，真要論起株連，連皇上自己都是九族之內。為安臣心，這一次的清除異己中，皇帝便只懲治有謀逆行為者，不涉足其中者，並不追究。鄭家老太爺雖保住了吏部尚書的位置，但心裡總有些不安，生怕皇上找機會把他換下來。

所以鄭尚書近來一言一行都十分小心，同時也想找一找助力；除了親戚家能在皇帝面前說得上話的，他還想藉由聯姻向皇上表忠心。

這羅騫剛從邊關立功回來，倍受皇帝青眼，最重要的是他原跟自己的姪孫女訂過親。如果能再讓他變成自家的孫女婿，看在羅騫的功勞上，皇上也不好意思立刻動自己的位置吧？

所以，鄭家人這兩天便對羅夫人展開攻勢，以當初提攜羅維韜做要脅，又言明如果羅家不喜歡鄭婉如，還可以另選一個鄭家女為媳。

自從看到夏衿不光搖身一變成邵家女，現在更是藉著大功，封了永安郡主，食邑三千，行公主儀仗，而且還在邊關時救了自家兒子一命，再加上兒子鬱鬱寡歡的模樣，羅夫人早已把腸子都悔青了，直怪自己糊塗。

在親事上，她再不敢自作主張，鄭家人說了什麼話，不光跟兒子坦白，也會去向宣平侯老夫人討主意。

所以岑子曼和夏衿都知道此事。

「她素來不大出門，便是參加宴會也很安靜，不大愛說話，所以我跟她雖見過幾次面，品行、脾性並不瞭解；不過我有個堂姊跟她是手帕交，我可以去幫你打聽打聽。」岑子曼認真道。

夏衿和蘇慕閑被賜了婚，羅騫保持著足夠的冷靜，既不鬧，也沒有不善的舉動與言辭，岑子曼對羅騫的印象也大為改觀。她也深知夏衿既能為羅騫推遲議親一事，羅騫在她心裡便是不同的，只有羅騫過得好了，夏衿才不會愧疚。所以這件事，她定然會好好打聽。

「多謝岑姑娘。」羅騫站了起來，行了一禮。

「羅公子不必客氣。」岑子曼豪邁地一揮手。「你是我表哥和阿衿的朋友，自然也是我的朋友。為朋友做點事，不是應當的嗎？用不著這麼客氣。」

見兩人都坐下，夏衿道：「羅大哥，如果龔家姑娘不好，再考慮別家就是。鄭家這門親事卻是萬萬結不得的，你回去說給令慈聽，那位婉如姑娘，當初跟彭喻璋是有些首尾的。」

羅騫心裡一暖，鄭重點頭。「我知道了，我會跟我娘說的。」他知道夏衿向來不喜歡在背後非議別人，她能說到這一步，甚至涉及到當朝吏部尚書家的隱私，只是因為關心他。

說完這事，夏衿有意讓氣氛輕鬆些，便又將自己想開藥鋪的事提出來，徵求大家的意見，於是四人你一言、我一語地議論起來。

「這鋪面妳不用找了。」蘇慕閑道：「侯府有四個鋪面在這條街上，妳去看看哪間合適，我去叫蘇秦跟他們談談，到時候給他們點賠償就是了。」

夏衿一喜。「蘇管家回來了？他老人家身體還好吧？」

蘇慕閑點點頭。「我一回京就將他接回來了，只是之前還沒把府裡的事料理好，沒讓他回府。他身體倒還硬朗，折騰了一番倒也沒什麼事。」

「那就好。」夏衿很高興。她想了想，點頭道：「鋪面的事先談著，要是人家實在不願意搬遷也別勉強，畢竟當初是簽了合約的，就算那鋪子是侯府的，這樣強取豪奪也不對。」

「聽妳的。」蘇慕閑答應得好好的，但心裡卻琢磨著就算多給錢也要把鋪子拿下。武安侯夫人要開鋪子，難道還要租別人家的鋪子不成？

閒聊了一會兒，大家這才散去。

因蘇慕閑和夏衿是未婚夫妻，兩人不好一塊兒走，夏衿和岑子曼便先離開。

兩人將蘇慕閑所說的四個鋪面都看了一遍。武安侯府是大周朝的開國元勛，府裡還出過一位皇后，只是一直子嗣不豐，人口才慢慢凋零下來。但府裡的財產卻是一直在的，這四個鋪面都位於極好的路段，地方也大，後面還帶著院子，不管哪一間都挺合夏衿用。

「爹。」兩人從一個鋪子裡轉出來，就看到一個人從馬車上下來，正是夏正謙。

夏正謙聽到夏衿的聲音，轉過頭來，看到兩人，連忙走了過來。「妳們怎麼來了？」

「我們出來逛逛。」夏衿笑道。

岑子曼上前給夏正謙行了一禮。

夏正謙對這個未來兒媳婦和藹地點了點頭，轉身道：「走吧，進醫館裡，我有事跟妳們說。」

夏正謙的杏霖堂，正開在這條街上。當初夏衿在附近沒找到合適的鋪面，而後邵家人回來認了親，又拿到賜回的祖產，就將這條街上的鋪面給夏正謙開了醫館，如今杏霖堂已成為京城有名的大醫館了。

三人也不走正門，穿過小巷，從醫館的後門進了院子。

待下人上了茶退了出去，夏正謙才對夏衿道：「今早上我遇見了梁院判，他問我想不想進太醫院。」

第一百三十五章

「那爹爹您是怎麼想的？」夏衿問道。

照她的意思，她並不願意夏正謙去做御醫，畢竟伴君如伴虎。

但這世道，做郎中似乎要做到御醫才算是功成名就，就如同讀書人非得中個進士一般。夏正謙以前在臨江時就說過這個話題，說到某某郎中被皇上看中，任命為御醫時那豔羨的表情，夏衿現在都還清楚記得。如果夏正謙執著於這個名頭，她倒不好攔著。

「我拒絕了。」夏正謙道。

夏衿一愣，沒想到父親會這樣做。

「為何？」她問道。

夏正謙嘆了一口氣。「以前是我沒見識，以為做郎中能進太醫院，就算是功德圓滿；可進了京後才知道，御醫不是那麼好做的。這段時間梁院判和賈御醫常請我喝酒，聽他們無意中說起在宮裡的種種遭遇，才知道醫術好不一定能治好病，這裡面的水渾著呢。而且我看他們做了御醫，看病就怕出錯，所以總是開些溫溫吞吞的藥，治不了病也醫不死人，這樣子做郎中還有什麼意思？倒不如我自由自在，信得過我，你就來；信不過或吃了兩劑沒見好，便去找別的郎中。開方抓藥全憑病情，不必考慮那麼多。」

夏衿為父親能想通這事而高興，拍掌笑道：「爹，您能這麼想就太好了。」

夏正謙瞅了夏衿一眼，撫著鬍鬚含笑道：「怎麼，妳也不贊成爹去做御醫？」

夏衿點頭。「那是當然。」

夏正謙哈哈大笑起來，指著夏衿對岑子曼道：「妳看看這丫頭，都不盼著她爹好。」

岑子曼面對自己未來的公爹，即便性格大剌剌，也有些放不開，只抿著嘴笑著，並不說話，顯得很是嫻靜。

夏正謙也不以為意，問夏衿道：「我聽妳娘說妳要開間成藥鋪？」

「嗯，今天出來就是找鋪面的。」夏衿點點頭。

當初夏衿去邊關，為了讓父母放心，把自己所製的丸藥和藥粉給夏正謙和舒氏看過。夏正謙對此大為讚賞，那些得了急症、馬上就要嚥氣的病人，還得等郎中開了藥方去抓藥，再慢吞吞地放到藥罐裡煎製，煎製好了還得等藥溫降下來。那種眼看著病人不行了藥卻還不能入口的感覺，夏正謙身為郎中最有感觸。現在夏衿能省去煎藥這一道步驟，化繁為簡，絕對是善舉。

夏正謙從懷裡掏出一張紙，遞給夏衿。

「這是什麼？」夏衿接過來，待看清楚是一張房契，地址就是在這條街上，房主的名字則是她，她立刻向夏正謙看去。「爹，您這是……」

夏正謙卻沒有理她，轉頭對岑子曼道：「曼姐兒，我們還在臨江時妳就跟衿姐兒交好，我們家是怎樣走到今天這個位置的，想來妳最清楚。當初分家的時候，家裡只有幾十文錢，一家四口帶著幾房僕人，眼看就要餓肚子，是衿姐兒給妳姑母看病得了賞錢，我們才緩了過來；後來又靠著她做買賣，我們的日子才富裕些。要不是有她，她哥哥都不一定能一直唸書，更不要說拜得名師、中得秀才。我們家有今天全靠衿姐兒，現如今她要出嫁了，我也沒什麼東西給她，買個鋪子，算是我當爹的一點心意。」

說著他自嘲地一笑，搖了搖頭。「其實說起來，就是這買鋪面的錢，都是她賺的，我只是占個名頭罷了。」

「爹，您別這樣說。」夏衿聽得夏正謙說這話，心裡頗不是滋味。

這麼些年，她在臨江開酒樓、點心鋪子，又因為舊城改建，是賺了不少錢；可除了當初買宅子，家裡用的基本上都是夏正謙開醫館賺的錢。到了京城後就馬上與邵家人相認，吃穿用度都是祖產所出，也沒花到她賺的錢。

夏正謙是個十分有責任感的人，以前在夏家，即便受到十分不公的待遇，也默默地賺錢養那一大家子，更不用說分家後養自己的小家了。他一直就覺得他是一家之主，養活家裡人是他的本分。女兒有本事是女兒自己的事，賺的錢再多，也是添在嫁妝上，他絕不靠女兒賺的錢過日子。

他剛才這樣說，一是為她長臉，二來也怕未來兒媳婦多想，擔心她嫁到邵家後，發現夏祁能拿到的財產不多，心裡有想法。

邵老太爺早就言明，這些收回來的祖產，不管孫輩有多少，他既只有三個兒子，就把祖產平分為三份，一房一份。三房又只有夏祁一個男丁，那時夏正謙和舒氏就商議，待邵家分家，分下來的祖產就歸夏祁，而夏衿這些年賺下來的銀子，以及皇上賜給她的大宅子、田地、銀兩，全都給她做陪嫁。

夏祁自然沒有異議，還覺得自己占得多，愧對妹妹。

岑子曼從不是個斤斤計較的，而且在她看來，父母既為她置辦嫁妝，那麼夏正謙和舒氏為夏衿置辦嫁妝，不是很正常嗎？

不過這都是邵家的家務事，夏正謙和舒氏給夏衿多少嫁妝，可不是她能置喙的。她笑著道：「這些我明白的。」便不肯再多說一句話。

夏衿對身外之物一向看得極開，夏正謙和舒氏給多少東西做陪嫁，她都無所謂。她不知道夏正謙買這鋪面花的是她的錢，還是他這幾年攢下來的積蓄，她只當這是父親給她的結婚禮物，開開心心地收了下來。

「謝謝爹。」她將房契摺好，放進荷包裡。

見女兒沒有推辭，夏正謙大為高興，又叮囑道：「眼看著成親的日子一天天臨近了，事情多得很，這開鋪子的事就先放一放，等妳成親之後再說。」說著，滿含深意地看了夏衿一眼。

夏衿本想說沒什麼事，可看到父親這眼神，又生生把話嚥了下去。

腦子轉一轉，她隱隱明白了夏正謙的意思。

這成藥鋪眼看又是個極為賺錢的買賣，雖說她兩個月多後就成親了，但兩個月的時間，足夠別人看到這成藥鋪賺錢的潛力了。

邵家人雖說都不錯，但以前待在北寒之地，一無所有，所以保持純樸；可到了京城薰陶數月，誰知道是不是有人變了呢？

財帛動人心。她開酒樓、點心鋪子賺的錢邵家人不知道；京中的宅子、田地都是皇上賜在她名下的，邵家人分不走；但這成藥鋪卻可以算是邵家的財產，到時候有人拿邵家會給夏衿一份嫁妝為理由，把成藥鋪當成邵家財產扣下來，難道三房還得為這麼一個鋪子跟家裡人爭執不成？不爭，自然不甘心；爭，又傷感情，何必呢？

人的貪慾是最禁不得試的。

她點點頭。「我明白了。」心裡卻為夏正謙的進步而高興。

當初在夏家鬧分家的時候，夏正謙頭腦還沒這麼清楚；如今在京城待了半年，就已學會「防人之心不可無」了。這雖說不清是好事還是壞事，但至少有這樣的父親在，夏衿出嫁也能放心家裡。

見夏正謙再沒別的吩咐，夏衿便與岑子曼告辭出來，準備坐上馬車各自回府，岑子曼喟嘆道：「唉，接下來這陣子都不得出府了，我娘正教我管家呢。今天要不是妳約我，她都不讓我出來。」

夏衿拍拍她的肩。「好好學啊，我娘可等著妳進門幫她管家呢。」

岑子曼被說得不好意思，紅著臉啐了她一口。「說起來，妳才是最需要學管家的那一個。現在我那位表姨病著，武安侯府都沒管事的女主人，妳這一進門就當家，妳要不好好學，到時候非得手忙腳亂不可。」

說起這事，夏衿也十分鬱悶。

她上輩子過的就是走在細繩上的人生，一刻都不能放鬆；這輩子的生活節奏雖跟以前不同，但管理一個家的雞毛蒜皮、針頭線腦，實在跟她的風格不搭調。可近段時間舒氏整日在她耳邊念叨，想讓她把這項本事學起來。

「唉，我恐怕也逃脫不了這個命運。」她也喟嘆道。

跟岑子曼分了手，一回府她就想罵自己烏鴉嘴。

這不，才剛進大門呢，守門的婆子就傳達邵老夫人的「旨意」。「郡主，老夫人讓您一回來就去正院呢，三夫人也在那兒。」

「說了是什麼事嗎？」

對於這位本事極大的小姐，守門的老婆子自然用心巴結，早就去打聽消息，好在夏衿面前賣個好。

此時見她問起，她便笑道：「是好事呢。老夫人說郡主不久就要出閣，想讓您去學管家。」

夏衿不由得想撫額。

去到正院，就見屋子裡除了邵老夫人和舒氏，大伯母郭氏和二伯母楊氏也在場。

「衿姐兒回來了？快來，看祖母給妳挑的陪嫁名單，有些還得妳來定奪呢。」邵老夫人一見她進門，就笑咪咪地招手道。

夏衿見並不是要說什麼管家之道，暗自鬆了一口氣，行了禮後便湊過去看邵老夫人手上的名單。

她雖沒管過家，但也知道手下有一群能幹下人的重要。

武安侯府確實如岑子曼說的，她一進門就得管家，那麼這些陪嫁就是她的左膀右臂，她的任何一個命令都得由他們執行，這些人性情如何、是否忠心，跟她的脾性合不合，就很重要了。

待看清楚上面羅列的名單，她不由得點了點頭。

菖蒲一家三口，薄荷一家四口，名字都列在最上頭。薄荷的父母和弟弟，能力是差些，但忠心是沒話說的；而魯良和魯嬸，一直是夏衿極得力的臂膀，這些年幫她辦事，能力也越來越強。過去之後，魯良可以做個管事，跟在蘇秦身邊，魯嬸則可以做個內院管事。

除了這兩家，荷香和菊香兩家人的名字也在上面。

邵老夫人解釋道：「你們從臨江帶上來的下人不多，我們從北邊回來時也沒帶什麼下人，府裡大部分的下人都是回京後才買的。這荷香、菊香兩家人我覺得不錯，而且一家人待在一起，做事也安心些，不至於想七想八，或在外頭惹出麻煩。最重要的是，有親人在府裡，他們受外人誘惑的時候顧忌就比較多，不容易出事。」

「祖母考慮得十分周到，這四家人加起來也有十三個了，我看就差不多了。」夏衿道。

「不夠。」邵老夫人斷然道：「武安侯府的情形，我聽宣平侯老夫人說過。武安侯老夫人沒回來前，那府裡一半都是鎖著的，下人不多，丫鬟更是一個都沒有。那個叫蘇秦的管家不光管著府裡大小事，還得幫武安侯張羅外面的田產、鋪面。武安侯老夫人回來時帶了些下人，但也不多，男女也才十來個。她是一心回來尋仇的，自然也沒心思打理這些，並未採買下人。這麼一算，偌大侯府，下人總共才二十幾個，加上妳名單上的十三個，才四十人不到，實在太少了些。」

「夠了，祖母。侯府主子才三個，能用多少下人呢？」夏衿想起要管四十個人的吃喝拉撒、婚喪嫁娶、矛盾糾紛、生老病死，就覺得如牛負重，要是再添上十幾二十個，她簡直是不能活了。

「不夠、不夠。我數給妳聽啊，光是守門的，大門、二門，輪值兩班，至少就得八個，這還沒算後門和側門呢，要算上就得十六個……」

「天哪，讓我死了吧。」夏衿有氣無力道。

舒氏「呸、呸」兩聲，打了她一下，沈著臉道：「說什麼死啊活啊的，沒個忌諱！」

「娘，我還是您親閨女嗎？下手這麼狠。」夏衿揉著被打痛的手背，皺著鼻子抱怨道。

舒氏一瞪眼。「誰讓妳胡說八道的？」

「好吧好吧，我錯了。」夏衿只得認栽，毫無誠意地認個錯，轉向邵老夫人。「祖母，咱們說到哪兒了？」

「妳這丫頭！」邵老夫人指著她笑嗔一句，又掰起手指數了起來。

「祖母，照您這樣說，我把府裡的下人帶完都不夠呀。」夏衿苦著臉討價還價。「不夠的我到時候再買就是，真不用帶那麼多，否則別人都要說我不顧及娘家，把府裡都搬空了。最多再添兩個，就兩個！」

「不行，起碼得十個。」慈愛的邵老夫人這回不好說話了。祖孫兩人來回拉鋸，最後確定再增加五個人。這一回夏衿不要一家子的了，而是挑了兩個丫鬟、三個小子。

她之所以這樣，是因為這些人有家人在邵府裡，雖說不那麼單純，容易跟邵府發生牽扯，但卻有一個好處，那就是能透過他們回來探親，及時掌握邵府的動向。畢竟夏衿還有父母、哥哥住在這裡，透過下人之間的走動，她也能知道些小道消息。事實證明，當初對付夏老太太，這一招起了很大的作用。

「這些婆子、丫鬟今兒就安置到妳院裡，妳把她們管起來。後日晚飯時，妳來向我稟報一下情況。」邵老夫人道。

夏衿做了個哀怨的表情。

這原來是個坑。剛才鬧了半天，原來不是挑陪嫁，而是進入管家模式。

她得瞭解這些人的品行性格，把她們用在最合適的地方；再通過手段讓她們聽話，唯她是從。

而這，還僅僅是開始。管好這些人之後，祖母定要她跟在郭氏身邊，開始管理邵府。

光想一想，她就覺得頭疼。

第一百三十六章

舒氏那點管家經驗，在邵老夫人眼裡根本不夠看；郭氏雖然一直管著家，但在鄉下管家和在京城管家是大不一樣的。在京城，作為一個豪門夫人，最重要的管家內容，就是做丈夫的後盾，與其他豪門夫人禮尚往來。

京城裡皇親國戚有哪些；國公府、侯府、權臣、世家有多少；哪家有婚喪嫁娶；哪家的老太爺、老夫人過壽；哪家有孩子出生，是嫡是庶；這些人與丈夫的親疏關係如何，要不要送禮、送多貴重的禮、怎麼送，這些都有講究。一個疏漏，就有可能給丈夫在朝堂上帶來麻煩。

所以夏衿在管理郭氏送來的那十來個丫鬟、婆子時，就收到邵老夫人整理出來的名單，這名單是她跟宣平侯老夫人、蕭氏一起整理出來的，夏衿和岑子曼一人一份。上面清楚列出大周朝權貴人家的關係，比如某國公府的女兒有四，分別是現在的某侯府夫人、某權貴家次媳、某省封疆大吏夫人、某勛貴人家的長孫媳；而這個國公府，又有兩嫡三庶五個兒子，分別又娶了誰家的女兒，光是一個國公府，其姻親就遍及半個大周朝。饒是夏衿聰明、記性好，看到這麼一份資料，就覺得頭皮發麻。

這還沒完呢，這資料僅僅只是表面，暗地裡不知還有多少情況需要記住呢。

比如某侯府夫人和某權貴家夫人是姊妹，但她們一嫡一庶，庶妹的娘借刀殺人，利用另一個寵妾把嫡姊的娘害死了。這姊妹明面上和和氣氣，暗地裡鬥得妳死我活，兩府幾成仇敵。

這些還不能寫在紙上，宣平侯老夫人和邵老夫人得屏退下人，關起門來暗自傳授，說完就得記下，直把夏衿和岑子曼整得半死。

好不容易把這些背清楚，夏衿也把院子裡那些女人都理順了，接下來就跟在郭氏身邊學管家。先學管理廚房，須得知道一根蔥是什麼季節什麼價，各種級別的人參、燕窩多少錢，免得被採買的下人當傻子哄；然後是針線房，先得學會分辨衣料種類，再得清楚是什麼價錢，做一身衣服用多少布料，一疋布能做多少件衣服；再到庫房裡的物品歸置……

就這麼折騰了兩個月，夏祁和岑子曼的婚期終於快到了。

這一天，夏衿正在廚房裡看管事婆子清點採買回來的菜呢，就聽荷香來報，說夏家的客人到了。

夏衿愕然，轉頭問菖蒲。「怎麼請了他們來？」

「老夫人說老爺被收養的事，京城裡的人都知道，要是公子成親不請他們，怕是要被人說閒話。」

夏衿「哦」了一聲，轉身去了廳堂。

一進門，她還沒看清楚人呢，就被人一把抱住了，耳邊傳來夏家大太太的聲音。「哎呀，這是我家衿姐兒吧？都成大姑娘了，越長越漂亮了，大伯母差點都不認識了。」

夏衿皺眉，雖說她早已習慣了舒氏時不時的揉搓，但仍很抗拒陌生人的觸碰；要是換作剛重生時，夏大太太這樣摟她，她非得一掌把人拍飛不可。

「娘，您別對郡主這樣，不尊重。」一個柔柔的聲音道。

夏衿抬起頭來，看到說話的是一個年輕婦人。要不是眉眼熟悉，她都快認不出夏袗來了。

夏袗是梳著婦人頭的，可見已成親了。夏正慎愛財，朱友成的親事擺平後，夏袗仍嫁給當初訂親的人家，跟夏袗訂親的那個男人還好，但家裡情況複雜得很，看起來她過得並不好。

夏衿笑著喚了夏袗一聲。「二姊姊。」不著痕跡地推開夏大太太，走到夏袗跟前。

夏大太太上下打量了夏衿一眼，看她穿的衣裙料子極好，滿臉堆上笑。「我家衿姐兒真是有福氣，竟然被皇上封為郡主了。看看這身打扮，還真是不得了，這衣料是御用的貢緞吧？」

太后賜了不少好衣料給夏衿。邵老夫人告誡，一個郡主要是不穿得體面些，就是打皇家的臉，又執意用那些布料給夏衿做衣裙。所以現在她身上穿的、戴的，都是質地極好、做工精緻的，不過款式仍然簡單大方。

見夏大太太伸手過來要摸自己的衣裙，夏衿後退一步，躲開她的手，淡淡地瞥了她一眼。

夏大太太被她這麼一瞅，忽覺心裡發毛，趕緊把手收了回來，再不敢亂動。

邵老夫人坐在上首冷眼看著這一幕，朝夏衿招手道：「衿姐兒，過來。」

夏衿快步走過去，邵老夫人站了起來，嚴肅道：「雖然我知道妳對夏家老爺、太太和哥哥、姊姊們有感情，但禮不可廢。妳是皇家郡主，第一次見面，他們得給妳行禮，否則就是對皇家不尊；要是被妳身邊的嬤嬤傳到太后耳裡，不光夏家人要吃罪，妳也得受責罰。」

夏衿知道祖母這是對夏家人不忿，覺得自家兒子、媳婦在夏家受了委屈，卻礙於名聲，不得不對夏家人好，便想在這裡找個平衡。

她裝出恭順的樣子，應聲道：「祖母教訓的是。」

夏正慎聽到邵老夫人的話，趕緊誠惶誠恐地站起來，又對其餘人示意了一下。夏禱、夏禪雖有些不願意，還是老老實實站了起來，走到夏正慎和夏正浩身後站定。

夏衿擺出郡主的款，站直身淡淡地看著他們。

夏家人都跪了下去，參差不齊道：「給郡主請安。」

「都起來吧。」夏衿伸手道。

大家起身，這才重新落坐。

夏衿掃了一眼，發現除了早已出嫁的大姑娘和四姑娘夏衯，夏家大房、二房的人幾乎都來了。除了她熟悉的面孔外，還多了兩個年輕媳婦，想來是夏禱、夏禪的妻子。

這是準備全家遷徙還是藉機來京城玩一趟？

如果這個家只有夏正謙和舒氏在，夏衿或許得擔心這些人會跟狗皮膏藥似地貼上來不走了，但有個不動聲色的邵老太爺和厲害的邵老夫人，她還真沒把這些人當回事。

眼神掃過夏佑，夏衿冰冷的眼眸暖了一暖。

等大家坐定，邵老太爺開口道：「你們好不容易來了，就在這裡多住一陣子，等衿姐兒成完親再回去也不遲。這兩個孩子也是你們看著長大的，參加他們的婚禮，也算是全了這些年的情分。」

這句話，算是把夏家人想賴著不走的路給堵死了。

「是、是，老太爺您說的是。」夏正慎站起來笑著應道。邵老太爺身材高大魁梧，坐在那裡不動、不說話，就有一種不怒而威的氣勢。夏正慎面對他時，沒來由就心裡發慌。

「坐，坐下說話。」邵老太爺把手壓了壓，可夏正慎坐下之後，他卻一言不發了。

見丈夫不開口了，邵老夫人就道：「你們遠道而來，想是累了，我讓人帶你們去歇息。」說著叫了管事嬤嬤來，吩咐了幾句，夏家人便告退離去。

直到他們走遠了，邵老夫人這才對夏正謙、舒氏道：「人的貪念是沒止境的。你們這夏家大哥、二哥品性不好，要是跟他們多親近，怕是這一大家子巴上來就甩不掉了。我安排他們住到東北角的梅香院裡，離你們那裡比較遠。你們心慈面軟的，要去看他們，最好叫你們大哥、二哥和嫂子們陪著，否則我怕你們頂不住，又應承下什麼來，就自找麻煩了。」

夏正謙和舒氏都站了起來，恭敬地答應下來。

「行了，都回去吧。」邵老夫人朝他倆揮揮手，卻把夏衿叫住。「衿姐兒留下。」

夏衿只得留了下來。她知道，祖母要問她管家的心得了。

回到院子裡，夏衿想了想，叫魯嬸過來，吩咐道：「去把夏家大少爺和二姑娘請過來。

就說當初他倆對我好，這回來了京城，我得好好招待他們。」

魯嬸答應一聲去了。

「姑娘您可真壞。」菖蒲笑道。

她娘去梅香院把這話一說，夏家其他人非得尷尬死不可。

除了夏佑、夏袗，夏家人還真沒幾個好的。二太太一副關懷備至的樣子，其實心裡頭總撥著小算盤，對三房人好，也不過是這樣做對她有利罷了。

夏家人在臨江就不是權勢人家，這回來了京城，哪裡敢做什麼，只想著好好巴結邵家人。這回夏衿主動叫夏佑、夏袗過去，夏正慎不光沒惱，反而很高興，囑咐他倆道：「你們妹妹現在是郡主了，身分不一樣，說話時小心些，萬不可魯莽行事。」

二太太聽得這話，嘲諷地撇了撇嘴。「剛才大嫂那樣兒，算不算僭越呢？」

夏佑、夏袗到夏衿院子時，就看到她正坐在院子裡的葡萄架下，手裡拿著一本書，正看得入神。旁邊是一張桌子，桌上放了一壺茶和一個杯子，茶杯裡此時正冒著氤氳熱氣。她的身邊，並沒有人侍立；院子裡有一、兩個丫鬟在走動，其中一個正往屋裡走去，正是夏衿原來的丫鬟菖蒲。

看到這情形，夏佑和夏袗緊張的心忽然一鬆，嘴角都噙著笑來。

眼前這一幕，跟夏衿以前在夏家時何其相像。同樣是坐在院子裡看書的夏衿、同樣安詳靜謐的院子，除了院子寬敞些、屋子高大些、屋樑上的彩畫鮮亮些，似乎沒多大區別。

可見即便做了皇家郡主，夏衿依然是夏衿，沒有變成陌生人。

領著兩人進來的婆子見狀，開口提醒夏衿。「姑娘，夏家大少爺和二姑娘來了。」

夏衿從書裡抬起頭來，看到夏佑、夏袗，忙站了起來笑道：「大哥哥、二姊姊，快進屋裡坐吧。」

夏佑和夏袗進了屋裡，才發現擺設都是他們沒見過的。那角落裡半人高的彩釉大花瓶、案上擺放的玉石擺件，還有旁邊亮閃閃的物品，一下子晃花了他們的眼。

夏衿笑道：「這些都是太后和皇上賜下來的，祖母說屋裡不能太素，硬是要我擺上，害得丫鬟收拾屋子都緊張得不行。我這屋子裡的東西，都是菖蒲親自收拾，不敢讓小丫鬟們碰。」

「太后和皇上啊！」夏袗喃喃驚嘆一句。

在她眼裡，臨江知府羅維韜都是了不得的大人物，更不要說太后和皇上了，那是天神一般的存在，提都不敢隨便提的。而眼前這位在府裡不大愛說話的妹妹，竟然是郡主了，進宮裡跟太后、皇上敘家常，坐在一起喝茶吃飯都是常事吧？

想到這裡，夏佑和夏袗一陣恍惚，只覺得眼前的一切都像在夢中。

「大哥哥、二姊姊快坐吧。」夏衿叫道。

看兩人坐下，菖蒲上了茶來，便退到門外。

見到描金彩畫半透明的白瓷盞，夏袗都不敢伸手去拿。

夏衿暗自嘆息，開口問夏佑。「大哥哥現在還在仁和堂做事嗎？醫館的情況還好吧？」

夏佑定了定神，道：「是的，還在那裡做事，仁和堂自從三叔……」說到這裡，他頓了頓，抬頭看了夏衿一眼，生怕她對這個稱呼反感，但他著實不知道該怎麼稱呼夏正謙。

見夏衿微笑著凝望他，臉上並沒有一絲不滿，夏佑這才說下去。「……三叔離開後，情況就不怎麼好。不過那處只有我們一間醫館，即便情況不好，餬口還是沒問題的。」

夏衿點點頭，又問夏袗。「二姊姊是什麼時候成的親？怎不說一聲？我好託人送份禮去。」

夏袗露出一抹赧然的神色。「您上京沒多久我就出閣了。當時三叔、三嬸還在臨江，送了禮的。當時三嬸代郡主送了屏風過來，說是您親手畫的畫、提的字，再找人繡的，想來上京後事多，三嬸忘了跟您說呢。」

夏衿詫異了一下，笑了起來。「我娘還真沒跟我說，他們一進門，就被邵家的事嚇住了，人仰馬翻的，想是忘了。」

夏袗恍了恍神，然後輕輕嘆了一口氣，自嘲地笑了笑。「幸虧您送給我那屏風呢。您不知道，它幫了我多大的忙。」

夏衿揚了揚眉。「姊姊這話怎麼說？」

夏佑見夏袗咬著唇，似乎在極力抑制眼淚，連忙替她道：「王家嫌咱們家跟二叔、三叔分了家，既不是秀才門第，醫館生意又不好，袗姐兒過門後就拿袗姐兒差點給人作妾來說事；尤其是他家那兩個嫂嫂，明嘲暗諷的，總是欺負袗姐兒。我娘看不過，上門鬧過一次，原本睜一隻眼、閉一隻眼的王家老太太也給袗姐兒臉色看了，又嫌她過門這麼久還沒動靜，揚言要休了她。

「要不是袗姐兒的夫婿還好，知道護著她，這日子都快要過不下去了。結果您封郡主的消息一傳到臨江，王家就收斂許多，再得知那屏風是您畫的畫、提的字，一家對袗姐兒就客客氣氣起來。本來這次上京，出嫁女不應跟著的，但我娘擔心這事過後，王家人又恢復以前的態度，便拉著袗姐兒一起上京了。知道袗姐兒跟您有來往，王家人至少不敢對她怎麼樣。」

這短短幾句話，夏衿聽著就唏噓不已。要不是她有幾分本事，想必重生不久，就要跟夏袗過上一樣的生活。

第一百三十七章

「二姊姊把手伸出來，我給妳把個脈看看。」她對夏袗和聲道。

夏袗伸出皓腕，放到桌上。

夏衿將手指搭在上面把了個脈，點點頭道：「妳有些宮寒，還有其他小問題。我給妳開個方子，吃一陣便沒事了。」

夏袗大喜，站起來朝夏衿施了一禮。「多謝郡主。」臨江的郎中也說她宮寒，但沒說還有別的毛病，吃了半年的藥都沒有效果。夏衿的醫術聞名天下，能得她一張方子，夏袗相信，明年她就有可能做娘了。

菖蒲在門外聽得此話，連忙進屋來拿紙研墨。

替夏袗看了病，到時候時不時派人去臨江給她送些東西，便算是解決了她的問題。有郡主撐腰，誰還敢給夏袗氣受？

相比夏袗，夏衿更看重夏佑。當初在夏家，夏佑幫她良多，她更想回報他；不過夏佑是夏家支撐門戶的長子，跟夏正慎、夏大太太關係密切。她幫了他，夏正慎和夏大太太便受益，這是夏衿不能接受的結果。

不過她仍問出口。「我成親後，準備開間成藥鋪，你願不願意來幫我？」

夏佑一愣，站起來感激地作了個揖。「多謝郡主好意，但我卻來不了。現在仁和堂的事大部分都是我在管，我爹年紀大了，精神不如從前，我是家中長子，有責任擔起家裡重擔。」

夏衿遺憾地點點頭。「那就沒辦法了。」夏佑說的是實情，但他和她都明白，如果他到京城來幫她，夏家大房勢必會一家子都上京巴住她不放。這才是他拒絕的真正理由。

夏佑不欲再談這話題，轉而問道：「祁哥兒呢？怎麼不見他？」

夏家人大老遠從臨江來喝夏祁的喜酒，按理說，夏祁應該出來陪客才對，但現在都不見人影，顯然是外出了。

「因為打了勝仗，皇上大開恩科，考試就定在年前呢。國子監的老師們這段時間抓得很緊，我哥得明天才能請假出來。所以明知你們要來，他也沒法出來迎接。」

「唸書才是大事，我們來不來不要緊，總有見面的機會的。」夏佑道。

夏袗得了夏衿的方子，心裡大鬆，此時不由打趣道：「人家說大小登科，我看祁哥兒這可是雙喜臨門呢。」

「可不是，洞房花燭夜、金榜題名時，看樣子祁哥兒是要把這好事都占盡了。」夏佑也附和道。

三人說了一會兒閒話，夏佑、夏袗便告辭了。

過了兩日，便是夏祁成親的日子。

夏衿是小姑子，即便跟岑子曼要好，也不好去宣平侯府送嫁，只能在邵府等著花轎到來。本來她背了一遍人際關係，邵老夫人打算給她個任務，便是跟在郭氏身邊迎接女客，將京城的貴婦和閨秀們都認個全；但舒氏心疼女兒，她知道夏衿最不喜歡應酬。以前有岑子曼陪著還好，現在她一個人，氣氛更尷尬，因此勸住了婆婆，讓她給夏衿一天的鬆快日子，這才逃過一劫。

看到夏祁出去敬酒，喜娘也從新房裡出來了，夏衿便親手端了一碗桂花湯圓進了新房。看到岑子曼一身紅衣坐在那張拔步床上，似乎有些疲憊，她笑問道：「怎麼樣？累不累？」

岑子曼頓時精神一振，搖搖頭。「不累。」

夏衿一愣。「真的？」

「自然。」岑子曼睨她一眼。「在家裡吃飽喝足，穿上嫁衣、化好妝，坐上花轎就過來了，有什麼可累的？」

夏衿一想，點點頭同意。「那倒是。」累的都是那些張羅各種事宜的人，新娘子則是被伺候的，怎麼會累呢。要累，也要到晚上……

想到這裡，夏衿暗自壞笑。

可二十多天後，夏衿才知道岑子曼的話根本是騙人的！

一大早天還沒亮呢，她就起來了，被扔進放滿鮮花的浴桶裡洗刷乾淨，然後提出來挽臉——雖然以夏衿對於疼痛的忍耐度來說，這點痛只能算毛毛雨，但她仍對舒氏抱怨道：「這又是熱水燙，又是刮毛的，我怎麼覺得我就是一頭要上屠宰場的豬呢。」

舒氏一巴掌拍在她身上，笑罵道：「妳就胡說八道吧妳。」

夏衿看到給她挽臉的喜娘想笑又不敢笑的樣子，挑了挑眉，不說話了。

她本以為沐了浴、挽了臉，就收拾得差不多了，等休息一會兒，吃過中飯，再化個妝、穿上衣服，等著花轎來接；可沒想到舒氏給她抹了把臉，就叫喜娘上妝。

「等等，還這麼早呢，上妝做什麼？」夏衿一把擋住喜娘拿了粉直往她臉上撲的手，詫異問道。

喜娘是太后派人請來的，是京城裡最有名的喜娘，許多名門閨秀都是她送的嫁，她可是第一次看到說話這麼有趣而又對成親過程一無所知的新娘。

她瞥了舒氏一眼，解釋道：「郡主，待會兒那些來作客的夫人、小姐都會來看看，您要不上妝穿上喜服，怎麼像個新娘子呢？」

舒氏被喜娘看得滿臉無奈。

她哪裡敢跟夏衿說這成親要折騰整整一天啊，從天沒亮就起床，直到被送進洞房，跟新郎喝了合巹酒才算完；要被她知道了，她定然大手一揮，直接砍掉若干環節，吃過午飯再來收拾。夏衿本來就有主見，受封郡主之後，又沒人敢駁她意見，要真像她說的那樣，豈不被人笑邵家三房沒規矩？

其實舒氏冤枉夏衿了，她雖有主見，但這種風頭還是不會出的。這喜娘可是外人，要是出去往外一說，丟的不光是她夏衿的臉，還有邵家的臉面。

但即便如此，看到鏡子裡喜娘撲了足有半斤的粉，臉上慘白一片，嘴上還抹了鮮紅胭脂，夏衿還是沒忍住，向菖蒲招手道：「去打盆水來。」

菖蒲看到轉過頭來的夏衿，不由得噗哧一聲，低頭出去了，不一會兒便端了盆水進來，手裡還拿了洗臉的胰子和布巾，放下東西便索利地以布巾圍住夏衿前襟，一副準備伺候夏衿洗臉的架式。

「這是做什麼？」喜娘顧不得夏衿的郡主身分，攔住菖蒲問道。

菖蒲瞥她一眼。「武安侯爺看到我家姑娘的臉，非得嚷嚷退親不可。」

喜娘臉上隱隱有怒意，但極力克制住。「大家成親時都是這樣打扮的。」

菖蒲見夏衿朝自己擺擺手，到嘴的話便又嚥了下去。她不再理會喜娘，捲起袖子上前伺候夏衿洗臉。

「三夫人……」喜娘打算到舒氏那裡尋求支持。

舒氏只得勸道：「衿姐兒，既然京城是這樣的風俗，咱們照著做就是了，清湯掛麵素著一張臉，可不喜慶。」

「正是這個道理。」喜娘拍著腿道。

夏衿的手腳快得很，舒氏這邊把話說完，她那裡已將臉上的妝洗掉了。

「娘，您別急，我不是想素著臉，只是頂著這樣一張臉，我難受。」夏衿道，招手讓菖蒲把她裝化妝品的小匣子拿過來，對著鏡子化起妝。

她自打有了個實驗室之後，做的就不僅僅是藥品，適用於喬裝打扮的各種化妝用品，能做的她都做出來了。

喜娘看到夏衿先往臉上抹了一層白白軟軟還帶著香味的面脂，待充分吸收後，她才往臉上撲粉，那粉的顏色更自然也更細膩；撲完粉後，夏衿打開一個瓷盒，裡面一小格、一小格裝著深淺不一的胭脂，匣子裡還裝著各種奇奇怪怪的東西，夏衿一雙手靈巧地拿著它們往臉上搽，不一會兒，一個漂亮得讓人移不開眼的美人兒就出現在大家面前。

喜娘目瞪口呆地望著夏衿，好半天才嚥了嚥口水，開口道：「郡、郡主，您用的那些都是什麼？」

「哦，是我在研究藥的時候順便做出來的。」夏衿對著鏡子，最後刷了一下睫毛，長而翹的睫毛如兩把小扇子，在她眨眼的時候上下飛舞，十分好看。

朝著鏡子端詳了一會兒，見臉上沒有瑕疵了，夏衿這才站了起來，吩咐菖蒲。「把衣服拿來。」

對於夏衿猶如換一張臉的化妝手段，菖蒲和薄荷已經見怪不怪了。滿屋子人還沈浸在夏衿高超的化妝術時，兩人已分工合作，薄荷取下圍在夏衿前襟的布，菖蒲則展開嫁衣，等著夏衿將手往袖子裡伸。

「起床沒有？」門外傳來岑子曼的聲音，話聲未落人已進了門。看到舒氏在屋裡，忙上前給她請安，這才抬眼望向夏衿。

「天哪……」看到穿著嫁衣、妝容精緻的夏衿，即便早知她有一手高超化妝術，岑子曼仍然感到驚豔。

「那個，郡主……」喜娘期期艾艾地喚了一聲，似乎有話說，卻又不敢開口。

夏衿在鏡子裡瞥了她一眼，正要說話，岑子曼忽然搶過話道：「阿衿，不如咱們開間胭脂水粉鋪子吧，就用妳做出來的這些。」

夏衿笑了起來，漫聲應道：「好。」尾音拖得老長。

岑子曼哼哼了兩聲，她知道夏衿這是嘲笑她掉進了錢眼裡。

妝化好了，衣服也穿上了，岑子曼親自動手，為夏衿戴上鳳冠，這麼一折騰，一個時辰就過去了。

邵老夫人一早就來看過夏衿了，這會兒進來看到她打扮好了，便催促道：「打扮好了就出去吧，太后派人來給妳賞東西呢，在外面等了好一會兒了。」

大家趕緊出去。

這次來的仍是上次來宣旨的那個內侍。看到夏衿，他上前行了一禮，先恭喜一番，然後道：「太后娘娘派咱家來，給郡主送嫁妝。」說著遞過來一份禮單。夏衿一看上面金銀首飾、綾羅綢緞不少，還有兩處田莊、兩個鋪面和一所五進大宅。

因為知道今天太后和皇上必有賞賜，所以香案早已準備好了，夏衿捧著那禮單，跪在香案前，朝皇宮的方向磕了一個頭，這才起來向內侍道了一聲辛苦。

這個內侍還沒走呢，今天在門口待客的邵澤宇又領了個中年內侍過來，卻是皇帝派來送賞賜的。皇帝賞賜的東西跟太后差不多，只少了個鋪面，多了個田莊。

如此，夏衿的嫁妝豐厚得令人嘖嘖。

這麼一折騰，一個上午就過去了，很快到了吃午飯的時間。因為化了妝，如廁也不方便，為了避免一切麻煩，新娘子一般都不吃午飯，只能吃一些沒有湯水的點心。夏衿只得認命地乾啃點心。

這邊剛嚥下一塊點心，外面就有婆子來催。「老夫人、夫人，花轎快到了。」

「怎麼這麼快？」大家一邊嚷著，一邊手忙腳亂檢查夏衿的妝花了沒有、嫁衣有沒有問題，再檢查鳳冠有沒有歪……剛檢查完，又有婆子飛快來報。「花轎到大門口了。」

夏祁早已在外面等著了，他要揹妹妹上花轎。

「來，把蓋頭蓋上。」喜娘做慣了這些事的，倒是一點兒不慌，把蓋頭給夏衿蓋了，然後她和菖蒲各一邊，扶著新娘往外走，一邊走還一邊叮囑。「郡主，一會兒出了門，您就要哭出聲來，否則別人會說妳不留戀娘家爹娘，不孝。」

哭？夏衿無力地翻了個白眼，可映入眼廉的卻是紅彤彤的一片。

她哭不出來怎麼辦？

「出來了、出來了，新娘子出來了。」外面鬧烘烘一片，聽聲音都是女眷，有邵家嫂嫂的，還有些陌生嗓音，想來是跟邵家交好的哪家夫人、小姐。

夏衿的腦袋被蒙在蓋頭裡，正胡思亂想著，忽然覺得胳膊一陣吃痛，卻是喜娘在掐她。想起喜娘剛才說的話，她嘴角一抽，正想放開嗓子哭兩聲，就聽身後傳來舒氏的哭聲。「衿姐兒，我的衿姐兒……」聲音裡全是不捨與擔憂。

娘這是擔心她去了婆家，過得不好吧！

這回不用裝，夏衿的眼淚忽然就流下來了。

前世她跟母親的感情並不是很深；到了古代，舒氏給了她無微不至的關心。雖然有時會嫌她性格不夠完美，但這份母女情，卻是越來越深刻。

「娘。」她甩開喜娘和菖蒲的手，轉身循著舒氏的聲音奔去，沒走幾步，就被一雙柔軟溫暖的手扶住了。

這正是舒氏的手。

「娘，我會過得很好的，您別擔心。我不在家了，您跟爹要多保重，有什麼事，派人去尋我，我馬上就回家。」她安慰道。

哭得唏哩嘩啦的舒氏一下子被噎住了。

一旁的邵老夫人又好氣、又好笑，拍了夏衿一下。「好了，妳娘我會照顧，妳趕緊上轎吧，別耽誤了吉時。」這母女倆，真真不知叫人說什麼好。本該新娘捨不得離開父母，哭得一塌糊塗，母親則盡力安撫，百般勸慰，偏到了夏家母女倆身上就反過來了。

夏衿的腦袋仍在蓋頭裡，根本看不到邵老夫人和舒氏的表情，見舒氏的哭聲沒了，她便放下心來。「那我走了。」轉過身，朝剛才的方向走去。

愣在旁邊的喜娘連忙上前攙扶她。

走了一小段路，菖蒲和喜娘的腳步便停了下來。夏衿在蓋頭下看到了一雙男式鹿面短靴，這是夏祁的鞋，是她叫舒氏做的。夏祁每日要去國子監唸書，天氣寒冷，有這麼一雙裡面夾棉的靴子，會舒服很多。舒氏做了這麼一雙給夏祁後，便又給邵老太爺、夏正謙做了；夏衿儘管針線不好，也給蘇慕閑做了一雙，當即就叫夏祁帶給他。

這半年來夏祁又長高了許多，他雖沒有從武，但夏衿教給他的拳法並未停下。營養好，勤鍛鍊，所以他的身板並不單薄，將夏衿揹在背上，他的步子邁得又快又穩。

「妹妹，要是受了什麼委屈，別一個人擔著，回來告訴哥哥。」他一邊走，一邊悶聲道。

「我知道了，哥。」趴在夏祁寬闊的肩背上，夏衿不由想起她剛重生時，那個偷了書直往她被子裡塞的少年郎。似乎一會兒的工夫，她跟夏祁就各自婚嫁，從此成了兩家人。好在岑子曼和蘇慕閑都是極熟也極好的人，倒不會因著婚嫁，她和夏祁就生分了。

外面見著夏祁揹了新娘出來，頓時鞭炮齊鳴。夏衿蒙著蓋頭，啥也看不見，不過她知道蘇慕閑定然是在的。被夏祁放下在轎子裡坐穩，她也沒敢亂動，聽得外面吵吵嚷嚷一陣，嗩吶就吹起來了，不一會兒，花轎被人抬起，晃晃悠悠地上了路。

第一百三十八章

邵府離武安侯府並不遠，但大周國有展示嫁妝的習慣。高門大戶嫁閨女，陪了許多的嫁妝，藏著掖著多沒面子。

於是，她這花轎繞著京城的大街，足足轉了一圈，花了一個時辰，這才進了武安侯府。她自己賺了多少錢、太后和皇上給她賜了多少東西，她都知道，可邵家給她置辦的嫁妝，她並不清楚。只在城裡繞圈的時候，聽路人驚呼，說她的嫁妝是十里紅妝，這頭進了武安侯府，那頭還在邵家沒出門呢。

有這麼多嗎？夏衿鬱悶。

可她還沒來得及多想，花轎就在喜堂前停下，一隻修長有力的大手伸了進來。看到這隻手，夏衿心裡一暖，將自己的手搭在蘇慕閑手上，被拉著起身，亦步亦趨地跟著他跨過火盆，一起進了喜堂。

「新人進門，請高堂上座。」贊禮扯著嗓子高聲道。

只聽一陣窸窸窣窣的聲音，有人攙扶著武安侯老夫人在堂上坐了。夏衿耳尖，此時便聽到四周有人小聲議論。「咦，不是說武安侯老夫人病得下不了床了嗎？怎麼看著還好？」

「永安郡主的醫術高明，想是被她治好了。」

夏衿正要往下聽，就聽見贊禮高叫。「行廟見禮，奏樂！」她忙凝了凝神，跟著蘇慕閑的節奏一跪一起地行著跪拜禮。三跪、九叩首、六升拜，足足折騰了好一會兒，這才禮成，蘇慕閑拉著紅綢，將她牽入了洞房。

待坐到床上，別的新娘都是一陣緊張，因為很快就要跟新郎面面相覷了；可換成夏衿，她完全沒有這種又期待、又緊張的感覺，只覺得大鬆了一口氣——終於要把這勞什子的蓋頭掀掉了，做個瞎子真不容易。

隨著喜娘唸唸有詞，夏衿眼前一亮，蘇慕閑用秤桿掀開了她的蓋頭。她抬起頭來，朝蘇慕閑微微一笑。在她想來，兩人熟得不能再熟了，這樣的見面實在沒什麼可驚喜的。

可眼前這個呆愣愣站在那裡一動不動的蘇慕閑是怎麼一回事？

「喂。」她用手在他眼前晃了一晃。「怎麼了？」

蘇慕閑這才回過神來，滿眼驚豔。「衿兒，妳今天太美了。」

夏衿正要回嘴，打趣他兩句，可想起還有喜娘這些外人在場，便將嘴邊的話嚥了下去，只是嬌俏地瞋了他一眼。

這媚眼勾得蘇慕閑心頭一陣火熱，恨不得立刻把人摟進懷裡親熱一番，無奈旁邊一群人圍觀，他只得壓抑住心頭的騷動，輕咳一聲道：「拿酒來。」

喜娘連忙把酒端上。

蘇慕閑端起酒杯，在喜娘的指示下，與夏衿各飲半杯，然後交換酒杯，將對方喝剩的半杯飲掉。

將合巹酒喝完，蘇慕閑不好再坐下去了，對夏衿道：「我叫人備了飯菜，妳填填肚子，我去外面陪陪酒就來。」

「好。」夏衿點頭，又叮囑。「少喝些酒。」

蘇慕閑朝她溫和一笑，轉身去了。

接下來，夏衿叫菖蒲給喜娘包了個豐厚的紅包。「李嬤嬤今兒辛苦，拿去買酒喝吧。」

剛才那情形喜娘也看到了，新娘和新郎原本就是極熟、極要好的，根本不需要她在中間調劑，拿了這個紅包，她就該告退了。

她嘴裡說了一串的吉祥話，便行禮告辭。

「茯苓，去看看哪裡要熱水，一會兒郡主吃了飯就要沐浴。」菖蒲走到門口吩咐道。

茯苓應聲去了。

此時荷香與菊香已在院門口接到侯府下人送來的飯菜，將其一一擺在桌上。

夏衿從早上起就只吃了幾塊點心，到了中午，怕她一會兒在花轎上憋不住，硬是連水都沒給她喝，只乾嚥了兩塊小小的點心——太大了會把胭脂吃掉——到了這會兒著實餓慘了。

此時將身上的釵環卸掉，又換了舒適的家常服，再將妝容洗掉，淨了手，她便坐在桌旁吃了起來。

她吃飯的動作雖然優雅，但速度極快，一盞茶工夫後，她就吃飽了。滿桌子的菜她就動了兩、三道愛吃的，撤下去後，菖蒲、薄荷便將剩下的吃了。她們今天要守在新房外，以免夏衿有什麼需要好喚人，所以得抓緊時間吃飽了。

至於荷香她們，現在得伺候夏衿沐浴，伺候完後再自己去廚房找吃的。

這府裡，蘇慕閑已打理得妥妥當當，便是武安侯老夫人身邊的人都成了自己人，萬沒人敢給女主人的丫鬟使絆子。這段時間夏衿也觀察過了，荷香和菊香都是極能幹而謹慎的，否則邵老夫人也不會把她們給她。她們在這府裡走動，夏衿還是極放心的。

夏衿沐了浴，菖蒲和薄荷也吃過飯了，過來將她的頭髮絞乾。見蘇慕閑還沒回來，夏衿便叫菖蒲將書找出來，她斜倚在軟榻上看書。眾丫鬟見她看書，俱都輕手輕腳，將室內的東西收拾乾淨便都退了出去，只留下菖蒲在那裡聽喚。

燈火闌珊，滿室靜謐，美人兒慵懶地躺著看書，眉眼如畫。

這便是蘇慕閑回來時看到的情景。

他的心，一下子變得溫暖、安寧起來。

青燈古佛、腥風血雨，這是他過去經歷的；現在，他疲倦了，想要一個寧靜沒有風浪的港灣，有一個家，一個能彼此關心的人。而眼前的這一幕，一間安靜的屋子，一個他心愛的等待他回來的女人，一直是他夢寐以求的畫面。

菖蒲見蘇慕閑站在門口，連忙施了一禮，叫了聲。「侯爺。」

夏衿抬眼，便看到穿著大紅喜袍的蘇慕閑站在那裡。他的五官本來就十分俊朗，如今穿了一身紅衣，越發顯得玉樹臨風，外加一種說不出的風流神韻。

她將書放下，準備站起來。

蘇慕閑快步走了進來，按住她道：「不必起來，妳看書吧，我去沐浴。」

「好。」夏衿朝他柔柔一笑，不過依然坐直了身子。

菖蒲早已識趣地退了出去，叫人給蘇慕閑準備熱水。

聽到輕輕的關門聲，蘇慕閑一把將夏衿摟進懷裡，嘴唇湊過來，親了她的嘴唇一下，然後滿足地嘆了一口氣，在夏衿耳畔道：「衿兒，我等這一天等太久了。」

夏衿伏在他胸前，聽到他有力的心跳聲，只覺得滿心的安寧幸福。

兩人依偎了一會兒，聽得菖蒲在外面說洗澡水準備好了，夏衿這才站直身子，給蘇慕閑整了一下衣服，輕聲道：「去吧。」

「等我。」蘇慕閑在她耳邊說了一句曖昧味十足的話，果斷去了。

夏衿看看床上的桂圓、花生早已被清理乾淨，被褥也鋪好了，便又躺到軟榻上看書。不過這會兒她卻怎麼也靜不下心，想著一會兒要發生的事，她就心猿意馬，既期待又甜蜜還有點心慌。她雖活了兩輩子，成親卻是頭一遭，對男女之事完全沒經驗。

想到這裡，她將書放下，站起來翻開一個箱籠，從裡面拿出一本畫冊來。

這是昨晚舒氏偷偷給她的，叫她成親前仔細看，她隨手就塞進箱籠裡。

身為現代人，她對那事即便沒實戰經驗，理論卻是一抓一大把的。前戲是什麼、中途應該做什麼、完事後怎樣才更容易懷孕，她都一清二楚，覺得自己完全沒必要看這種拙劣的畫冊。

可這會兒，她卻拿出畫，就著昏黃的燈光看了起來。

這一看，便看得她面紅耳赤，羞澀不已。

她對自己的功力和耳力一向很有信心，哪怕隔著幾里路都能聽出騎馬的人數；可今晚她卻如驚弓之鳥，外頭的絲毫響動都能把她嚇一跳。

夏衿以迅雷不及掩耳的速度將冊子合上，放進箱籠，回到榻上。待聽得不過是外面丫鬟從廊下走過，她才鬆了一口氣，暗自啐了自己一口，摸摸發燙的臉頰，眼眸秋水如波，格外嫵媚瀲灩。

「呀」的一聲，門被推開，蘇慕閑高大的身影出現在門口。他轉身關門，拴上了門栓。看著一步一步朝自己走來的蘇慕閑，剛剛那股心慌還沒平息的夏衿，忽然喉嚨發緊。下一瞬，她就被抱進蘇慕閑懷裡，一個帶著清新胰子味的吻就親了上來，耳邊傳來蘇慕閑的呢喃。「衿兒。」

這個吻，不像剛才那個，只是淺淺一印，而是舌頭交纏的深吻。蘇慕閑也不知從哪兒學來的招數，吻得夏衿頭腦有些發暈，等她稍微清醒一點時，才發現自己的豐滿上已襲上了一隻大掌。這隻手還不老實，捏捏挑挑地讓她渾身顫慄，身體發軟。

蘇慕閑一用力，抱著夏衿直奔那張拔步大床。

夏衿並不是那種容易沈溺於慾望之人，不管身處何方，她都會保持一絲清明。今晚也不例外，當蘇慕閑將她的衣物除去，用吻將她體內的火一一點燃時，她雖心蕩神搖，不能自己，卻忽然意識到不對勁，伸腳朝蘇慕閑胸口一踢，「砰」地一聲，蘇慕閑被踢到軟榻上，她自己則扯了絲綢外裳披到身上，坐了起來。

「妳這是幹什麼？」蘇慕閑被踢懵了，摸著被夏衿踢了一腳的胸口，睜大眼睛，難以置信地望向她。

夏衿赤著腳下了床，走到他面前。

她的頭髮很黑很直，垂到腰下，飄逸而柔順；她的皮膚很白，在忽明忽暗的燈光下越發膚白似雪，膩如凝脂；她的眼眸又黑又大，在燈光下熠熠生輝；她的唇很紅，如同盛開的桃花那麼嬌媚，吻在上面，柔軟而甘美，令人如癡如醉；她的身形高眺窈窕，該豐滿的地方豐滿、該纖細的腰盈盈一握，且在寬寬的外裳下，剛才被握在掌中一隻手都握不住的豐滿，在她伏身下來時，快要從領口處跳出來。

蘇慕閑看著她，只覺得喉嚨發緊，滿眼癡迷。

這樣的夏衿，哪怕她剛才忽然變臉踹了蘇慕閑一腳，仍如一朵妖豔的罌粟花，充滿罪惡的誘惑。

一如在臨江那晚，她帶他去捉錢不缺，用極端的手段折磨人，叫他既感覺害怕，又忍不住想與她親近；更像她教他種種追蹤、逃匿、謀殺等手段，明明心驚膽顫，卻讓人覺得待在她身邊就異常安全，說不出的舒服。

夏衿走到蘇慕閑面前，伸出纖細的手，用微涼的手指抵住他的下巴。「你碰過別的女人？」

蘇慕閑一怔，隨即搖搖頭。「不，沒有，從來沒有，妳是第一個。」

夏衿眸子一冷。「你老實說，我們還能做夫妻，否則……」

她沒有說下去，但瞭解她的蘇慕閑心裡一突，心慌的感覺蔓延全身。

她曾說過的，這輩子除了她，他再不能有別的女人；否則，她跟他就會形同陌路。

「沒有，真沒有。」他怕她不相信，直接發誓。「若我有別的女人，定然遭天打雷劈，不得好死。」

夏衿凝望著他，沒有作聲。

現代人，對於發誓這種東西，並不像古人那麼深信不疑。

「真的，我真沒有。」蘇慕閑見他發了誓，夏衿仍不信他，不由急了，辯解道：「我從寺廟出來後，連丫鬟都沒有。這段時間妳也常來侯府，可看到我院裡有一個丫鬟沒有？」

這倒也是。

夏衿這段時間雖然不常跟蘇慕閑見面，但武安侯老夫人身邊的一個婆子，卻是被她收買了的。每次來給武安侯老夫人看病，那婆子都會給她彙報一下侯府的情況。她知道蘇慕閑身邊一直是清一色的小廝。十幾天前武安侯老夫人身邊的一個丫鬟老往他身前湊，似乎想做通房丫頭，被蘇慕閑提腳就賣了出去。

「那外面呢？你是不是跟人去喝花酒了？」她又問道。

見蘇慕閑搖搖頭，她冷哼一聲。「別說沒有，要是沒有，你今兒怎麼這麼熟練，像是情場老手？」

蘇慕閑愣了一愣，這才知道夏衿為什麼會發飆。

「除了妳，我真沒有女人。」他正色道：「我只是、我只是向別人討教了一下。」說到後面，他聲音漸小，神情扭捏，臉色微紅。

夏衿一怔，看向他的目光柔和起來。

別人都有父母兄弟姊妹，成親之前，新郎也會有父親或兄長傳授夫妻之道；而蘇慕閑，卻是什麼也沒有。就算有個母親，也相當於沒有。

只要他不是去找了女人便好，至於向誰請教，夏衿倒無所謂。

她也不是一味強硬的女人，雖沒成過親，卻也知道女人還是應該以柔為主，柔能克剛。此時她神情緩和，語氣也溫柔起來，還帶了一股嬌媚，眼眸波光流轉，似嗔似怨。「誰讓你沒說清？你忽然那樣，我自然得懷疑你有了別的女人。」

「不怪妳，是我沒說清。」蘇慕閑伸手去摟她，見她腰肢柔軟，沒有一點反對的力道，手臂一緊便將她摟進懷裡。「衿兒，以後不要輕易懷疑我，我這輩子除了妳，不會有任何女人。」

「好，我相信你。」夏衿柔聲應道。

她應是應，心裡卻不以為然。新婚燕爾，哪個男人沒有賭咒發誓過，可轉過身，或許就有了別人。男人的海誓山盟，是最靠不住的，夫妻之道全靠經營。以後她在蘇慕閑身上，亦柔亦剛、亦張亦弛，時刻保持新鮮感，才是維持夫妻感情的最佳方式。

活了兩輩子，她也明白的，喜歡的時候便抓住，在一起好好過日子；要是真有那麼一天，對方背叛了初衷，有了別的女人，她也不必要死要活，哭天兒抹淚。為著子女該爭就爭、該放手就放手，但她的心，總是可以重歸清風明月的。

這世道，誰離了誰不能活？

雖在新婚之夜，想這些太過悲觀了些，但卻是實情。做好最壞的打算，便能立於不敗之地。

腦裡閃過種種念頭，她熱烈地回應著蘇慕閑的熱吻，她要讓他欲死欲生，癡迷於她，再也離不開她，一輩子……

第一百三十九章

第二天，直到早晨的陽光透過窗欞照到臉上，夏衿才睜開眼。

「這麼晚了？」她從床上一躍而起，卻「哎喲」一聲，又躺了回去。

「怎麼了？」門外的蘇慕閑聽到她的聲音，三步併作兩步推門進來，關切地問道。

夏衿瞋他一眼。「還不是怪你。」

蘇慕閑展開俊顏，笑得異常開心。

他吻了她一下，柔聲道：「不舒服就別起來，我端水進來給妳洗漱，再拿早餐給妳吃。」

夏衿的動作一頓，轉過頭來，認真地凝視著他的眼睛。「不用去給你母親磕頭敬茶嗎？」

蘇慕閑充滿柔情密意的眸子聽到「母親」兩個字，瞬間冷了下來。

他直起身子，聲音有些冷硬。「妳知道嗎，前天，她還準備在我杯裡下毒。」

「什麼？」夏衿愕然。

她從床上爬了起來，走到蘇慕閑面前，輕輕抱住他，心裡隱隱發疼。

蘇慕閑的痛苦，別人不知道，她卻知道得一清二楚。

那時他被人追殺，受了重傷到了臨江，她醫好他身上的傷，卻醫不好他心上的。當時他常常徹夜難眠，一遍一遍地問，為什麼他的母親這麼不喜歡他，竟然一而再，再而三地要他死？他託那些殺手告訴他母親，他不在乎爵位，只想回京去給亡父上一炷香，便又回寺裡去。便是那些殺手都覺得他這要求不過分，可最後母親仍然不放過他，一定要置他於死地。

他那時的痛苦，便是現在她還歷歷在目。

那時候，他和武安侯老夫人未見過面，名義上是母子，實際是陌生人，即便痛苦，或許還能接受。可現在母子倆就住在同一個屋簷下，他雖不大去請安，也收服了武安侯老夫人身邊的下人，但她的衣食住行，他從來沒剋扣過。即便是給她下藥，也是為了夏衿。他們的婚事波瀾重重，他只是不希望母親再節外生枝，在他成親前，她能安分一些。

她一直知道他是一個內心柔軟的人。

就這樣一個即便被世俗所染，也在心底保持一分純淨的男子，卻硬生生地被母親逼到了絕路。

「你別太傷心了，她不要你，你還有我呢。」她柔聲安慰道。

蘇慕閑緊緊抱住她，過了一會兒，他輕吁一口氣，放開她。

「我沒事了。」伸手撫了一下夏衿的臉。「我叫菖蒲進來伺候妳洗漱吧，洗漱完就過去敬個茶。不管她喝也好，不喝也罷，總之咱們禮數盡到了，也免得別人說閒話。」

夏衿微笑著點了點頭。「正是這個理。」

蘇慕閑朝外面喊了一聲，菖蒲和薄荷便端了水進來，伺候夏衿梳洗。

「先吃了早餐再去吧。」蘇慕閑心疼夏衿。昨晚折騰了半宿，這一早起來，她定然餓了。

「先過去吧，既然要去，就別晚了。」夏衿道。她起得太晚了，此時過去正好，要是吃完早餐再去，給府裡的下人看著也不好。

蘇慕閑沒有再勸，吩咐了荷香一句，荷香便先出去了。待夏衿出了院門，就發現院門口停了一台軟轎，抬轎的是四個健壯的中年婦人。這些人夏衿沒見過，顯然是蘇慕閑後來買的。

「我這身體，用得著乘轎嗎？」雖然蘇慕閑的體貼讓夏衿很是受用，但她覺得以她能飛簷走壁的本事，完全用不著在這府裡乘轎子。

「上去吧，這裡離老夫人所住的院子甚遠，妳沒吃早餐，怕妳走一會兒就累了。」蘇慕閑道。

夏衿看他對自己眨了一下眼，臉一下就紅了。

照平時，走上十幾里路她都沒事，但今天，她還真需要這頂轎子。

她沒再說話，扶著菖蒲的手上了轎子。蘇慕閑陪在她旁邊，一起往武安侯老夫人住的熙寧院而去。

「侯爺、夫人，你們來了。」熙寧院門口，姜嬤嬤已在那裡等著了。見了一行人過來，忙迎上前行禮，又朝蘇慕閑使了個眼色。

蘇慕閑會意，朝旁邊行了幾步，姜嬤嬤壓低聲音跟他說了幾句話。

「放心，我心裡有數。」蘇慕閑一點頭，走了回來，看了夏衿一眼。

夏衿會意，下了轎後，朝前走了幾步，直到離那些抬轎的婆子遠了，才問蘇慕閑。「什麼事？」

蘇慕閑微眯的眼眸裡全是寒芒。「一會兒妳敬的茶裡，恐怕有毒。」

夏衿眼裡閃過一抹詫異。「這裡都是咱們的人，她便是被毒死了，要栽贓到咱們頭上也很難吧？這是何苦？」

「哼。」蘇慕閑冷哼一聲。「屋子裡坐著衛國公夫人。」

夏衿眉毛一揚，明白了武安侯老夫人的計劃。

京城聯姻，錯綜複雜。這衛國公夫人便是燕王妃的堂妹，武安侯老夫人的表妹。衛國公沒參與謀逆，皇上也不興連坐，所以衛國公夫人並未因燕王妃的死而有絲毫影響。這衛國公夫人跟武安侯老夫人感情倒好，這段時間時常過來探病；至於性情如何，夏衿沒遇過她，倒是不瞭解，不知道她是有意插手此事，還是被武安侯老夫人蒙在鼓裡。

「她怎麼能下毒？」夏衿有些好奇。武安侯老夫人身邊的下人可都不會聽她的，即便她吩咐，大家也不會照做。

「因為上次沒把我毒死，所以這一次她是親手下的。」蘇慕閑滿面寒霜。

夏衿啞然。

因為不想讓他人說蘇慕閑的閒話，揹個剋母的名聲，所以夏衿便讓她的病慢慢好起來，讓她在成親的時候能在眾人面前露個臉。沒想到她一能行動，做的第一件事就是親手下毒。

夏衿嘴角浮起一抹冷笑。「不要緊，我自有辦法對付。」說著抬腳進了熙寧院大門。

在夏衿的治療下，武安侯老夫人已能坐臥自如，現在她不大躺在床上了，偶爾會讓丫鬟、婆子扶起來走一走，要不就是坐在一張鋪了厚厚軟墊的椅子上。此時已是隆冬，屋子的一面砌了一堵火牆，下面還有地炕，整間屋子溫暖如春。

怕她發冷，屋子裡還攏了一盆銀絲炭火盆。武安侯老夫人穿著暖和的狐皮襖子，頭上戴著絮了棉的繡花抹額，懷裡抱著精緻的銀手爐，正安適地坐在那裡，聽衛國公夫人向她的丫鬟、婆子問其衣食情況。

夏衿走到門邊，並沒有進去，而是跟守門的丫鬟做了個手勢，便站在那裡靜靜地聽裡面的談話。

說話的是盧嬤嬤。「……自從吃了郡主的藥，老夫人的病便一日好過一日。這兩日吃飯也香，一餐能吃上大半碗呢；晚上睡覺也安穩，再不似以前那般常常半夜驚醒。夫人看看我們老夫人的模樣，可比原來精神多了。」

裡面傳來一聲幽幽的長嘆，一個陌生的聲音響起。「所以說姊姊，妳且安心養好身體，再不必多想，欒哥兒已經去了，妳再念著他也沒用。如今看來，閑哥兒和閑哥兒媳婦都不是沒良心的，妳以前那麼對他，他還能好生孝敬妳，妳也該知足了。妳只看妳這屋子，吃的、用的無不精心，閑哥兒媳婦還把妳的病治好了，妳還想怎的？這做長輩的，不就圖個孩子孝順嗎？」

屋裡傳來一陣「咿咿啞啞」的聲音，顯然是武安侯老夫人被衛國公夫人的話說得激動了，想要表達意見，偏偏她說不出話，只能發出這種聲音。

這是因為夏衿怕她在婚禮上鬧出么蛾子來，藉著給她治病的工夫，直接封了她啞穴。武安侯老夫人打從重病清醒過來就一直如此，所以大家也沒發現不對，只以為病情還未好。

「她這是什麼意思？」衛國公夫人問道。

「這個……老奴也不清楚。」盧嬤嬤道。

夏衿聽到這裡，不再遲疑，示意了守門的丫鬟一下。武安侯老夫人不能說話，但仍可以用寫字的方式表達意見，該聽的也聽到了，知道衛國公夫人對她和蘇慕閑是懷著善意的，這便夠了，再等下去，時辰便晚了。

這丫鬟也機靈，立刻出聲道：「侯爺、夫人。」說完便上前去打起了簾子。

蘇慕閑率先進了屋，夏衿隨後跟上。

一股熱氣撲面而來。

兩人連忙解了披風給丫鬟拿著，這才舉步走了進去。

「母親。」蘇慕閑先喚了武安侯老夫人一聲，然後看到衛國公夫人，似有些意外，笑道：「表姨真是有心，這麼早來看我母親。」

衛國公夫人見蘇慕閑、夏衿進來，便站了起來，聞言笑道：「昨兒個你母親便寫了信給我，說她沒什麼親戚了，京城裡走得近的也就是我，所以喚我過來，一起喝杯媳婦茶。閑哥兒不會嫌棄表姨不請自來吧？」說話間，目光往夏衿這裡繞了一圈。

夏衿只臉上帶著笑，並未作聲。

「哪裡話，表姨能來，是我們的榮幸。」蘇慕閑道，又作個手勢。「表姨請坐吧，讓衿兒給您敬一杯茶。不過得先說好，喝了媳婦茶，可得給份見面禮哦，這禮太薄，外甥我是不依的。」

衛國公夫人瞋他一眼。「哪有這樣沒皮沒臉，伸手要見面禮的？要就要吧，還敢挑肥揀瘦，真是能的你！」

兩人的這番對話，親近之意溢於言表。

武安侯老夫人的臉明顯一沈。

以前衛國公夫人來看她，幾乎沒跟蘇慕閑碰面，雖偶爾也會為開解她而替蘇慕閑說話，但對她的遭遇還是同情的多，因此她萬萬沒想到自家表妹對蘇慕閑竟然是這樣的態度。

待衛國公夫人在武安侯老夫人身邊坐下，紫曼便奉上一杯茶來，不過在遞給夏衿的時候，她滿含深意地看了她一眼。

夏衿恍若未見，只是在伸手拿過茶盤的時候，小指不著痕跡地在杯子上一點，指甲裡的粉末便落進杯裡，瞬間融入茶水中，了無蹤影。

她跪到盧嬤嬤放在地上的錦墊上，抬手將茶盤舉高，遞到武安侯老夫人面前。「婆婆請喝茶。」

武安侯老夫人眼睛盯著那杯茶，身體一動不動，似乎在發呆。

衛國公夫人見狀，皺了皺眉，提醒道：「表姊，郡主給妳敬茶呢。」

武安侯老夫人這才眨了一下眼，回過神來。

她慢慢地伸出手，想要去端起那杯茶，可當她的手指碰到茶杯時，她好像被燙了一下似的，飛快地縮了回去。

「茶很燙嗎？」衛國公夫人轉過頭去看紫曼。「妳是怎麼沏茶的？怎麼倒那麼燙的茶給郡主敬，燙著了老夫人，算誰的錯？我看妳這丫鬟居心不良，想挑撥老夫人和郡主的關係是不是？」話說到後面，甚是嚴厲。

紫曼嚇得臉色驟變，忙跪了下去。「奴婢不敢。那茶奴婢試過了，並不燙。」說著她便伸手過來。「要不，奴婢再去換一杯。」

夏衿正要將托盤遞給紫曼，就聽武安侯老夫人「呃呃……」地叫了起來。她轉頭看到武安侯老夫人伸出手，極力地想端她手中的那杯茶。夏衿眼中寒芒一閃，瞬間改變了主意。

她避開武安侯老夫人的手，對她笑道：「母親，這茶燙，您稍等片刻，我讓丫鬟換一盞來，不著急。」說著將托盤塞到紫曼手上，沈下臉道：「趕緊去換一杯不燙的。老夫人好性子，妳們也不能太過懶怠。」

紫曼臉上閃過一絲喜色，連忙將托盤接到手裡，起身出去重新沏茶。

武安侯老夫人見狀，急得不行，伸著胳膊朝紫曼一個勁地招手，嘴裡不停地「啊啊」叫喚。

衛國公夫人勸道：「表姊，稍等一會兒啊，一會兒就好。」

夏衿伸手從旁邊的桌子上拿過一盤點心，遞到武安侯老夫人面前，笑道：「母親，您要不先吃塊點心？」

武安侯老夫人用手一掃，「咯噹」一聲，那盤點心摔到地上，琉璃做的盤子摔得粉碎。

衛國公夫人眉頭微蹙，抬眸朝夏衿看了一眼。

夏衿愣了一愣，馬上就自責道：「對不住，是我沒拿穩。」

蘇慕閑沈著臉，對丫鬟喝道：「杵著幹什麼？還不趕緊上去收拾？」

侍屋裡丫鬟把地上碎琉璃和點心打掃乾淨，重新換了個錦墊，紫曼又沏了一杯茶進來，遞給夏衿，小心道：「奴婢試過了，這回不燙。」

夏衿點了點頭，再次跪下，將托盤舉起。「母親，請用茶。」

武安侯老夫人袖子一掃，那杯茶就往夏衿臉上倒了下來。

「啊……」衛國公夫人和丫鬟們都驚叫起來。

「衿兒！」蘇慕閑伸手一拉，就把夏衿拉離了那處，茶盤和茶杯一齊落到地上，發出刺耳的響聲。

蘇慕閑怒視著母親。

「我不知道妳到底想幹什麼，以前想要我的命，現在又想毀我妻子的容。妳既不待見，我們也不強求，以後這院子，我們不會再來了。」轉頭對衛國公夫人道：「表姨，這些您都看見了，不是我不孝，實在是這日子沒法過。外面有流言時，還請您說一句公道話。」說著，拉著夏衿就往外走。

一直到出了院門，見蘇慕閑還是一臉氣惱，夏衿勸道：「別氣了，以我的身手，她哪能燙著我呢。」

蘇慕閑深吸一口氣，放緩表情道：「上轎吧。」

夏衿搖搖頭。「不用，我想慢慢走走。」

蘇慕閑也不勉強，吩咐那些婆子抬著轎子跟在後面，待夏衿累了再上轎。他牽起夏衿的手，在府裡慢慢地走著。

菖蒲也識趣，示意大家跟遠一些。

夏衿也不提武安侯老夫人的事，開口道：「我看衛國公夫人倒不錯。」

蘇慕閑的臉上浮現出一抹冷笑。

「她不過是識時務罷了。妳我聖眷正隆，她不站在咱們這邊，還去幫老夫人不成？就算她自己想，衛國公也不答應。她原先跟燕王妃走得近，皇上雖不好追究衛國公府罪責，但心裡不喜是肯定的。她正藉著此事想要我在皇上面前幫衛國公說好話呢，表姊妹情，在她心裡值幾個錢？」

「這倒也是。」夏衿點點頭。

蘇慕閑停住腳步，望著不遠處凋零的荷塘，長長地嘆了一口氣。「老夫人這裡，妳不用再管了，我會叫人安排好她的衣食住行，奉她終老的，但從此我不會再去見她。」

夏衿沒有說話，靜靜地凝視他一會兒，伸手撫了撫蘇慕閑的臉頰。

蘇慕閑將她緊緊摟在懷裡。

兩人站在那裡，久久沒有動彈，亦沒有說話。

第一百四十章

蘇慕閑因為成親，皇上放了他三天的假，但那天下午，他還是有事出去了一趟。他前腳剛走，後腳夏衿就去了熙寧院，不過沒有進去，直接讓守門的婆子將盧嬤嬤叫了出來，問她道：「妳跟在老夫人身邊多少年了？老夫人的事，妳知道多少？」

「老奴在老夫人身邊伺候已有十九年了。老奴原是老夫人母親院裡的大丫鬟，為了讓老夫人出嫁後有得用的下人，肖老夫人便把老奴配給府裡的一個小管事，讓我們夫妻倆陪嫁到侯府。」盧嬤嬤道，臉上露出一抹複雜的神色。

說到這裡，她抬眼看向夏衿。「我們當時一起陪嫁過來的丫鬟媳婦足有六個，其他人被老夫人打死的打死、賣的賣。老奴是因丈夫還算得力，管著老夫人的陪嫁莊子，這才得以僥倖待到如今。」

夏衿心裡一動。盧嬤嬤這是在解釋當初她為什麼不跟趙嬤嬤一樣，為老夫人盡忠，而選擇背叛主子。如果主子不把下人當人看，非打即罵，下人背叛了，也不能說其品行不妥當。

夏衿未置可否，表情淡淡的，又問道：「老夫人跟老侯爺成親的時候，是否兩情相悅？兩人婚後的感情如何？老夫人懷上侯爺那其間，有沒有發生過什麼事？」

盧嬤嬤能好好地活到現在，而且審時度勢投奔蘇慕閑，算得上是個極精明、心思敏銳的人。夏衿這話一出，她就明白是什麼意思——夏衿是懷疑侯爺不是老夫人親生的。

她心裡嘆息著，嘴裡道：「在成親前，老侯爺就喜歡老夫人，央人上門求親，老夫人的父母對這門親很滿意，便應了親事。但老夫人是一直不滿的，奈何拗不過父母，最後只得嫁了。嫁過來之後，老侯爺對她很好，老夫人雖然鬱鬱寡歡，可還是很快就有了身孕。

「當時老奴在老夫人身邊聽用，是親耳聽到郎中說老夫人有喜的。老侯爺當時也在場，欣喜異常，對老夫人更是體貼入微。侯爺出生時確實是難產，老夫人大出血，差點就沒命了，足足將養了半年，才將身體養好。老夫人懷疑侯爺於她有礙，便去護國寺請高僧看八字，結果八字上說兩人命數不合，侯爺剋母，侯爺須得去寺廟住著，老夫人才能平安；可偏偏他一送出去，老夫人的病就好。」

「送侯爺去寺廟，老侯爺也同意？」夏衿問道。

盧嬤嬤搖頭，長嘆一聲。「哪裡會同意？無奈老夫人說不送走侯爺，她就跟老侯爺和離，老侯爺是極喜歡老夫人的，為了她一直都沒有納妾，自然不捨得和離。此時無法，只得親自去挑了間寺廟，將侯爺送了去。於是侯爺在寺廟裡一待就是十幾年，直到老侯爺過世，他才回來一趟，接著的事，想來夫人都知道了。」

夏衿點了點頭。「這麼說，侯爺是老夫人的親生兒子了？」

「是。」盧嬤嬤很肯定地道：「老奴親眼看到侯爺出生的，而且夫人仔細看看就知道了，其實侯爺的容貌極像老夫人。」

夏衿的嘴角一勾，露出一抹嘲諷。「我實在不相信天下竟然有這樣的母親。虎毒還不食子呢，老夫人三番兩次要置侯爺於死地，真不知是為哪樁。」

盧嬤嬤道：「應該是為了二爺吧。老夫人把二爺看得跟眼珠子似的，每日裡噓寒問暖，掉了一根頭髮都要過問。」

夏衿眼睛微眯，沈思著，沒有說話。

盧嬤嬤見夏衿不說話，有些不安地抬起頭來，看了她一眼，生怕自己剛才說錯話了。

夏衿回過神來，朝她擺擺手。「沒事，妳回去吧，我就隨便問問。」

盧嬤嬤這才鬆了一口氣，行了一禮。「老奴告退。」

「對了。」夏衿忽然想到一件事，叫住盧嬤嬤。「老夫人下的藥，是她一早備著的？」

盧嬤嬤停住腳步，轉過身來，應道：「是的。」見夏衿又不說話了，她有些惴惴不安，趕緊解釋道：「老夫人醒過來後沒看到趙嬤嬤，對奴婢們就不信任了，直接就叫紫曼將妝奩匣子打開，把裡面一個小瓷瓶拿在手裡，日夜不離身，便是沐浴的時候也要拿在手上。老夫人妝奩匣子的鑰匙，除了老夫人自己，就是趙嬤嬤有一把，所以那小瓷瓶裡裝著什麼，奴婢們都不知道；不過老奴猜想著是毒，便留心上了。那次估摸著侯爺要來了，老夫人將我們都支了出去，自己一個人留在屋子裡。幸虧老奴偷看了一眼，發現老夫人把瓶裡的東西倒出來，攪進新沏的茶裡，便到院門口等著侯爺來，提醒他，侯爺才沒喝那杯茶。事後老奴將那杯茶偷偷拿給侯爺，侯爺給廚房裡的一隻雞灌了下去，那雞當場就死了。」

說到這裡，她臉色有些發白。

夏衿微眯的眼眸冷如寒冰。

隔了好一會兒，盧嬤嬤才又道：「看著那隻雞，侯爺就吩咐老奴，如果老夫人要下毒，不要阻攔，聽她吩咐就是，只須提前告知侯爺，做好防範；實在不行就裝作不小心把杯子摔了，不要讓老夫人對奴婢們生疑。」

夏衿緩緩地閉上眼。

她心疼蘇慕閑，很心疼、很心疼。

他這是想知道母親是不是真的想置他於死地吧？

他雖給母親下了藥，但還是抱持著幻想，不願意面對這「不是你死就是我活」的局面。他不管有多忙，每天早晚都會去看看她，衣食住行都安排得妥妥貼貼。或許他覺得，母親跟他沒相處過，卻跟弟弟日夜相對，母親對弟弟有感情而漠視他，情有可原，只要他對她好，或許她良心發現，就不捨得再下毒了。若能如此，他定然會好好奉養母親，讓她安度晚年。

他一定沒想到，即便他這樣做了，母親仍寧願死，也要潑他們這對新婚夫婦一身髒水，要陷她於殺死婆婆的境地，讓他失去深愛的妻子，痛苦一輩子。

剛才那一剎那，不知他的心會有多痛。

回過神來，夏衿發現臉上濕濕的，不知什麼時候竟然流了淚。

她轉過頭去，用袖子抹了一把，對盧嬤嬤道：「走吧，去熙寧院。一會兒妳把屋裡的丫鬟都支開，我要親自問問老夫人，為何這麼恨侯爺。」既然盧嬤嬤這裡找不到答案，那她就直接問一問這比蛇蠍還要毒的婆婆好了。

盧嬤嬤張了張嘴，欲言又止。

「有什麼話就直說。」夏衿一面往熙寧院走，一面頭也不回地道。

「夫人，別怪老奴多嘴。老夫人對別人狠，對自己更狠，她要是不願意，絕對不會跟您說什麼的。老奴擔心她剛才沒能得逞，會藉著跟您單獨在一起的工夫，陷您於不義之地。您別看她病懨懨的，其實她能走能跑，已康復得差不多了，到時候她發起瘋來，您也攔不住。」

武安侯老夫人的身體狀況，沒人比夏衿更清楚的了，她自然知道她能跑能走；要是她再不做對蘇慕閑不利的事，夏衿會讓她徹底康復。為了蘇慕閑，她不介意府裡有這麼一個長輩存在；如果必要，哪怕要她去老夫人面前立規矩，盡一個媳婦的責任，她也無所謂。能與丈夫感情越篤，多做一點事、多盡一點心又算得了什麼呢？

但誰也擋不住武安侯老夫人自尋死路。

「我自有主張，妳不用擔心。」

菖蒲、薄荷見兩人說完話，也跟了上來，一行人進了熙寧院。

不過夏衿沒有馬上進屋，而是讓盧嬤嬤先進去把丫鬟、婆子都叫了出來，她吩咐菖蒲、薄荷守著門口，這才掀簾進了屋子。

一進門就差點跟武安侯老夫人撞了滿懷。

「啊啊啊……」武安侯老夫人的情緒似乎有些不好，對著夏衿憤怒地嚷嚷著，手裡還比劃劃，顯然是對夏衿竟敢叫她的下人出去十分不滿。下人們直接聽從夏衿的命令，而沒有請示她的意思，這讓她十分不安，也印證了她先前的猜想——下人們都背叛了她，認了新主子。

「是我叫她們出去的。如今侯府裡給她們月錢的是我，要打、要賣也在我，妳連話都說不出來了，誰還能指望得上妳？」

夏衿臉上的笑容，看在武安侯老夫人眼裡怎麼看怎麼可惡。她怒吼著，一縱身就撲了上來，伸手直往夏衿臉上撓。她雖然大病初癒，但力道實在不小，要是換個人沒準兒就著了她的道。但夏衿是什麼人？一伸手就把她手腕抓在手裡，如鐵鉗一般禁錮著，讓她動彈不得。

屋外的丫鬟、婆子們聽得屋子裡老夫人那尖利的叫聲，都心驚膽顫。跟在老夫人身邊這麼多年，大家對老夫人發飆時的模樣心有餘悸。新進門的夫人弱柳扶風，可別著了老夫人的道！

盧嬤嬤一家老小的前程性命都在蘇慕閑手裡，此時未免多想，上前對菖蒲道：「菖蒲姑娘，要不，進去看看吧？」

菖蒲、薄荷卻如門神一般守在門口，不管裡面鬧得多厲害，她倆都特淡定。菖蒲對盧嬤嬤道：「不必擔心，郡主不會有事。」

盧嬤嬤只得又退到臺階下，提心弔膽地盯著門口，生怕下一刻就跑出來一個血淋淋的新夫人。

屋子裡，夏衿點了武安侯老夫人的睡穴，然後將她往裡間拖，拖到臥室裡就直接扔到椅子上，她則在對面坐了下來，從懷裡掏出一塊玉珮，這才解了武安侯老夫人的睡穴、啞穴，開始催眠。

夏衿的催眠術可比蘇慕閑的厲害多了，剛點開穴道時，武安侯老夫人還躁動不安，不時想站起來，嘴裡叫罵不停，可不一會兒的工夫，她的神情就呆滯起來。

「妳叫什麼名字？今年幾歲了？」夏衿開始問話。

「我叫肖雲穎，今年三十八歲。」武安侯老夫人木然道。

夏衿點了點頭，直入話題。「蘇慕閑是不是妳親生兒子？」

武安侯老夫人一聽這名字，似有些激動，不過夏衿的玉珮在她眼前晃了兩晃，她便安靜下來，應聲道：「是。」

「妳為什麼那麼恨他？」

武安侯老夫人又激動起來，不過這一次她並沒有亂動，只是語氣很強烈。

「那個小畜生，要不是他，我的欒哥兒為什麼會死？要是沒有他，我的欒哥兒就能繼承爵位，好好地待在京城裡，娶妻生子，沒準兒以後還能……」說到這裡，她忽然停住，沒有再說下去。

被催眠的對象出現抗拒，或是有更隱密的東西不願意說出來，才會話說到一半就停止。

夏衿望著武安侯老夫人，臉上露出一抹深思。

她從懷裡掏出一個小瓶，取了茶杯倒了半杯水，再將小瓶裡的東西滴了幾滴進去，遞給武安侯老夫人。「喝了它。」

武安侯老夫人如同傀儡一般，很聽話地接過茶杯，喝了下去。

夏衿又坐回她對面，觀察著她的表現，一會兒又用玉珮在她面前晃了晃。「欒哥兒是妳的親生兒子嗎？」

「是的。」

「欒哥兒是老侯爺的親生兒子嗎？」

「不是。」這一回，武安侯老夫人安靜許多，問什麼答什麼，就跟陳述別人的事情似的，客觀而淡然。

夏衿卻是心頭一跳——不是?!

照她的分析，蘇慕閑和蘇慕欒肯定其中一人身世有問題，否則武安侯老夫人再偏心也不會非得踩一個、捧一個，不是你死就是我活。

只是有夏正謙的先例在那裡，她一直猜想著蘇慕閑不是武安侯老夫人的兒子。畢竟盧嬤嬤只是下人，而且還不是心腹，武安侯老夫人懷了別人的孩子，她不知道也很正常。

可她萬萬沒想到，蘇慕欒不是老侯爺的兒子。

「那蘇慕閑呢？是不是老侯爺的兒子？」

「是的。」

夏衿長長地吁了一口氣。想到盧嬤嬤說的，武安侯老夫人成親前，並不滿意這樁婚事，心裡便有了譜。

別以為古代對女子嚴苛，這些閨秀就能守身如玉，看看鄭婉如就知道了。武安侯老夫人成親後跟老情人幽會、生個兒子，也不足為奇。只是老侯爺太冤了些，帽子綠油油一片。

「蘇慕欒的親生父親是誰？」她問道。

這一回，武安侯老夫人又遲疑了一下，臉上竟然浮現出一抹羞澀而甜蜜的神色。「是翼王。他的母妃是我姨母，從小我倆就要好。只是他年長我八歲，等不及我長大，就得娶王妃了；而且他想做皇帝，沒有兒子不行。他一直說他喜歡的是我……」

望著沈浸在甜蜜往事裡的老夫人，夏衿都不知說什麼好。

在燕王被滅之時，翼王這個令人忌諱的名字，曾被邵家和岑家人提起過。

皇家人很怪，做皇帝的那一支，子嗣總有些艱難。當初先皇的情形，跟當今聖上很像，都是跟皇后大婚幾年都沒能生出兒子來；幸虧貴妃生了個兒子，就是翼王，他的皇位才算穩固。翼王一直長到十二歲，太后才生下當今皇上安鴻熙，一個占著嫡，一個占著長。當年的貴妃和太后明爭暗鬥，不知掀起多少腥風血雨，太后才終於將兒子養大，並且立為太子。

但翼王一系哪裡肯甘休？在先皇殯天時，翼王一系發動宮變，欲自立皇帝。最後還是太子一系棋高一著，肅清謀亂，登上皇位。

「蘇慕欒，是翼王謀亂之前跟妳偷情而生下的孩子？」

第一百四十一章

「是的。」武安侯老夫人道：「那時候先皇忽然駕崩，他想奪皇位，便來找我，想讓我給他留個孩子，還說如果他能做皇帝，一定會讓我過上好日子；要是他事敗被殺，那至少也留了一條血脈在世上，孩子如果能幹，就幫他把這天下給奪回來。他不過是差了一個出身，沒能做皇帝，實在不甘心。沒想到，他果然沒活過那一晚，連我是否懷上他的孩子都不知道……」說到這裡，她的眼淚奪眶而出。

「所以妳千方百計要把蘇慕閑除了，就是想讓蘇慕欒做侯爺，好為以後奪權篡位做準備？」

「是的。」武安侯老夫人表情呆滯的臉上掛著一滴眼淚，顯得十分怪異。

「要是老鬼同意讓我的欒哥兒襲爵，我也不會這麼做。偏他似乎看出了什麼，至死都不鬆口，還在臨死前直接向皇上討了聖旨，要封小畜生做侯爺。我怎麼能讓他占了欒哥兒的位置呢？自然要把他殺了。」

夏衿望著她，半晌無語，都不知道怎麼形容這蠢女人。

老侯爺就算看出了什麼，也沒有戳穿她，更沒有休棄她；蘇慕閑就算被她一而再、再而三地追殺，仍然願意奉養她直到晚年。這女人到底要蠢到什麼程度，才會背叛深愛自己的丈夫、追殺天性純良的兒子，放著好日子不過，去為一個野心勃勃、心裡根本就沒有自己的男人偷生孩子，為人家傳宗接代呢？
她伸出手，點了武安侯老夫人的啞穴，站起身來，轉身出了房門。
菖蒲和薄荷默默地跟在她的身後，朝臺階下走去。
「夫人……」盧嬤嬤見狀，輕聲喚了一句。
夏衿卻像沒聽見一般，沈著臉直接出了院門，上了軟轎。
直到回了自己院子，夏衿都沒有說一句話。
或許是前世看過太多黑暗面的緣故，夏衿看待問題一向很豁達，很少有事情讓她心情不好的；可這一回回到院子後，她卻坐在那裡，托著腮幫子發呆，臉色也沈沈的。
菖蒲有些擔憂，拿了嫁妝單子出來遞給夏衿，想給她找些事做。「姑娘，您的嫁妝單子還沒看吧？您看完之後咱們得清點一遍，好把那些東西歸攏起來，以免丟失。」
菖蒲不說，夏衿還真忘了這事。她也好奇，不知邵家給她陪嫁了什麼東西，竟然弄出個十里紅妝的盛景來。
看到嫁妝單子，她頓時嚇了一跳。嫁妝上除了太后、皇上賜的，和她自己賺的那些，竟然還有很多房子、鋪面、田產，以及各色奇珍異寶，光年分久遠的人參就有好些，還有半人高的紅珊瑚、拇指大的藍寶石……跟這些一比，玉石金銀首飾、綢緞織錦等就顯得十分平常了。
「怎麼這麼多東西？」她問道：「可有單子表明這些東西的來路？」
菖蒲又遞了張單子給她。「在這裡。」

夏衿接過來一看，不由得深深動容。

邵家人口那麼多，到了她的哥哥們生完孩子，還不知會有多少人口。這些孩子要穿衣吃飯、要唸書練武，以後還要婚嫁，開銷大了去，偏偏祖父母竟然把邵家一半的財產全送給她做嫁妝！

還有宣平侯府，竟然也送了一些鋪面和田產、金銀珠寶首飾添妝。

除了宣平侯府，連梁問裕、賈昭明、孟夏，以及張大力等相熟的將領，便是李玄明也送了一份大禮。

如果說這些人送東西在她預料之中，那麼宮裡的貴妃，皇帝的異母妹妹慶和公主、慶禧公主，羅騫的母親羅夫人都給她送了添妝，這就大大出乎她的意料之外了。

尤其是羅夫人，因為羅騫的事，她跟夏衿的關係一向不好，後來更有邵老夫人把她教訓了一通，彼此又不是親戚，現在竟然送了兩個鋪面和兩個田莊、一套金鑲玉頭面、二十疋綾羅綢緞給她添妝，這實在是不可思議。

難道，是羅騫假借他母親的名義送的？

夏衿正拿著這份單子發愣，就聽薄荷在門口叫道：「侯爺，您回來了？」抬起頭，就看到蘇慕閑從外面走了進來。她看看天色，才發現已到晚飯時分了。

夏衿站起來，示意荷香去打水來，迎上去問道：「皇上找你有什麼事？」

回到家，有個人坐在屋子裡等著他，而且還是喜歡的女子，這感覺讓蘇慕閑十分窩心。只是礙於丫鬟們在眼前，他也不好對夏衿有親熱舉動，伸手到銅盆裡淨了手，轉頭含笑道：

「是北涼國有點不安分，皇上召我和宣平侯爺去，問一問當時那邊的情形。」

夏衿遞了一塊布巾給他。「對於北涼國，其實我一直有個想法。」

蘇慕閑眼睛一亮，將手拭乾，把布巾遞給菖蒲，拉著夏衿坐了下來。「什麼想法？」

夏衿不答反問：「你覺得北涼國不停襲擊大周邊境，是因為什麼？」

這個問題，蘇慕閑曾深思過，他想都不想就道：「自然是因為窮困。那邊全是沙漠、戈壁與荒原，不能種植糧食，而飼養的牛羊供養不了這麼些人。餓了肚子，他們只能搶大周百姓的糧食和錢財。」

夏衿點點頭，又問：「如果一個人有飯吃、有衣穿，能過上溫飽安穩的生活，他還願意冒著生命危險去搶劫嗎？」

蘇慕閑望著夏衿，疑惑道：「妳的意思是，咱們大周把糧食給北涼，讓北涼人吃飽穿暖，他們就不會再侵略我們了？」

夏衿伸手輕輕拍了一下他的腦袋，笑道：「天底下哪有白吃的午餐？他們北涼有駿馬、有牛皮羊皮，還有一些咱們沒有的藥材，便可拿來換咱們的糧食和茶葉。你跟皇上說，讓他跟北涼商量，劃出一個貿易區，並沿途派重兵把守，維持秩序，保證安全，讓兩國的老百姓都能在貿易區裡進行貿易，自然能將北涼的兵禍消弭於無形。」

「這個提議好。」蘇慕閑凝神想了一想，點頭贊同。

大周和北涼也有貿易，即是他們去北涼時所走的那條商道。但因路途遙遠、途中還有劫匪，到了北涼沒準兒還要被人搶劫，所以只有一些貪圖重利的商人才會前往。

但如果照夏衿所說，派重兵維護秩序安全，大周的糧食往北涼運，再把北涼的馬匹等物運回來，不說別的，大周完全能靠著這個交易，建立一支強大的騎兵；而相對的，北涼人生活一旦安定下來，戰鬥力就會減弱很多。大周越來越強，北涼越來越弱，那就不足為患了。

「我去找皇上稟告此事。」他越想越覺得這個主意可行，實在坐不住，站起來跟夏衿說了一聲，便要往外走。

「等等。」夏衿站起來，走到他面前給他整了整衣衫，叮囑道：「這個提議別說是我說的，只說是你自己想出來的便是。」

蘇慕閑凝視著她，忽然笑了起來，俊朗的笑容和那一口整齊的白牙，讓夏衿的心少跳了半拍。

他也顧不上菖蒲和薄荷還在屋裡，伸手將夏衿摟進懷裡。「妳這麼聰明的一個人，怎麼說起傻話來了？剛才在宮裡說到北涼之事，我一籌莫展，這剛回到家裡待了片刻，就馬上有了這麼個好主意。妳是什麼樣的人，皇上又是瞭解的，不用說都猜得出這主意是妳出的，我偏要把功勞戴到自己頭上，豈不惹人笑話？這樣的事情可不能幹。再說我一堂堂男子漢，搶妻子的功勞，我成什麼了？」

「那就不能你回家的路上，忽然想起個好主意嗎？」夏衿嘟囔著。

看到心愛的妻子睜著眼睛望著自己，滿眼無辜，蘇慕閑忍不住低下頭，親了她一下。

「我知道，妳想讓我有出息。反正妳是女子，功勞再大也沒好處，最多把頭銜從郡主換成公主就已頂天了。而且像妳這種異姓郡主，只有妳在世時才有榮耀，不能蔭及後人，所以妳想把功勞給我，我出息了，所得的好處都是咱們兒子的。」

夏衿點點頭。「正是這個道理。」

「可我要是同意這麼做，妳還看得上我？」

夏衿一愣，見他的眼眸裡帶著笑意。

她也微笑起來，稍稍踮起腳尖，在蘇慕閑的嘴唇上飛速地啄了一下。

蘇慕閑微微一怔，隨即就低下頭來，直接吻上她，極盡纏綿。

菖蒲和薄荷沒想到這兩人說著說著就親熱上了，忙不迭地退了出去，兩頰羞得通紅。

新婚燕爾，蘇慕閑哪裡禁得起撩撥；夏衿又是個外冷內熱的，只要她願意，只要她喜歡，那真是個熱情似火，極盡妖嬈。兩人乾柴遇著烈火，親著親著就到床上去了，直到天完全黑了下來，這才叫了熱水，讓人擺飯。

「這湯妳多喝些，我讓廚房放了些滋補藥材，對妳有好處。」蘇慕閑也不讓菖蒲動手，自己親自舀了一碗湯，放到夏衿面前。

夏衿一看，卻是滋陰活血湯，裡面有知母、黃柏、生地黃、熟地黃、女貞子、山萸肉和炙龜板等藥物，是滋陰降火，補腎活血，化瘀通絡的湯，對她現在這狀況是極有好處的。

她是郎中，而且現在掌管後宅，每日訂菜譜是她的分內之事；蘇慕閑卻在她最擅長的領域、該她掌管的地方，出乎意料地叫人做出這麼一道湯來，這種感覺十分神奇而新鮮。

她睜著黑亮的眸子，好奇地看向蘇慕閑。「你怎麼知道做這道湯給我喝？又是什麼時候叫廚房燉的？」

蘇慕閑笑道：「前段時間我常請徐太醫喝酒，送了他不少從邊關帶回來的好東西，這湯便是他教我的。我中午出門的時候，特地吩咐廚房準備。」

夏衿瞋他一眼，心裡卻甜滋滋的。

徐太醫是宮裡婦科聖手，在宮裡伺候三十多年了，雖然身為男人，卻可堪稱女性專家。恐怕蘇慕閑昨夜的那些手段，都是從徐太醫那裡學到的。

看夏衿喝完了湯，蘇慕閑又給她添了飯，挾了她最愛吃的菜。夏衿根本不用抬頭伸筷，就吃了個肚兒圓。

飯罷，兩人又手牽手地去花園裡散步。

蘇慕閑知道夏衿喜歡蒔花弄草，早在訂親後，就買了兩個花匠收拾花園。如今雖是冬天，但花園裡仍然盛放著梅花，還有些耐寒植物。

夏衿倚著他的肩膀，站在梅園裡看著紅豔豔的梅花。「這梅園以前就有的嗎？」

「不是，我叫人從城外移進來的，還好都活了。」蘇慕閑一臉慶幸。「咱們府裡地方大，主子又不多，我便弄了春夏秋冬四個園子，想讓人把花木都種上，不過時節不對，有些花木沒辦法馬上種植。到了春天，妳再照著想法把園子佈置起來吧。」

「好。」夏衿望著冷凜寒風中搖晃的紅梅，她只覺得歲月靜好，現世安穩。有舒適的家、相愛的丈夫、關愛的親人，再來幾個可愛的孩子，她的人生便圓滿了。

雖然很殺風景，雖然很不想說，夏衿還是決定把她從武安侯老夫人那裡探聽出來的消息告訴蘇慕閑。她當初避開蘇慕閑給武安侯老夫人催眠，是怕有什麼隱情，讓蘇慕閑聽了更加傷心，可掂量了一下，她覺得事實的真相更能讓他釋懷。

「今天你進宮後，我又去了熙寧院。」

蘇慕閑眉頭一皺，滿含暖意的眸子漸漸冷了下來。「她又怎麼了？妳不用理會她。」

看來，今天武安侯老夫人的行為，讓他徹底寒了心。

「我想知道她為什麼這樣做。這世上沒有無緣無故的恨，也沒有無緣無故的愛。」

蘇慕閑嘴角露出一抹嘲諷。「凡事皆有例外，我早問過盧嬤嬤了，我確實是她親生的，並沒有隱秘的身世。」

「你沒有，但你那個弟弟有啊。」夏衿幽幽道。

「什麼？」蘇慕閑眸子一緊。「妳問出了什麼？」

「我催眠她問了當年的事。原來你那弟弟的親生父親不是你爹，而是翼王。」夏衿把內情仔細地說了一遍。

蘇慕閑聽了，沈默著久久不語。

夏衿嘆息一聲，親親他的唇。「別難過了，為這樣的母親難過，不值得。」

蘇慕閑搖搖頭，忽然輕笑起來。「放心，我不難過。為了這麼一個不慈不貞的母親難過，我傻了不成？」說著牽著夏衿的手往回走。「走吧，再不回去就看不見路了。天冷，小心凍著。」

夏衿見蘇慕閑眉眼舒展，顯然是已想開了，她亦笑了起來，與他手牽手慢慢往回走。

「以後除非有客人來，熙寧院那裡，妳我都不用過去了。」望著一盞盞華燈在各處院落一一亮起，蘇慕閑開口道：「她既給了我生命，我也不會要她的命。衣食往行我也會讓下人伺候好，至於更多，就沒有了。」

說著他涼涼地嗤笑一下。「不讓母親犯下殺孽，我這也算是孝順了吧？」

夏衿沒有說話，只是把他的手握得更緊。

第一百四十二章

冬天的日子。最是讓人慵懶得哪兒都不想去，只想跟心愛的人一起待在溫暖的屋子裡，吃甜點喝茶看書。接下來的兩天，蘇慕閑除了進了一趟宮，就跟夏衿窩在家裡過這樣的生活，日子甜得能滲得出蜜來。夏衿還親自下廚做愛心甜品，讓蘇慕閑品嚐自己的手藝。

蘇慕閑就著夏衿的手，咬了一口她遞過來的蛋塔，然後把她拉進懷裡，接過蛋塔來餵了她一口，滿意地嘆了一口氣。「這樣的日子，神仙都不換。」

過門三天，夏衿回門，舒氏就連呼女兒胖了，臉蛋白裡透紅的，氣色好得不行。

胖了？夏衿摸摸自己的臉，頗有些鬱悶。

因為練武的緣故，她可是怎麼吃都不胖的，如今才停了三天沒練功而已，怎麼就胖了？

「妳婆婆對妳怎麼樣？」舒氏悄悄拉著女兒問道。

「……咳，還好。」既不用請安也不用理會，能不好嗎？

「衿姐兒，明天的婚宴妳是要去的吧？」邵老夫人笑咪咪地問自家孫女。

「要去的，祖母。」夏衿忙應道。望著坐在上首頭髮有些花白的祖母，想著那豐厚得令人咋舌的嫁妝，夏衿的心就暖得一塌糊塗。

她向來不在乎錢，在乎的是邵家人的一片心意。想起她跟父親談及成藥鋪的那分防範，她就覺得臉上火辣辣的。

邵老夫人招手叫夏衿到她的身邊，用手撫了撫她烏黑發亮的頭髮，慈愛地笑道：「到時候祖母也去，妳跟在祖母身邊就行。」

「好的，祖母。」夏衿笑著點了點頭。

過年前有許多人嫁女、娶媳婦。三天新婚期過去，明天夏衿將第一次以武安侯夫人的身分，出現在社交場合。

想起這事，夏衿就很無奈。她真的不喜歡去對一群陌生人陪笑臉，說一些沒營養又虛偽的話。

陪邵老夫人說了一會兒話，夏衿便跟岑子曼回了她原來住的院子。

「羅騫訂親了。」岑子曼忽然道。

夏衿抬起頭來，倒是一點兒也不意外。「是龔玉畹？」

岑子曼點了點頭。

「很不錯啊。」夏衿微笑起來。她是真心希望羅騫能徹底忘掉她，過上幸福生活。等他成親的時候，她也會奉上一份大禮。

「成親的日子定了嗎？」她問道。

「嗯。」岑子曼點點頭。「明年三月。」

「你們家那老夫人，沒為難妳吧？」頓了一頓，她又問道。她沒有問夏衿婚後過得好不好，因為不用問，從甜蜜的笑容就可以看出，彼此都過得好。

夏衿也不隱瞞，將敬茶時的遭遇跟岑子曼說了。

「這女人瘋了不成？」岑子曼憤憤道：「真想不明白這是為什麼。」

夏衿沒有說話。

那天的事，只限於她與蘇慕閑知道，她不會跟第二個人提這事。這不光關乎蘇慕閑的名聲，蘇慕欒的身世更不能曝光，否則會給侯府帶來大禍。

岑子曼只是隨口抱個不平，說著又欣慰蘇慕閑的表現。「還好我表哥不是那等愚孝的，她這樣鬧鬧，妳不用每日去請安，倒也是好事。」

兩個好友兼姑嫂嘰嘰咕咕說著私房話，直到蘇慕閑與夏祁進了院子，岑子曼這才跟丈夫一起告辭離開。

當天晚上，夏衿和蘇慕閑便在她這小院住了一夜。第二天早上吃過飯，這才回了武安侯府。

下午，夏衿收拾妥當，跟蘇慕閑乘了馬車，先到邵家跟邵老夫人會合，這才一起去了寧國公府赴宴。

今天是寧國公府娶媳，娶的不是別人，正是鄭尚書的姪孫女鄭婉如。

岑子曼作為邵家孫媳婦，身上又沒品級，本不必參加這種應酬的，但邵老夫人特地叫了她來，陪夏衿赴宴。把蘇慕閑趕下車去騎馬，她就上了武安侯府的馬車，跟夏衿嘀咕道：「妳還不知道吧？寧國公府這位七公子，小時候發燒燒壞了腦子，人有些傻傻的。」

「啊，有這事？」夏衿驚訝。

鄭家雖不是勛貴，卻也是官宦世家。如今鄭尚書掌著實權，論地位，並不比勛貴差。鄭婉如雖說失身於彭喻璋，但這種事，怕是除了鄭婉如的親娘和夏衿、蘇慕閑，沒幾人知道。所以她在外人眼裡，還是尚書大人家矜貴的嫡女，身價極高，鄭家怎麼會給她挑這麼一門親事呢？

岑子曼撇撇嘴。「外人雖不知鄭婉如的齷齪事，但她跟彭喻璋走得近，大家都是知道的。彭家被滅，鄭婉如大病一場，身體大不如前，再加上她為了彭家跟羅騫退親一事，京城體面人家誰還願意娶她？要是鄭家為她好，願意像當初那般，為她在外地挑戶人家，日子也還過得；偏皇上對鄭尚書已幾次表示不滿，眼見得他這官做不長了，便想找個靠山。寧國公雖無實權，但好歹是太后娘家，嫁個沒什麼價值的姪孫女過去，換來太后面前的一句好話，鄭尚書自然是樂意的。至於鄭婉如以後過得好不好，就不在他考慮之列了。」

夏衿搖搖頭。

比這更無情的事她都見得多了，鄭家這樣行事，不足為奇。

兩人說了一會兒話，馬車便停了下來，寧國公府到了。

兩人下了車，跟邵老夫人和郭氏會合，這才一起往裡走。

跟著寧國公府的下人到正廳時，裡面已來了許多人。邵老夫人跟熟悉的賓客一一打招呼，而廳裡的談話聲漸漸小了下去，眾人的目光都集中在夏衿身上。

夏衿跟邵家相認前身分地位不夠，默默無聞，即便跟著岑子曼參加狩獵和賞花宴，也沒人有興趣認識她；跟邵家相認後，邵老夫人離京城幾十年，自己都還得慢慢熟悉豪門交際圈，再加上夏衿不喜應酬，她出來便沒帶夏衿；而夏衿從邊關回來後就被賜婚了，在家備嫁，甚少出門。為此，夏衿的名聲雖然極響，京中這些夫人、小姐並不認識她。

但不用介紹，大家看到她穿著郡主服飾，站在邵老夫人和岑子曼身邊，就已猜出她的身分。

邵老夫人見狀，生怕夏衿不自在，連忙拉著她對大家道：「這是我孫女，永安郡主，武安侯夫人。」

夏衿朝大家微笑著頷首示意。

在場絕大部分女眷都站了起來，她們的品級比夏衿低，在她面前可不敢託大。

寧國公府負責待客的大夫人忙上前，對夏衿先行了一禮，笑道：「郡主能來赴宴，是我們的榮幸。招呼不周，還請見諒。」

邵老夫人介紹完夏衿，又道：「來，祖母給妳介紹大家認識。」帶著夏衿，從身分高、年紀大的幾位起，一一給夏衿引見。

夏衿身分擺著，而且明顯受太后寵信，在場的夫人、小姐自不敢怠慢她，態度都親熱客氣。

不過夏衿仍然感覺到幾個人對她的不喜，甚至敵意。

用眼角餘光往那幾人身上掃了一眼，她便明白是怎麼一回事了。

那些人都是未出閣甚至未訂親的閨秀，蘇慕閑原來是許多閨秀心裡的夢中情人，如今這塊肉落到她的碗裡，這些人對她有敵意也十分正常。

馮意蕊是寧國公大夫人的女兒，今天隨著母親出來接待女眷，也正是原先心儀蘇慕閑的閨秀之一。夏衿一進門，她就一直用挑剔的目光打量著夏衿。

夏衿今天穿著大紅色廣綾長尾鸞袍，頭上戴了三、四件金鑲玉首飾，整個人看起來既高貴又典雅；她此時正坐在寧國公夫人和邵老夫人身邊，微笑著凝視傾聽，無論是儀態還是言行舉止，都沒有能讓人挑出毛病的地方。

「哼，慣會裝模作樣。我聽說她以前所在的夏家，就是個小地方的小戶人家，下人都沒幾個，還得自己做活，這樣的人就算到京城來待上一年，骨子裡仍然小家子氣。」馮意蕊的表妹孫彤在她耳邊輕聲嘀咕了一句。

馮意蕊趕緊伸手悄悄掐了她一下。

這裡人多嘴雜，要是這話給人聽見了可不得了。夏衿聖眷正隆，這話要是傳到太后耳裡，就算寧國公府是太后娘家，府裡的夫人們恐怕都要被喊進宮裡訓斥一頓，要她們管教好女兒。

孫彤雖閉了嘴，心裡卻不以為然。

她是鎮南侯府的嫡出小姐，在蘇慕閑從邊關回來時，她就聽家中長輩議論，說要把她許給蘇慕閑；可沒想到託去探口風的人還沒出門，就傳來蘇慕閑被賜婚的消息。因此她對蘇慕閑的執念自然要比馮意蕊深，無論夏衿表現得多麼出色，看在孫彤眼裡，仍然是個出身寒微的村姑。

廳裡的客人越來越多，而宴席還有一會兒才開始，寧國公府大夫人便讓下人上了水果和點心。孫彤見狀，眼珠一轉，招來下人嘀咕幾句。不一會兒，下人便拿了一個跟枕頭一般大的橢圓形物品過來。

孫彤領著那下人走到夏衿面前，笑道：「郡主高才大學，令我十分敬仰。」說著指了指下人手上捧著的東西。「今兒個表哥大喜，太后賜下來一種水果，我就借花獻佛，送給郡主嚐嚐。」

夏衿隨意一看，笑道：「這波羅蜜是熱帶水果，真難為南方的那些小國遠途運輸，獻到咱們京城裡來。」

孫彤一愣。「妳怎麼知道？」

夏衿瞥了她一眼，淡淡道：「聽人說起過。」

孫彤心頭一跳，總覺得自己那點小心思被夏衿一眼就看穿了，她強笑道：「郡主既認得這物，那就再好不過了，正好教我們怎麼吃。」

太后既賜下水果，不可能不讓人教寧國公府怎麼吃，孫彤此舉只不過想讓她出醜罷了。

夏衿道：「讓人打水過來淨手，再拿把鋒利的匕首來。」

「還不快去？」寧國公府大夫人瞪了身邊的下人一眼，低聲喝斥道。

孫彤便知大舅母對自己不滿了，她看了夏衿一眼，將手中的帕子絞得死緊。

見寧國公府的下人領命而去，夏衿對身後的菖蒲低聲吩咐兩句，菖蒲答應一聲，轉身也出了門。

不一會兒，淨手的水被端了上來，下人還取了一把帶套匕首來，放到几案上，而菖蒲也回來了。

廳裡旁觀的女眷早已停止談話，朝夏衿這邊看過來，有些還竊竊私語幾句，顯然是議論此事。寧國公府大夫人把手帕拽得死緊，不知如何處理此事，才能既不得罪夏衿，也不得罪廳裡的夫人、小姐們。

她不禁把目光投到邵老夫人身上，希望她能出言阻止夏衿。然而讓她失望的是，邵老夫人卻像是沒聽到剛才的話一般，只顧著跟坐在上首的寧國公老夫人說話。

她嘆息一聲，轉過頭來，正想婉言勸阻夏衿，便聽夏衿對她的丫鬟道：「薄荷，妳把手套戴上，從這裡把它切開。」

薄荷依言將波羅蜜的一頭切開，便露出裡面黃燦燦的果肉來，一股淡淡的蜜香味在廳堂裡蔓延開來。

大家都坐不住了，起身伸頭過來看，還有人問道：「就是吃裡面這些嗎？」

「吃這些。」夏衿指了指裡面的果肉，吩咐薄荷。「把這些都取出來。」

薄荷用匕首將裡面一劃，便把夏衿點的那些果肉取出，放到水果盤裡。

「把這個劃開，將裡面的果核取出來。」夏衿又指著果肉道。

菖蒲將果肉劃開，裡面果然露出碩大的果核，依照夏衿的指示放到另一邊的小碗裡。

待兩人把果肉的大部分都取出來後，夏衿便讓寧國公府的下人端來鹽水，將果肉浸漬到裡面。

「為什麼要這樣？」這一下，連大夫人都不由奇怪道：「太后賜下這東西時，說直接食用就可以了。」

「這樣嗎？」夏衿眉頭一皺。「這東西有些人吃了沒事，有些人吃了則會起紅疹子。」說著起身對大夫人福了一福。「還請夫人派人進宮去跟太后說一聲，讓她用鹽水泡一泡再吃。」

上首的寧國公老夫人一聽這話，忙吩咐大夫人。「妳趕緊派人進宮一趟，把這事跟太后說一說。」

看著大夫人領命派人進宮，大家才鬆了一口氣，氣憤道：「南邊那些小國也太可惡了，進貢東西也不說清楚，要是吃出問題，可怎麼得了。」

「可不是。」大家附和著，看向夏衿的目光，跟剛進門時已完全不同。

嚐過香甜的波羅蜜，大家讚嘆一番，便到了宴會開席的時間。夏衿隨邵老夫人和岑子曼入席，明顯感覺到跟她說話的人態度恭敬許多。

當然，也有不那麼友好的，比如孫彤。

因為心裡責怪她剛才出言不遜，大夫人安排她坐在夏衿的隔壁桌；可即便如此，也堵不住她那嫉妒的心。

菖蒲剛端了一碗湯給夏衿，就聽孫彤在那邊含笑問道：「永安郡主，不知表姨的身體現在怎麼樣了？」

這句話，她自認問得十分得體。她的母親跟武安侯老夫人是遠房表姊妹，晚輩問候長輩，不光不算失禮，還十分有心，任誰都不好說她這話問得不對。可武安侯老夫人對蘇慕閑那滿滿的惡意，誰都知道，想來她對這個兒媳婦也好不到哪裡去。此時她當著眾人的面問這話，無疑是掀夏衿的傷疤，讓這個新晉的武安侯夫人沒臉。

可她沒想到，夏衿竟然足足盯了她有半刻鐘，直到廳堂裡的說話聲漸漸停止，大家把目光投到兩人身上，夏衿這才嘴角微微勾了勾，似笑非笑道：「孫姑娘，妳是我家老夫人的表外甥女？」

大家族錯綜複雜的聯姻關係，大家沒有不知道的。孫彤不覺得這裡面有什麼文章可做，自然一口承認。「是啊，我母親跟貴府老夫人是表姊妹呢。」

「哦？」夏衿驚訝地挑了一下眉，打量孫彤兩眼。「給老夫人治了那麼久的病，我倒沒聽說過她還有親戚呢。難得孫姑娘有心，還記得她這位表姨母，我代我家老夫人謝謝妳了。她現在已無大礙，但病後留下個後遺症，口不能言。孫姑娘要有心的話，便去看看她吧，人病久了難免寂寞，最希望親朋好友探視了。」說著她朝孫彤點了點頭，端起湯碗喝了起來，再不理她。

看到大家投過來的意味不明的目光，孫彤的臉又紅又白。

她著實沒想過這位出身平凡的永安郡主，口齒如此厲害，非但沒有一點尷尬，反而當著這麼多人的面，諷刺他們孫家為人涼薄，親戚生病那麼久，都沒上門探望過。

第一百四十三章

寧國公府大夫人真是又氣又惱。府上喜宴，最怕的就是口角紛爭；可沒想到別人沒鬧，倒是她自家府上姑太太的女兒挑了事端，攪了喜慶氣氛。最重要的是，兩府丟了個大臉不說，還平白得罪風頭正盛的永安郡主——要知道，寧國公老夫人近來身體不好，正想讓永安郡主看一看呢；可這會兒三番兩次得罪人家，還怎麼開得了這個口？

大家對視一眼，全都低下頭去，開始吃東西。

現在那些看不慣夏衿的人已息了心裡那點念頭，這位永安郡主可不好惹。

邵老夫人和岑子曼眼裡含笑。

與夫人、小姐們來往，最忌諱的就是劍拔弩張。如果稍遇一點不對就跟刺蝟一般發生衝突，在京城是待不下去的，必然會被所有人厭棄。剛剛孫彤問水果時，夏衿的表現就很好，大度寬和，不與她計較；可如果孫彤再一次挑釁，她仍選擇寬和下去，卻又會被人輕視。像現在這般，露出強硬的一面，回以一個既有力又不失禮的回擊，就表現得十分得體。

邵老夫人很欣慰。她一直都知道自己這個孫女是最優秀的，只是夏衿不愛應酬，她一直擔心她會不適應，沒想到應對得相當好。

雖是喜宴，但大家都是名門出身，講究用餐規矩，開始吃飯後，便都不再作聲，只優雅安靜地用餐。孫彤被夏衿噎得說不出話，又被寧國公老夫人嚴厲地瞧了一眼，不敢再說話，但心裡忿忿，目光仍落在夏衿身上，就希望她用餐時會出醜。然而再一次讓她失望，夏衿用餐的優雅絲毫不亞於在場所有夫人、小姐。

飯畢，僕婦撤了桌子，將茶端了上來。喝了茶再坐一坐，大家就準備告辭了。

一個丫鬟從外面進來，走到夏衿身後，跟菖蒲輕聲說了一句話。

菖蒲驚訝地看了她一眼，低下頭去正要跟夏衿說話，卻見兵部尚書家的黃夫人跟夏衿相談甚歡，她不好打擾，只得跟著那個丫鬟出去。不一會兒，她手裡拿了個精緻的銀手爐走進來，輕喚了一聲「夫人」，將手爐遞到夏衿面前。

夏衿驚訝地抬起頭來，望向菖蒲。

她是練武之人，向來不怕冷，手爐這玩意兒從來不用。今兒菖蒲是怎麼回事，竟然會拿了個手爐給她？

而且這手爐挺眼熟，上面還有武安侯府的徽記，她在武安侯老夫人房裡看過類似的。菖蒲什麼時候從侯府裡帶了手爐出來？

菖蒲道：「夫人，侯爺怕您冷，特意叫人送了手爐來。」她的聲音不大不小，坐在周圍的人都聽到了。這話一出，大家都靜了一靜，轉頭朝夏衿看來。

黃夫人對夏衿是極有好感的，聽到菖蒲的話，她不由得笑了起來，打趣夏衿道：「看看，蘇侯爺可真是心疼妳，還讓人給妳拿手爐來，唯恐妳被凍著。」

夏衿是什麼人，一下就知道蘇慕閑的用意了。

她心裡又好氣、又好笑，還帶著甜蜜蜜的感覺，臉上浮起一抹紅暈，不好意思道：「讓夫人見笑了。」

「不見笑、不見笑，新婚夫婦嘛，蜜裡調油似的，一刻不見就想得慌，我們羨慕還來不及呢，哪裡敢取笑你們？」黃夫人高聲笑道，讓廳裡所有人都聽見了。

京城裡許多閨秀都喜歡蘇慕閑的事，她自然有所耳聞，剛才孫彤為何針對夏衿，她也能猜到幾分。此時說這話出來，無疑就是打臉那些心裡不服氣的閨秀。

果然，得知蘇慕閑特地讓人送手爐來，那些還存著些小心思的閨秀，玻璃心碎了一地。

夏衿的容貌雖然也算得清麗，但在京城閨秀裡卻只能算中等樣貌；而蘇慕閑則是京城男子中，除了彭喻璋之外最英俊的，身分地位卻又在他之上，所以大家一致覺得夏衿無論從哪一方面都配不上蘇慕閑。他們能夠成親，完全是太后賜婚的緣故。

多少人希望看到蘇慕閑對夏衿冷若冰霜。可真是這樣嗎？眼前這個精美的銀手爐又是怎麼一回事？

又坐了一會兒，大家便陸續告辭，邵老夫人也帶著夏衿和岑子曼準備告辭離開。

「今天招待不周，還望見諒。」寧國公府大夫人向她們陪笑道：「改日再請幾位到府裡坐坐。」

邵老夫人跟她客氣幾句，便一同往外走去。

廳堂裡大部分的人也一起離開。

走到大門口，邵老夫人正與交好的人告別，就聽到一個清朗的聲音從不遠處傳來。「衿兒。」

大家轉頭一看，卻是蘇慕閑。他今天穿著石青色繡雲紋錦袍，頭戴金冠，丰神俊美、玉樹臨風，站在那裡不動、不說話，就吸引了大家的目光。

而他的目光，卻緊緊鎖在一個人身上，並且一改以前對女孩子冰冷的態度，那注視著夏衿的目光，溫柔和煦得讓人溺在其中，不能自拔。

「閑哥兒，你怎麼來了？」邵老夫人笑著望向孫女婿。「不是說好讓衿姐兒跟我們一道回去，你在這裡多喝幾杯嗎？」

「不用了。」蘇慕閑已走了過來，先看了看夏衿，這才轉頭對邵老夫人道：「衿兒今天有點受寒，我不放心，想帶她回去喝藥。」

夏衿無語，她受寒了嗎？不過是早上出來的時候，受到冷風刺激，打了兩個噴嚏而已，要不要這麼緊張？

或許，他這是演戲給人看？

蘇慕閑低下頭來，目光溫柔地看著她。「冷不冷？難不難受？」說著看向她的手，眸色微沈。「手爐呢？」

夏衿尷尬地指了指菖蒲，菖蒲趕緊將手爐遞了過來。

蘇慕閑接過手爐，放到夏衿懷裡，責怪道：「怎麼跟孩子似的，不會照顧自己？」他抬起頭來，向邵老夫人笑道：「祖母，我帶衿兒回去了，有空再去看您。」

「好，去吧。」看到孫女婿對孫女這麼體貼入微，關懷備至，邵老夫人高興不已，連連揮手。「趕緊回去吧，我都不知道衿姐兒不舒服。」

「祖母，我沒有不舒服，都是他大驚小怪。」夏衿忙聲明道。

「什麼大驚小怪？」邵老夫人瞋怪地瞪了她一眼。「閑哥兒這是關心妳，妳少胡說八道，趕緊跟他回去，別再受涼了。」又朝蘇慕閑笑道：「閑哥兒，衿姐兒就交給你了，好好照顧她。」

「祖母放心，我會的。」蘇慕閑溫聲應道，拉起夏衿的手。「走吧，馬車在那邊。」

夏衿想要將手抽回，卻發現被他握得極緊。在眾人面前，她也不好說什麼，只得微紅著臉，跟他一起上了馬車。

眾目睽睽之下，要不要這樣？

馬車啟動，離了眾人，她這才看向蘇慕閑。「你搞什麼鬼？」

「我哪有搞鬼。」蘇慕閑矢口否認。「妳早上不是受了涼？」

夏衿伸手擰住他腰上的軟肉，威脅道：「你說不說？」

蘇慕閑看著夏衿，忍不住親了她一下，然後眸子微冷道：「哼，我從那邊退席出來，還被人攔住，說要給我作妾；我要不當眾表明一下對妳的心意，妳那邊還不知有多少難堪呢。這些人，真不知羞恥兩字如何寫。」

夏衿「噗嗤」地笑了起來，擰了蘇慕閑一下。「唉，嫁了個招蜂引蝶的相公，可怎麼活哦。」

陽春三月，桃花盛開，夏衿從自家院子的小廚房出來，身上還穿了一件她自製的繡著可愛小熊的圍裙，手裡端著一盤剛出爐的提拉米蘇。

雖然，這裡沒有馬斯卡彭尼乳酪、義式咖啡，以及咖啡酒或蘭姆酒，但她經過多方調試，找到了可以取代的東西，做出古代版提拉米蘇。她之所以如此大費周章，不為別的，只為提拉米蘇在義大利語裡，有「帶我走」的意思，意指吃了此等美味，就會幸福得飄飄然、宛如登上仙境。成親後，她的生活甜蜜而安寧，是她前世今生夢寐以求的日子，這讓她心滿意足，便想做這麼一道美食來表達一下自己的快樂心情。

「姑娘，公子和少夫人來了。」荷香進來稟道。

菖蒲上個月跟董岩成親了，如今並不在府裡。

對於她成親後的去向，成親前主僕兩人就爭執不休。夏衿覺得府裡如今一切安好，也不必菖蒲進來伺候了，她身邊有荷香、菊香等人就行，實在不行，茯苓等人也可堪大用。菖蒲跟著她辛苦那麼多年，如今董岩的身家也極可觀，在京城買了宅子、置了田地，菖蒲又得了一筆豐厚的嫁妝，完全可以在家裡做大奶奶，過上使奴喚婢的清閒日子。

可菖蒲卻不同意，執意要伺候夏衿，大不了白天進府，晚上回家，兩頭兼顧。

兩人的意見不同，誰也說服不了誰，夏衿只好先放她兩個月的假，讓她在家好好跟董岩相處一段時間，並將以後的路想想清楚，要是這兩個月就懷上身孕，一切都免談。

至於薄荷，夏衿知道她沒有看對眼的人，正準備幫她挑一個能幹而且品行端正的小管家，培養一段時間感情後就讓她成親呢；沒承想齊瑞那小子從家裡休假回來後，直接就上門求親，想要求娶薄荷，令夏衿又驚又喜。

徵得薄荷同意後，就擇了個吉日讓他們成親。齊瑞本打算到侯府來做管事的，這一回夏衿也不讓他做了，打聽到他軍籍未消，便叫蘇慕閑在軍營裡給他謀了個職位，以後也能奔個前程。

所以如今，在夏衿身邊伺候的就是荷香和菊香。

「他們怎麼來了？」夏衿抬起頭看看天時，鬱悶道，不過還是起身去院門口迎接客人。

荷香嘴裡的公子和少夫人，便是夏祁和岑子曼。

夏祁如今也算得春風得意馬蹄疾，在去年秋天特開的恩科裡一舉中了舉人，隔了半年，又在今年的春闈中了進士。因其年少英俊，在殿試時被皇上欽點為探花郎，名動大周，如今以庶起士的身分進了翰林院。

此時他身穿天青色錦緞長袍，跟身著大紅色織錦披風的岑子曼站在院門口，宛如一對璧人。見了夏衿出來，夏祁笑道：「妹夫還沒回來吧？」

「沒呢，不過也快了。」夏衿道：「這時候快要吃晚飯了吧，你倆怎麼來了？」將兩人往院裡讓。

「慢些。」夏祁見岑子曼抬腳就要往裡走，連忙叫了一聲，走過去扶住她的胳膊，嘴裡責怪道：「怎麼這般毛毛躁躁，走路也不穩當些！」

夏衿見狀，挑了挑眉。

岑子曼性格大剌剌，平時蹦蹦跳跳，她這哥哥也不會說什麼。今天怎麼回事，把她當成了玻璃人兒？

要是往時，岑子曼定然要回嘴，嗔怪夏祁管得緊。今天卻十分乖順，夏祁一說，她的步子便慢了下來，扶著他老老實實地慢慢走，到了院子，看到葡萄架下擺著桌子和椅子，桌上還有點心和熱騰騰的茶，兩人也不往廳裡去，熟門熟路地坐了下來。

「荷香，把這茶和點心端下去。」夏衿吩咐道。

「這是怎麼回事？」岑子曼一見就急了，伸手就護住桌上那一碟提拉米蘇，嘴裡嚷嚷道：「阿衿妳今兒怎麼這麼小氣，做了點心竟然不給哥哥、嫂嫂吃，還要留給我那表哥不成？」

這兩對的關係有點混亂。夏祁是夏衿的哥哥，從這邊論，蘇慕閑和夏衿就得叫夏祁、岑子曼為哥哥、嫂嫂；偏蘇慕閑是岑子曼的表哥，從那頭講，夏祁和岑子曼就得叫蘇慕閑、夏衿為表哥、表嫂。所以四人一商量，乾脆就照原樣。夏衿和岑子曼仍然直呼其名；蘇慕閑比夏祁年長，直接叫他阿祁，夏祁則叫蘇慕閑為蘇大哥。這混亂的稱呼，沒少被邵老夫人責怪，但四個年輕人誰也不服誰，就這麼混叫著。

「嘿嘿。」夏衿坐下，對著岑子曼不懷好意地奸笑兩聲，挑眉道：「我倒想不小氣，但把點心讓妳吃了，我怕我哥罵我。」

「我吃點心，他為何要罵妳？」岑子曼看看夏祁，再看看夏衿，想不出這其中的關係。

夏祁卻跟妹妹心靈相通，完全聽明白她的言外之意，不由咧開嘴笑道：「妳看出來了？妳趕緊給她看看，我是不是要當爹了？」

關乎子嗣大事，岑子曼頓時把點心問題丟到一邊。她有些不好意思地對夏衿道：「我覺得不是，可他偏要我過來讓妳看看。」

「怎麼不是？妳小日子一向準，現在有十天未來了，可不就是有身孕了？」夏祁道。

岑子曼一下紅了臉，俏眼用力瞪了夏祁一下，嗔道：「你個大老爺們，說這個也不害臊。」

「怕啥？自家妹妹！再說咱們家都是學醫的，這些東西要忌諱，妳還要不要看郎中了？」夏祁不以為意。他雖不行醫，但父親是京城裡叫得上號的知名郎中，妹妹是神醫，他小時候又背過幾本醫書，在這方面也算得半吊子，還真不忌諱這個。

第一百四十四章

夏衿懶得理這一對打情罵俏，轉頭吩咐道：「菊香，把脈枕拿出來。」

待菊香將脈枕拿來，夏衿將手指搭在岑子曼手腕上時，院外進來了個人，卻是蘇慕閑從宮裡當值回來了。

夏祁再緊張岑子曼，也不好坐著不動，站起來喚了蘇慕閑一聲。「蘇大哥。」

看到大舅子和表妹，蘇慕閑也極意外，笑道：「你們怎麼這時過來？」邵家有老人在，通常夏祁和岑子曼不是在正院陪祖父母用餐，就是在南院陪爹娘，故夏衿和蘇慕閑才有此一問。

當著蘇慕閑的面，夏祁就不好口無遮攔了。「阿曼有些不舒坦，我讓妹妹給她看看。」話說到後面，見夏衿的手已從岑子曼手腕上縮回來了，他也無心再跟蘇慕閑說什麼，緊張地盯著妹妹問道：「怎麼樣、怎麼樣？」

夏衿輕瞥他一眼，沒有說話，也沒什麼表情。

夏祁心情一沈，轉頭拍了拍岑子曼，安慰道：「沒事，咱們成親的時日還短呢，爹娘也沒說什麼，不要緊的。」

「衿兒，別鬧，趕緊說。」蘇慕閑拍了一下夏衿的腦袋，在桌旁坐了下來。

「討厭！」夏衿瞋他一眼，不過還是對夏祁和岑子曼道：「恭喜兩位，要當爹娘了。」

夏祁和岑子曼被這轉折弄得愣了一愣，這才驚喜道：「真的？」

夏衿點了點頭。

「恭喜、恭喜。」蘇慕閑也替兩人高興。

夏祁和岑子曼對視一眼，喜不自禁。他站起來對妻子道：「妳先在這坐會兒，我回去把這喜訊跟祖父母和爹娘說一聲，再叫頂軟轎來接妳。」

「好。」岑子曼甜蜜地點點頭。

邵府和武安侯府離得並不遠，也就幾步路，兩人剛才是慢慢走路過來的。此時確定了喜訊，自然要派軟轎來接。

「難道我府上就沒軟轎嗎？還巴巴地回家去拿。」夏衿白了夏祁一眼，吩咐荷香。「趕緊叫婆子們把軟轎抬來，吩咐她們穩當些，少夫人有孕了。」

「是。」荷香一臉喜意地出了門。

「剛才我讓荷香把桌上的東西撤下去，是因為點心裡有酒，茶妳也不能喝。」夏衿對岑子曼道，又把孕婦需要注意的事項交代了一遍。「一會兒我寫下來，叫下人給妳送去，妳和哥哥都須記得。」

「嗯，我記住了。」岑子曼點點頭。

待軟轎來，送兩人上了轎，夏衿這才望向蘇慕閑。「羨慕了？」

蘇慕閑把她擁進懷裡。「用得著羨慕嗎？咱們又不是生不了，只要咱們願意，隨時可以懷上。」

因為想過一段時間的兩人世界，不想讓第三者插足進來，兩人婚後就商量好，一年內不要孩子。

夏衿環著他的腰，與他靜靜依偎了一會兒，這才道：「走吧，回去吃飯。」

兩人回到院子，茯苓幫著菊香已把飯擺到廳堂的桌上了。

蘇慕閑淨了手坐下來，挾了一筷子松鼠桂魚給夏衿。「多吃些。」又親手給她舀了一碗湯。

荷香知道吃飯的時候，自家侯爺最喜歡親自動手伺候郡主，早已跟菊香退了出去。這兩人恩愛起來，你餵我一口，我餵你一口，情濃得讓她們羞於待在此處。

「嘔……」夏衿忽然避開，摀著嘴一個勁兒地犯噁心。

蘇慕閑騰地站了起來，拍拍她的背，疾聲問道：「怎麼回事？哪裡不舒服？是不是吃壞東西了？」又叫荷香。「快去叫郎中。」

荷香在門口應了一聲，卻站在那裡沒有動彈，望向夏衿，等著她的示下。

蘇慕閑又氣又急，喝道：「怎的不去？難道我使喚不動妳不成？」

侯爺對下人向來極好，何曾這般惡聲惡氣？荷香委屈地咬了咬唇，正想去叫郎中，便聽夏衿擺手道：「不用、不用。」她自己就是郎中，哪裡需要去請郎中？蘇慕閑這是看她不舒服，急糊塗了。

「不看郎中怎麼行？」蘇慕閑見她仍彎著腰在那裡嘔，急得不行。「妳雖是郎中，但醫者不自醫，且自己不舒服，絕不能再勞神，還是請郎中來看看吧。要不，讓岳父大人來一趟？」

「真不用。」夏衿終於直起身子，站起身來直奔裡間，看都不敢看桌上的食物，一面走一面吩咐道：「趕緊把桌上的東西撤下去。」

菊香應聲，趕緊叫了茯苓來，將菜連桌子一起抬了出去。

蘇慕閑扶夏衿進了裡屋，讓她躺到床上，憂心忡忡地還想勸她，夏衿卻擺了擺手，直接將手指搭在另一隻手腕上。

「怎樣？」蘇慕閑問道。

夏衿抬起頭來，望著蘇慕閑，好半天不作聲。

「到底怎麼了？」蘇慕閑被她這一看，越發擔憂起來，要是小病，夏衿斷不會是這種神色。

他坐到床上，將夏衿摟在懷裡，心裡怦怦直跳，連聲音都變了。「衿兒，妳別嚇我，不是什麼大病對不對？」

要是夏衿有個三長兩短，他不知道自己能不能活下去；即便能活，估計也是行屍走肉了。

感覺到那堅實的胸膛裡異常的心跳，夏衿才發現自己把蘇慕閑嚇壞了。她笑起來，擰了他一下，抬起臉笑道：「你想哪兒去了？我沒病，不光沒病，而且……」她看著蘇慕閑，黝黑晶亮的眼眸裡閃爍著光芒。「恭喜你，你就要做爹了。」

「什麼？」蘇慕閑呆愣愣地望了她好一會兒，這才反應過來，英俊的臉上一下子神采飛揚。「真的？」

夏衿的嘴角禁不住上翹。「自然是真的。」

「太好了。」蘇慕閑歡喜得不知如何是好，捧著夏衿的臉親了又親。不過這一回親得小心翼翼，彷彿她是易碎品。

夏衿睨了他一眼。「不是說一年後才要孩子的嗎？你不想跟我過兩人世界了？」

蘇慕閑直叫冤枉。「兩人世界可是妳說的，我不過是附和罷了，怎麼反怪起我來了？」

「你不覺得遺憾啊？」夏衿是覺得有些遺憾的。這孩子來得太意外，跟原計劃不符啊。

蘇慕閑看著她，小心翼翼地問：「妳不想要這孩子？」

「不是。」夏衿趕緊否認。打自摸到脈象，她就感覺怪怪的，讓她動也不敢動，說話都不敢大聲。她自然知道肚子裡的孩子此時不過是未有意識的胚胎，但說不想要孩子，她總覺得那個小生命能聽見。

「我只是覺得奇怪，為什麼避子丸會沒效果。」她鬱悶道。

蘇慕閑想了想，一拍腦門道：「我想起來了。上次祖母不舒坦，天還未亮邵府就派人來叫妳，妳直接過去了，在那裡守了兩天才回來。那一次，就沒吃避子丸。」

夏衿也想了起來。她婚後跟蘇慕閑蜜裡調油，夫妻生活很頻繁。邵老夫人病的那晚，她跟蘇慕閑剛睡下沒多久就起來去邵府了，後來一忙就忘了吃避子丸，所以就中了。

「這也太準了吧，只一晚沒吃而已。」她更鬱悶了。

蘇慕閑卻面露得意之色。「沒辦法，誰叫咱倆身體都極好呢。」

夏衿也笑了起來。雖說有點遺憾，不能再過這甜蜜的兩人世界，但在古代，成親一年還未懷上孩子，總是會讓人多想的。親近的人會為妳著急，敵視妳的人會看妳笑話。

「成藥鋪就交給菖蒲去管吧；美顏坊那裡妳也少操心，阿曼雖說管不了了，但邵家不是還有那麼多嫂嫂嗎？妳看看哪個還行，就叫她多管些，妳多在家休息。」蘇慕閑叮囑道。

過年的時候，夏衿就把成藥鋪開起來了，是跟邵家合夥，用的是邵家的鋪面，讓邵家兩位對經商感興趣的堂兄管理著。除此之外，她又慫恿岑子曼和邵家的嫂嫂們一起開了美顏坊，用的是她提供的美容養顏方子，外敷內服，並提供按摩、等服務。如今兩個鋪子都生意興隆，準備下個月，就在京城和江南富庶之地開分店。

這兩間鋪子，夏衿都只占三成和兩成的股份，相當於變著法子貼補娘家，讓娘家多些收入。她占的股份少，但出力最多，不光方子和主意都是她出，而且兩個店的框架都是她一手打下的。為了這兩間鋪子，過年後這三個月，她忙得團團轉。

只要她高興，她怎樣折騰蘇慕閑都不會管她；至於占多少股份，他也根本不過問。他個性本就大方，武安侯府主子又少，並不奢侈；再加上原本的財產就極多，夏衿又帶了豐厚的嫁妝來，還有一手點石成金的賺錢本事，武安侯府根本不愁沒錢花，蘇慕閑想的就只是自己夫人是否高興。

不過現在懷孕了，他就不能放任夏衿太過忙碌。

「你放心，我會有分寸的。」夏衿道。

蘇慕閑知道夏衿不是糊塗性子，孰輕孰重她自分得清，只是……

他猶豫了一下，看向夏衿。「那明日的婚宴……」

夏衿仰起臉，伸出手來摩挲著他光潔的皮膚，認真道：「明日的婚宴，我是要參加的，你別攔我。我對羅騫並無別樣的情誼，否則也不會跟了你，我想這點你也清楚。但他助我良多，交情是不同的，他的婚宴，我無論如何都要參加。」

「好吧。」對於夏衿與羅騫的關係，蘇慕閑自然不會多想，他只是覺得婚宴人多，氣味混雜，怕妻子不舒服。

「我派人送信給岳母，讓她明日也去，多關照妳？」

夏衿搖搖頭。「算了吧，她要是知道這消息，肯定不讓我去喝喜酒。」她握住他的手。「你放心，我知道怎麼照顧自己，不會累著。」

「也行。」蘇慕閑只得同意。夏衿有主見，他從不與她爭執，能遷就就儘量遷就；實在不能遷就，兩人就好好商量著辦。成親四個月，兩人從未紅過臉。

蘇慕閑又叫廚房做了些清淡的菜餚來，夏衿強迫自己吃了點。本來吃過飯後夫妻倆要去散一回步的，夏衿體諒蘇慕閑初次當爹、緊張到不行，只跟他下了兩盤棋，便歇下了。

第二天，夏衿跟著邵老夫人一起前往京城羅府。

這院子原是羅維韜在京城置的宅子，宅子並不大，只有三進，但住羅騫和羅夫人，外加新娶進來的龔玉畹，卻也夠了。

此時宅子四處張燈結綵，院子裡人來人往，十分熱鬧。

夏衿隨邵老夫人在廳堂裡坐了一會兒，便聽說新娘子接回來了，有人要到院子裡觀禮，夏衿便拉了邵老夫人出來，站在廊下觀看。剛一出來，卻見蘇慕閑也站在院中，目光正朝這邊望來。

她微笑著朝他遙遙點了點頭，表示自己很好。

「閑哥兒怎麼也來了？他今天不用當值？」邵老夫人也發現他，轉頭問夏衿道。

夏衿心知蘇慕閑是不放心她，所以特意請假來陪她。她心裡甜蜜著，嘴裡卻道：「誰知道呢，或許是跟羅公子交情好，特地來喝一杯喜酒吧。」

邵老夫人點點頭，頓了頓，她忽然說了一句。「那賀禮，我昨兒一早就派人給羅夫人送來了。」

「謝謝祖母。」夏衿感激道。

當初她出嫁，羅騫以羅夫人的名義送了她十分豐厚的添妝；如今羅騫成親，她便借邵老夫人的名義，送了五百畝田地做賀禮。

「謝什麼，自家親人。」邵老夫人慈愛地拍拍她。「不過，閑哥兒對這事沒想法吧？」

「沒有。」夏衿搖搖頭。這件事，她自然是先跟蘇慕閑商量後才做出的決定。蘇慕閑是很贊成的，他也不願意夏衿欠羅騫人情。

「沒有就好。」

聽得外面歡快的嗩吶聲越來越近，鞭炮聲也響了起來，顯然是迎親隊伍馬上就到門口了。屋裡的女眷紛紛湧了出來，圍在邵老夫人和夏衿身邊，祖孫倆便沒有再說話，只站在那裡看熱鬧。

不一會兒，羅騫穿著大紅喜袍從門口進來了，手裡牽著紅綢，紅綢的另一端，是被喜娘和丫鬟攙扶著的新娘子。在贊禮的高喊聲中，新娘一步跨過火盆。

見新娘順利過關，羅騫似乎鬆了一口氣。他抬起頭朝圍觀的人群掃了一眼，就這麼一眼，他就在人群中找到夏衿。

他腳步微微一滯。

「新郎、新娘進門。」贊禮高聲喊道。

羅騫緩緩轉過眼，帶著新娘，慢慢地進了廳堂。

「一拜天地，二拜高堂，夫妻對拜……」

聽著廳堂裡傳來一聲聲響亮的聲音，夏衿心裡唸著祝福的話。

「祖母，咱們進去吧。」她轉過頭來，想跟邵老夫人回偏廳去，然而映入眼簾的，是寶藍色雲紋錦袍，目光上移，便對上蘇慕閑那張俊朗的臉，以及他那雙關切深情的眼眸。

微笑在她臉上慢慢暈染開來，她柔聲問道：「你怎麼在這裡？」

錦袖裡，她微涼的手被蘇慕閑寬厚溫暖的手掌包裹起來。他凝視她的眼眸折射出陽光的炫彩，聲音溫柔而又低沈。「因為妳在這裡。」

番外

九個月後，春日和煦的陽光斜斜地透過窗櫺，照進屋裡來。屋子裡一片寧靜，只有朱筆落在紙上，發出輕微的響聲。

門外進來個侍衛，看到皇上正在批摺，腳下一頓，堪堪在門口停住腳步。

他正轉身欲走，偏門口晃動的日影驚動了皇上，他抬起頭來，看到那個侍衛，眉頭一皺，停下筆問道：「何事？」

侍衛只得回轉身子，行了一禮，稟道：「皇上，永安郡主於兩刻鐘前生了一對龍鳳胎。」

「嗯，知道了。」皇上淡淡地揮了一下手，便又低下頭，批閱奏摺。

那侍衛退了出去。

侍衛一走，皇上就寫下不去了。看看自己剛才寫的那兩個字，他煩躁地將筆一放，站起身來。

屋裡的內侍連忙打起精神，準備在皇上出去的時候跟上；然而他們的腳還沒動呢，卻見皇上又坐了回去。

兩個大內侍對視一眼，眼觀鼻、鼻觀心，裝作什麼都沒看見，立在那裡一動不動。

皇上靜下心來將幾個摺子批完，這才回了後宮，進了秦貴妃的院子。

秦貴妃歡喜地迎了上來。

皇上張開手臂讓秦貴妃解開扣子。「永安郡主生了一對龍鳳胎。她雖是異姓郡主，卻於國有功，妳一會兒叫人給她賞上一份厚禮。」

秦貴妃詫異。

皇帝日理萬機，忙碌得緊。這些女人生孩子的大小事，他向來不管，都是太后或她這個執掌鳳印的貴妃張羅，今兒個怎麼關注起永安郡主來，得知她生了孩子，還特地吩咐要賞一份厚禮？

想到夏衿差點被封為皇后的事，她心裡便有譜。身為後宮妃子，最不能做的就是拈酸吃醋；更何況，那位拒絕了后位，嫁進武安侯府，如今還生了孩子，完全威脅不到她貴妃的地位。這種醋吃起來，惹惱了皇上，才不明智呢。

她笑盈盈地趕緊應了，給皇上換好衣服，親手奉了茶。便吩咐宮女準備筆墨紙硯，當著皇帝的面，立刻唸了她要打賞的賀禮，末了還請示道：「皇上看著可妥當？」

皇上又添了幾樣，秦貴妃這才打發人將禮物送去武安侯府。

看看皇上十分滿意的表情，秦貴妃暗暗謹記，往後定要好好對待這位永安郡主，她在皇上心裡的地位可不一樣。

東大街，兵部衙門

羅騫從門裡出來，便看到夏祁已等在那兒了，他不由笑道：「你今兒怎麼這麼早？」

去。

「是你遲了。」

羅騫看看天時，這才笑道：「果真是我遲了。」

看到小廝牽了馬來，他翻身上馬，對夏祁道：「今兒去哪裡？」

「帽兒胡同新開了間酒館，咱們去那兒坐坐。」夏祁輕輕夾了一下馬腹，策馬朝前奔去。

他一向有恩報恩、有仇報仇，當初羅騫為他拿來科考文章，還介紹名師給他，他都銘記在心；但羅夫人對夏衿的傷害，他也牢牢記在心裡，所以羅騫與蘇慕閑對上的時候，他是站在蘇慕閑這邊的。事情一碼歸一碼，他欠羅騫的人情，等他考取了功名，有能力再還也不遲，但他絕不會拿妹妹的終身幸福去報恩。

如今夏衿跟蘇慕閑日子過得極好，夏祁也考上庶起士，在翰林院有了職位，他便跟羅騫走動得勤快起來。如今憑他的能力，雖說不能幫羅騫什麼，但他相信，自己終有報答羅騫的一天。

兩人去了酒館，剛剛落坐，就聽下人飛快來報。「老爺，武安侯府派人傳了信來，姑太太即刻要生了。」

兩人立刻站了起來，差點把過來上茶的小二手上的茶撞翻。

夏祁抬腳欲走，走了幾步忽然記起羅騫，遂又停住腳步。這一停，後面跟著的人便撞了過來，撞得他後腦勺生疼。他也不惱，回轉身看向直揉下巴的羅騫，問道：「你是回家等信還是怎的？要是回家，那邊一有消息，我便即刻派人給你送信。」

自從夏衿和羅騫各自成親之後，兩人就甚少見面。夏衿是避嫌，雖說蘇慕閑對她很信任，但她不願意因自己的緣故，影響到羅騫夫妻間的感情。羅騫能忘了她，與龔玉畹鶼鰈情深，是她最願意看到的

而羅騫呢，因他新娶的妻子賢慧知禮，對羅夫人孝順，對他也極愛重。他心裡雖然裝著夏衿，卻不願意讓心裡裝著他的女人傷心難受，所以也是有意避開夏衿，希望隨著時間的流逝，能讓心裡那個影子慢慢淡去。

羅騫剛才想都沒想，便要緊跟著夏祁準備去武安侯府的；可被夏祁這麼一問，他卻猶豫了。

想了想，他道：「武安侯府附近有間茶館，我在那裡等著，有消息你記得叫人傳給我。」

「好。」夏祁深深看了他一眼，暗嘆一聲，轉身出門，上馬飛馳而去。

到了武安侯府，他得知夏衿已將孩子生下來，一男一女，竟是龍鳳胎——不過一切都在預料之中。

邵家向來都有生雙胞胎的傳統，前不久岑子曼還生了一對雙胞胎呢；不過卻是兩個男孩，不像夏衿，一下就兒女雙全了。

夏祁即刻打發人去給羅騫送信，自己則進了內院，找來成了管事嬤嬤的茯苓打聽。「郡主可好？一切可順利？」

「郡主和兩個孩子都很好，順利得很。」茯苓喜孜孜道。

夏衿自己是郎中，最懂得如何才有利生產，且身體又好，所以這次生產順利得連穩婆都沒派上大用場。

夏祁見那茯苓一副忍俊不禁的模樣，似乎想起什麼好笑的事，忙問：「怎麼了？」

茯苓是從臨江跟過來的家生子，可以說是跟著夏祁、夏衿一塊兒長大的，交情自與後來的下人不同，這會兒她便笑道：「公子您沒見侯爺那模樣。郡主在裡面生孩子，侯爺在外面緊張得幾欲暈倒，請來的太醫沒在郡主身上派上用場，反倒給侯爺扎了幾針。」

夏祁想想那情形，也覺得甚是好笑，可嘴角剛剛上翹，笑容就僵在臉上。他想起十天前岑子曼生產時，他也是如此沒出息，當即板起臉喝斥道：「侯爺是擔心郡主安危才會如此，萬不可拿這事取笑。」

茯苓也是看到夏祁這個舊主，覺得親切，再加上夏祁對夏衿的丫鬟一向和氣，才會說這話，此時莫名被喝斥一通，頓時懵了，愣了一愣，這才低頭認錯。「奴婢錯了，奴婢再不敢了。」

夏祁這才滿意了，朝門外伸長脖子。「不知兩個小外甥長得如何，祖母她們會不會抱出來給我看一看？」

夏衿雖有婆婆，但常年養病，她要生產，自然是娘家的祖母和娘親過來照顧。舒氏更是早早就跟蕭氏商量好了，要是夏衿和岑子曼同時生產，岑子曼那裡由蕭氏過去照看一個月，她則到武安侯府伺候女兒坐月子。

岑府與邵家擁有深厚的交情，且能親自照看女兒，作母親的自然是極樂意的，所以蕭氏二話不說，十分爽快地答應下來。

「小公子長得像郡主，小小姐則像侯爺。」茯苓道：「剛老夫人說了，雖是足月，兩個孩子都健壯，但終是雙胞胎，斤量上總吃些虧，此時剛出生又嬌嫩，恐吃了風，便不叫抱出來了。公子您要想看，也得等出了月子。」

這個老夫人，指的是邵老夫人。

夏祁聽了，只得作罷。

而坐在茶館裡的羅騫，得到夏衿母子平安的消息，一顆如在油鍋裡煎熬的心才平復下來。他端起桌上快要放涼的茶，一飲而盡，起身下樓，到臨近的點心鋪子買了兩盒妻子愛吃的點心，騎馬回家去了。

又是一年冬，夏衿正坐在葡萄架下，端著一杯茶慢慢喝著。

而在她對面，坐著已梳了婦人髻的菖蒲，手裡拿著一張禮單，正唸著武安侯府要送出去的年禮。「……張將軍府，猛虎下山雙面繡楠木屏風一架、粉彩花蝶琉璃瓶一對、上等白眉茶葉兩斤；太醫院梁大人府上，金匱醫術孤本一本、玉獅兒鎮紙一對……」

忽然院門處一陣腳步聲傳來，緊接著，兩個粉裝玉琢的胖團子飛快地跑了進來，撲到夏衿身上，喊道：「娘親。」

夏衿將茶杯放下，一手摟住一個，對著他們的小臉各自親了一下，柔聲問道：「剛才去哪兒玩了？」

「寧王哥哥來了……」做哥哥的蘇博睿道。

妹妹蘇亦萱緊接著道：「……壽王哥哥也來了。」

「我們在後院捉螞蚱……」

「……結果哥哥摔了一跤……」

「……我沒哭……」

「……可衣服髒了。小福兒覺得沒照看好我們……」

「……她倒哭起來了……」

兩個小娃奶聲奶氣地你一言、我一語，要是不看兩人說話，只聽聲音，還以為全都是一個人說的呢，中間都不停頓，接龍遊戲玩得格外順溜。

夏衿無奈地看了這兩個孩子一眼。

她跟夏祁也是龍鳳胎，不要說她重生後，即便是重生前，夏祁和夏衿都沒這毛病呀，邵家那些雙胞胎也沒如此，偏這兩個小傢伙也不知道是因為有趣，還是這樣說話既省事又公平，打一歲學說話起，兩人就這麼互相補充著說話。

直到這時，兩個一大一小的孩子這才慢慢地走了進來。大的正是壽王，今年已有七歲了；小的是寧王，今年只有四歲。兩個孩子都穿著黃色錦緞袍服，頭戴金冠，小小年紀便已有王爺風範，走路穩當得很，看到夏衿，極有禮貌地叫了一聲。「郡主姑姑。」

夏衿看到他們，滿臉無奈。「大殿下怎麼有空來？今兒個不用上學嗎？」

「今兒過小年，宮學裡放假了，我跟弟弟便過來玩一會兒。」壽王嚴肅著小臉道。

「哦，原來是這樣。」夏衿聲音溫柔地對壽王道：「咱們現在先讓嬤嬤們幫你們換身衣裳，再洗手跟弟弟、妹妹一起吃點心好不好？」

「多謝郡主姑姑了。」壽王仍一臉嚴肅地道謝。這孩子自從掉了一顆門牙，就一改往日喜歡說話、喜歡笑的習慣，變得異常嚴肅起來。

寧王就可愛多了，給了夏衿一個大大的笑臉，問道：「是蛋塔嗎？」

「是啊。」夏衿伸手摸摸寧王白嫩的小臉，示意四個孩子的奶娘帶他們進屋裡去換衣服。

孩子喜歡蹦跳跑動，極容易出汗，這時不把裡面的濕衣服換下來，這大冬天裡，就很容易生病受寒。

看到四個孩子被奶娘領著乖乖進了屋，夏衿對菖蒲聳了聳肩，一臉無奈。菖蒲自然知道夏衿對皇帝常讓兒子來騷擾蘇家雙胞胎很不滿，不由得搗嘴笑了起來。

她是夏衿的心腹丫鬟，皇帝的心思她也能猜出幾分。當年他想封夏衿做皇后，顯然是動了心的，可沒想到被一口拒絕了。他又是那樣的高傲，況且夏衿與蘇慕閑兩情相悅，自然幹不出橫刀奪愛的事來；但心裡總是不甘，所以得知夏衿生了一雙龍鳳胎，趁夏衿坐完月子到皇宮時，便讓貴妃向夏衿透露些意思，想讓她才滿月的女兒做寧王妃。

小小年紀什麼品行都看不出來，要是寧王以後跟壽王爭皇位爭得你死我活呢？夏衿要是答應這門親事，豈不是坑女兒？因此她婉言拒絕了，只說兩個孩子太小，這麼早訂親不好，長到十幾歲後再說。

於是皇帝只好讓壽王和寧王拜蘇慕閑為拳腳師父。打從蘇家兩個孩子能走路開始，寧王就被奶娘領著，常來蘇府串門子；而壽王已上學，有一次跟著弟弟過來，看到蘇家雙胞胎十分有趣之後，也一發不可收拾，有空就往蘇家跑。

對於這兩個常來的尊貴小客人，夏衿也沒多管，吩咐丫鬟給他們上了點心，便繼續在院子裡跟菖蒲對禮單。好在今天過節，兩個皇子吃了點心、喝了茶後，便告辭回宮去了。

他們走了才一會兒，蘇慕閑便回來了，笑問道：「兩個皇子又過來玩了？」

「可不是？」夏衿抱怨道：「也不知咱們家有什麼好的，兄弟兩人偏偏喜歡往這兒跑。」

「誰叫咱們家兩個小傢伙招人喜歡呢。」蘇慕閑十分自得。皇帝的心思雖然昭然若揭，但小孩子的心思是最純淨的；要不是他的兒子、女兒可愛有趣，寧王和壽王也不會成天往這裡跑。

他將御前侍衛的服飾換下，穿上一身石青色錦袍，對夏衿道：「剛我回來的路上遇見妳哥哥了，他說妳娘叫妳有空回家一趟。」

夏衿遞茶的手一頓，問道：「說了什麼事嗎？」

「沒有。」蘇慕閑接過茶杯喝了一口。「現在時辰還早著呢，咱們府裡人口簡單，便是過小年，也不過是吩咐下人準備那幾樣，著實沒什麼要張羅的，不如咱們現在過去打一轉，免得妳心裡又惦記。」

「也罷。」夏衿同意。

於是夫妻倆帶著兩個小傢伙，去了邵府。

兩府人常來常往的，邵家有事的時候，夏衿一天不知要回去多少趟，所以也用不著講究禮數。夏衿沒有驚動邵老太爺和邵老夫人，而是直接進了南院；蘇慕閑去外院書房找夏正謙和夏祁，夏衿則去舒氏的院子裡。

丫鬟見了夏衿，忙恭敬地上前行禮，又道：「夫人在廳裡見客呢。」

「誰來了？」夏衿問道。

「是羅夫人和羅家少夫人。」

「哦？」夏衿邁向門檻的腳一頓，隨即收回腳來問道：「她們怎麼來了？」

難道舒氏叫她回家一趟，是為了羅夫人？

夏衿吩咐荷香。「帶著公子和姑娘在這裡玩，我過去看看。」說著，轉身朝廳堂走去。

「衿姐兒怎麼回來了？」舒氏見到夏衿，又驚又喜。

「不是您叫我回來的嗎？」夏衿道，目光投向羅夫人和龔玉畹。

羅夫人和龔玉畹早在夏衿進來之時便站了起來，此時恭敬地向夏衿行了一禮。

「郡主。」

「玉畹向郡主請安。」

「羅夫人、羅少夫人，不必多禮，快坐。」夏衿伸出手，朝下壓了壓，走到上首坐了下來。

她是郡主，所以即便舒氏是她的母親，也得坐在她的下首處。

四人重新落坐。

「我原說叫妳有空再回來，沒想著妳節都沒過就回來了。」舒氏嗔道。

夏衿站了起來，佯裝往外走。「既這樣，那我就回去了。」

舒氏趕緊拉住她。「來都來了，這麼快走做什麼？」

夏衿揚了揚眉，坐了回去。

她知道舒氏心軟，想來是羅夫人有事求了她，才召了她回來。既如此，夏衿覺得自己便沒有上趕著幫人的道理，端了茶坐在那裡慢慢飲著，等著羅夫人或是舒氏開口。

果然，羅夫人跟夏衿寒暄了一幾句，便彆扭地開口道：「聽說太后娘娘的身體現在都是郡主在開方，可見郡主醫術高明。我們身分地位不顯，按理說，是沒資格請郡主看病的；但我這兒媳婦，成親兩、三年了都沒動靜。我們家的情況郡主是知道的，騫哥兒雖說有個庶出哥哥，但我卻只有他一個，一生的指望都在他身上。如今還請郡主看在同鄉的分上，給我這兒媳婦把個脈，瞧一瞧她為何未能有孕。」

龔玉畹被羅夫人說得又羞又愧，滿臉通紅地低下頭去。

因要嫁給羅騫，夏衿與羅騫的過往她曾打聽過一些。在她內心裡，是不願意來求夏衿的，甚至在心裡隱隱要一較高低，總想讓羅騫更愛她，要過得比夏衿更幸福。

然而夏衿成親不久就有了孩子，她卻至今沒有動靜，找了太醫吃了藥也沒見好。羅騫自成親以來，對她確實不錯，平時敬重有禮，通房丫鬟都沒一個；兩、三年沒孩子，他不光沒責怪她，還多方安慰。越如此，她就越愧疚，沒奈何，在羅夫人的規勸下，她這才忍著心裡的不舒服來求夏衿。

夏衿是何等聰明之人，第二次跟龔玉畹見面時看出她神情有異，就知道她已知曉自己與羅騫的過往了。龔玉畹此時的矛盾心情，她完全能理解，不過看在羅騫面上，她也懶得計較。

「還請羅少夫人將手伸出來，我把個脈看看。」

臉面再如何也比不得子嗣重要。龔玉畹見夏衿這麼好說話，心裡不由鬆了一口氣，趕緊將手伸出來，放到丫鬟拿出來的脈枕上。

夏衿把了脈，點頭道：「確實有些毛病，先吃兩、三個月的藥看看吧。」

「多謝郡主。」龔玉畹見婆婆一臉焦急想要開口，忙搶先道謝。

她比羅夫人聰明些，知道沒有哪個郎中一把脈就拍著胸脯說「一定能治好」的，除非是江湖騙子。夏衿能給她開藥方，就說明還有希望，她自然不願意婆婆說話不中聽得罪夏衿。

羅夫人見夏衿提筆寫藥方，只得閉上嘴。

一年半後，龔玉畹生孩子時遇難產，身懷六甲的夏衿前往，將她從鬼門關救了回來，並順利生下一個兒子。而夏衿也因受累，提前半個月又生下一對龍鳳胎。

於是兩年後，武安侯府除了壽王和寧王，又多了一個姓羅的小客人，對著小他一天的蘇家二小姐，妹妹長、妹妹短的，無比親熱。

——全書完

嗔癡愛恨　化作一聲嘆／微漫

2015年10月出版

吸金妙神醫

妙手回春已經讓她很忙了，偏偏她還長得傾國傾城，
這一個個國之棟樑紛紛被她迷倒，令她好生困擾，
畢竟古人三妻四妾是慣例，可她有潔癖，無法與人共享一個男人啊！
而且她這個人懶散慣了，加之沒啥上進心，完全就是個生平無大志的人，
真要說她畢生有何願望的話，那就是賺大錢、過上舒爽日子而已呀……

文創風 340 1

前世她拖著病重的身子，年紀輕輕就蒙主寵召，
幸好上天垂憐，給了她重生，但……重生就好了，為啥還得穿越啊？
她是不奢求穿成大富大貴啦，可穿成個窮得快死的小姐是哪招呀？
據忠心丫鬟小翠的說法，這碗棕色又帶一點黑的碎米糊是很珍貴的飯，
唉，她就納悶了，她沈素年家是有多窮，小姐居然得吃這種東西？

文創風 341 2

這樣下去不行，她難得中大獎獲得重生，豈能活活餓死？那簡直太虧了啊！
伙食問題無論如何都得先改善才行，家裡沒錢，那就賺唄！
前世受病痛所苦，故她略通醫術，若上山採藥販賣應該能賺不少錢吧？
不料她押錯寶，採的是沒啥賺頭的藥草，簡直就是白做工啊！
唉唉，看來得重新想想其他能賺錢的活路才成啊～～

文創風 342 3

她沈素年繪畫之技頗佳，畫出來的花樣子又很不一般，
由繡功不錯的丫鬟小翠繡成帕子、荷包等繡品拿去賣，著實進帳了不少，
可她覺得不應該把人生浪費在女紅這種極耗時間又費眼力的事情上，
她想買大宅，養批奴僕伺候，整天舒服過日，所以趕緊賺大錢才是正經的，
雖說她真的沒啥生存技能，可她不還有一手針灸好本事嗎？

文創風 343 4

醫娘的身分卑微，還有男女之防的禮教大帽子在那兒，
但她是誰？她沈素年骨子裡那就是個現代到不行的現代人啊！
這些不過是雞毛蒜皮大的小事罷了，壓根兒都難不倒她的，
在她這個大夫面前沒有男女之分，亦無性別之異，看到的就是一團肉啊！
看著有錢人那隨隨便便就是百兩起跳的診金，她開心得嘴都合不攏啦～～

文創風 344 5

針灸治人已成為沈素年吸金生財的主要來源，
連醫聖柳老都驚喜於她的一手好針灸，自此纏著她、硬要她拜師習藝，
自從拜師後，師父一心傳授她醫術及如何周旋於達官貴人間，
但不是她自誇，她這個人就是懶了點罷了，
真要論起這周旋之道，她可是比師父還厲害啊……

文創風 345 6 完

她希望一天當中最大的煩惱就是苦惱下一頓要吃啥，成親不在她的煩惱內呀！
不料她那個廚藝極佳的忠心丫鬟小翠竟撂話說啥「小姐不嫁我就不嫁」！
開玩笑的吧？想娶她家俏丫鬟的那可是皇帝的兄弟、堂堂的王爺啊！
這種等級的人物，她一個小小小小的醫娘能惹得起嗎？
要不……她乾脆從愛慕她的那堆男人裡隨便挑一個嫁一嫁算了？

世道忠奸難辨，唯情冷暖自知／朱弦詠嘆

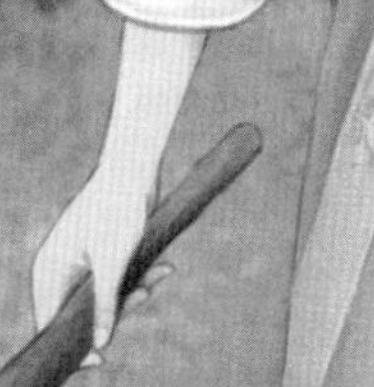

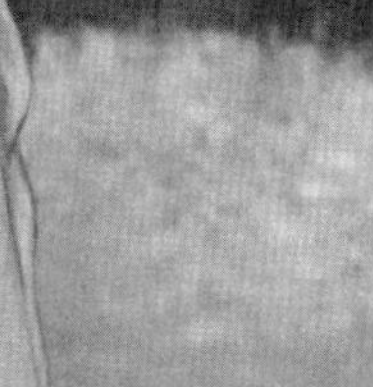

2015年9月出版

嫵妹當道

父親是清流良臣，丈夫乃弄權奸臣，
雖說忠孝情義自古難全，
可於她而言，父母之恩得報，夫妻之情也不得棄！

文創風 335 **1**

她曾是在刀口舔血下過日子的精英特務，
因一場意外而穿越到這大燕朝來。
當今世道是國將不國，清流之首的親爹偏又得罪寵臣霍英而下了詔獄。
為了救父，素有京都第一才女之名的長姊不惜委身於這廝，
孰不知，惡名昭彰的霍英竟看上了她，還指名要娶她為妻 ?!
想她蔣嫵也絕非善類，外無賢名，還是個眾所皆知的「河東獅」，
與這謠傳以色侍君、擾亂朝綱的大奸臣倒堪稱「絕配」！

文創風 336 **2**

霍府中姬妾成群，雖說她言明不與人共事一夫，
卻沒想到夫君當真守諾獨寵她一人，著實讓她驚喜萬分，
當夫妻倆的感情正漸入佳境，趕巧碰上金國和談一事，
由於清流一派的推波助瀾，霍英被迫立下軍令狀，
若和談協議失敗，便要奉上自個兒的項上人頭。
明知父親是為國除奸而後快，可夫君對她的疼惜又不似作假，
於她而言，這父母之恩要報，夫妻之情也得守！

文創風 337 **3**

與他相處日深，她越發難辨世人眼中的忠奸，
當長姊與小叔情意暗許之事浮上檯面時，
以清流自許的父親為了聲名，竟不惜棒打鴛鴦、賣女做妾；
反觀，她的夫婿對外頂著罵名搶親下聘，讓有情人終成眷屬，
暗地裡又為了保護小皇帝而與居心叵測的英國公周旋，
他忍辱負重至今，於她心中，孰高孰低，早已分曉……

文創風 338 **4**

霍英手握天子暗中交付的虎符，以病癒為由先行回京，
雖說暫且鎮住英國公奪權篡位的心思，
卻斷不了小皇帝服用禁藥「五石散」的癮症。
好不容易勸服了皇上戒除藥癮，
哪知他一片赤誠之心，竟換來君王的疑心與猜忌，
還派出影衛來截殺出遊避禍的霍家人 ?!

文創風 339 **5** 完

自扳倒英國公以降，夫妻倆便打算功成身退、退隱朝堂，
小皇帝卻為了留下霍英，不惜於千秋大宴上安排刺客，
還利用他愛妻如命之心，將心思算計到懷有身孕的蔣嫵身上，
種種舉措已令君臣心生隔閡，
不意他一時直言為忠臣求情，反而觸怒龍顏，身陷囹圄，
虧得她臨危不亂，出謀劃策大造輿論，使小皇帝收回成命，
卻未料，才剛救夫出獄，她赴邀入宮就遭人下藥險些難產喪命……

文創風 385

醫諾千金 5 完

國家圖書館出版品預行編目資料

醫諾千金 / 清茶一盞著. --
初版. -- 臺北市 : 狗屋, 2016.02-
冊 ; 公分. -- (文創風)
ISBN 978-986-328-562-5 (第5冊 : 平裝). --

857.7　　104027291

著作者　清茶一盞
編輯　余一霞
校對　沈毓萍　許雯婷
發行所　狗屋出版社有限公司
地址　台北市104中山區龍江路71巷15號1樓
電話　02-2776-5889～0
發行字號　局版台業字845號
法律顧問　蕭雄淋律師
總經銷　知遠文化事業有限公司
電話　02-2664-8800
初版　2016年3月
國際書碼　ISBN-13　978-986-328-562-5
原著書名　**《杏霖春》**，由湖北風語版權代理有限公司授權出版

定價250元
狗屋劃撥帳號：19001626
網址：love.doghouse.com.tw　E-mail：love@doghouse.com.tw